# 모든 것이
## 거기
### 있었다

# 모든 것이 거기 있었다

초판 1쇄 발행 2024년 5월 30일

지은이 | 함정임
펴낸이 | 조미현

펴낸곳 | (주)현암사
등록 | 1951년 12월 24일 제10-126호
주소 | 04029 서울시 마포구 동교로12안길 35
전화 | 02-365-5051 · 팩스 | 02-313-2729
전자우편 | editor@hyeonamsa.com
홈페이지 | www.hyeonamsa.com

ISBN 978-89-323-2205-6  03810

# 모든 것이
## 거기
## 있었다

**함정임의**
**유럽 묘지**
**기행**

글 · 사진  함정임

ᄂ 현암사

차례

# 1
## 장미와 함께 잠들다
몽파르나스 묘지

# 4

## 돌에 새긴 이름, 영원의 노래
### 페르 라셰즈 묘지

# 5

## 정오의 태양 아래 깃드는 고독
### 오베르쉬르우아즈에서 세트까지

# 6

사랑으로 죽고, 죽음으로 살고
아일랜드 슬라이고에서 그리스 크레타까지

# 7
## 불멸의 휴식, 영원의 에필로그
베를린에서 빈까지

1

몽파르나스 묘지

# 장미와 함께
# 잠들다

# 푸른 문의 종소리

그때, 느닷없이 종이 울렸다. 종소리는 내 몸 바로 앞에서, 옆에서, 아니 지금까지 걸어온 발걸음 뒤, 지치고 메마른 영혼의 바닥을 치고 울리듯 돌발적이었다. 몽파르나스 타워를 등지고 아카시아 꽃잎 눈처럼 하얗게 떨어진 에드가 키네 대로를 느리게 걸어가고 있던 나는 그 자리에 멈춰 서고 말았다. 그곳이 어디든 종소리와 마주치면 나는 헛것에 홀리기라도 한 듯 눈이 멀어 길을 잃곤 했다. 경주 계림의 고택古宅에 누워 있다가도 분황사에서 종소리가 울리면 대릉원과 황룡사 터를 한달음에 내달려 석양빛 경내로 들어서던 일이 한두 번이 아니었고, 센강에서 한참 멀어졌다가도 노트르담 대성당의 저녁 미사 종소리에 자석처럼 이끌려 발길을 되돌린 적이 한두 번이 아니었다. 그리고 다시 종소리를, 태초의 종소리처럼 듣고 있었다.

행복도 하지, 기운찬 목청을 가진 종<sup>鐘</sup>

늙었지만 날쌔고 튼튼해

경건한 소리로 충성스레 외친다.

밤을 지키는 천막 아래 파수꾼처럼!

아, 그런 내 넋은 금이 갔다, 답답할 때

그 노래 차가운 밤공기에 펼치려 해도

그 목소리 번번이 맥이 빠져서

　　　　─샤를 보들레르, 「금간 종」, 『악의 꽃들』


　　종은 울리지 않았다. 종소리의 환청을 일으킨 종은 돌기둥에 매달려 움직이지 않고 있었고, 그 옆 푸른 철문이 영원의 피안으로 길을 내듯 내 앞에 활짝 열려 있었다. 나는 선뜻 문 안으로 발을 들여놓지 못하고 뒷걸음치는 아이처럼 지금까지 지나온 길을 뒤돌아보았다. 어디를 향해 가다가도 나는 자주 제자리에 서서 머리 위의 하늘을 올려다보거나 등 뒤에 이어진 길을 바라보곤 했다. 그리고 다시 발걸음을 뗄 때는 나도 모르게 시계를 보았다. 8월 15일 오후 3시. 머리 위에는 온통 아카시아 나무가 푸른 줄기를 힘차게 펼치고 있었고, 등 뒤에는 56층의 몽파르나스 타워 빌딩이 검게 빛나고 있었다. 그리고 발밑에는 아카시아 꽃잎이 눈처럼 하얗게 떨어져 있었다. 이 길, 나는 언젠가 한 번, 아니 여러 번 지금처럼 이 길을 지나갔었다. 청춘 시절, 8월 어느 날 오후 6시, 그때 처음 나는 이 자리에 서서 종소리를 들었다.

라스파유 대로 몽파르나스 묘지 입구 전경

몽파르나스 묘지 입구의 종

종소리와 함께 푸른 문은 닫혔고 그 후 하루가, 아니 1년이, 10년, 20년, 세월이 유유히 흘렀다. 그리고 나는 다시 그 자리에 서 있는 것이었다. 오후 3시에서 6시 사이, 햇빛 쏟아지는 저 푸른 문 안으로 들어서면 문학예술의 황금시대에 이르게 되는 것인가. 샤를 보들레르와 사뮈엘 베케트, 장 폴 사르트르와 시몬 드 보부아르, 그리고 새롭게 합류한 마르그리트 뒤라스와 수전 손택이라는 문학의 영토에.

# 인생의 일요일
— 장 폴 사르트르와 시몬 드 보부아르 합장묘

누구든 몽파르나스 묘지로 들어서면 제일 먼저 장 폴 사르트르Jean Paul Sartre, 1905~1980와 시몬 드 보부아르Simone de Beauvoir, 1908~1986를 만난다. 그들은 묘지 정문에서 초입, 그러니까 불르바르가㈼ 제20구역에 영면해 있다. 나는 문으로 들어서자마자 자동으로 고개를 오른쪽으로 돌려서 작고 아담한 집을 찾곤 한다. 처음엔 사르트르 혼자였는데 6년 후 보부아르가 이 생㈖을 떠나 그와 합장됨으로써 살아생전 그들이 보여주었던 계약 결혼 관계의 자유로운 형식이 죽어서는 영원한 한 쌍으로 하나의 묘석 아래 붙잡혀 있는 형국이다.

그들은 이제 '꼼짝없이' 하나의 묘석 아래 묶여 있게 된 셈이다. 살아생전 경어를 사용했고, 한집에 함께 살지 않았던 사람들인데 말이다. 여행을 가거나 호텔에 방을 얻을 때면 나란히 각자의 방을 얻고, 같은 구역의 각자의 아파트에서 생활하며, 수시로 각자의 연인들을 거느리며 51년간의 독특한 동거 관계를 유지했던 그들이 아닌가. 그런 마당에 사후 그들을 하나의 묘석 아래 묶어놓는 것은 무엇을 의미하는가. 누가 보부아르를 거기에 묻었는가. 사르트르를 보내며 썼던 보부아르의 『작별의 의식』은 결국 '합일의 의식'을 예고한 것인가.

그들 잿가루의 잔해 사이에는 무슨 일이 일어나고 있는 것일까.

시든 붉은 꽃과 자잘한 조약돌, 동전, 지하철 표가 짙푸르게 이끼 긴 하얀 대리석 위를 장식하고 있다. 나는 멀리 집 떠났다가 돌아온 탕아처럼 내가 없는 사이 집에 어떤 변화가 일어났는지 감정하기라도 하듯 묘석 구석구석을 둘러본다. 상앗빛의 흰 대리석이었던 것이 녹청색의 아주 작은 식물군을 가족처럼 거느리더니 청회색의 암반으로 바뀌었고, 다시 단아한 상아색으로 말끔하게 재단장이 되었다. 꽃은 그 위에 시드나 영원하고 긴 벤치 의자divan 혹은 침대lit 모양의 묘석은 한국 전후 세대 문학인들의 감수성을 충격시킨 실존주의자의 영생을 표시하고 있다.

나는 다시 걷기 시작했다. 바람결에 어디선가 사이렌 소리가 들려왔다. 나는 완전히 혼자였다.

—장 폴 사르트르, 「유예」, 『자유의 길』

¶

전쟁으로 초토화된 1950년대, 미상불 1980년대까지도 독자들은 사르
트르를 읽으면 '사르트르식'으로 생각하고 읽고 쓰기를 주저하지 않았다.
나는 쿤데라나 하루키를 알기 이전에 사르트르를 1980년대의 어두운 강
의실에서 조금 배웠고, 광장에서 자주 읽었다. 나는 내 생애 사르트르를
두 번 만난 셈인데, 강의실에서 사르트르를 내게 가르쳐준 스승은 전후 세
대의 감수성을 혈육처럼 거느린 4·19 세대 비평가 김치수였고, 프랑스 문
학과 아울러 한국문학사 속에서의 사르트르를 일깨워준 스승은 김현, 김
치수로 대표되는 4·19 세대의 행보를 누구보다 객관적으로 직시해온 문
학사가 김윤식이었다. 김윤식의 육성에 가까운 글을 읽으며 나는 강의실
밖의 사르트르의 존재감을 감지했고, 사르트르의 육신이 묻힌 몽파르나스
묘지에 이르러서는 나를 그곳에 데려다 놓은 김윤식의 글을 그리워했다.

> 1950년대 젊음과 전쟁을 체험하면서 자란 우리 전후 세대에 있어 사르트
> 르와 카뮈의 이름은 '아, 50년대!'와 더불지 않고는 말할 수 없다. 어떤 불
> 문학자는 이들을 득의만만하게 소개하는 마당에서, '아, 세기의 장관!'이
> 라고 하고 (중략), 당시 전위작가로 날리던 장용학은 사르트르의 장편 『구
> 토』를 읽고 「요한 시집」을 썼노라고 자랑스럽게 실토하였다. (중략) 그리고
> 이어령의 산문시적 평론이 '우리 세대'의 이름으로 폭죽처럼 터졌음도 장
> 관이라면 장관이었다.
> ─김윤식, 『환각을 찾아서』

¶

서구에서 일찍이 1960년대에 저자의 죽음이 선포된 마당에 육신이 사그라진 저자의 목소리란 어떤 의미를 가질까. 생래적으로 (프랑스) 19세기 문학(보들레르)을 동경하면서도 어쩔 수 없이 실존의 존재 방식에 골몰해야 했던 1980년대 광장 세대인 나는 피할 수 없이 1950년대 전후 세대의 감수성을 동일한 핏줄로 받아들일 수밖에 없는데, 그 중심에 사르트르가 놓여 있다.

그의 철학 사상의 골자를 이루는 실존, 고통, 불안, 선택, 참여(앙가주망), 투기 projet, 投棄, 책임, 자유 등 핵심어들과 그의 문학 사상을 감싸고 있는 인간 의식, 곧 "인간의 삶은 절망의 저편에서 시작되는 것이다"(「파리 떼」)라는 말과 더불어 나는 신도 아니고 세계도 아닌 "나 자신에게만 속한다"(『존재와 무』)라는 말, "실존은 본질에 선행한다"(『실존주의는 휴머니즘이다』)라는 말, 그리고 결정적으로 "나는 아버지를 갖지 않는 행운을 가졌다"(『말』)라는 말 등, 존재론적 전율을 일으키는 그의 문학–철학적 '말들'을 접하고서도 매혹되지 않을 자 어디 있을까. 75년의 생애 동안 철학가, 소설가, 문학평론가, 극작가, 정치 선동가, 거리의 투사 등 이루 다 이름붙일 수 없는 전방위적인 삶을 투사한 사르트르를 한마디로 정의한다면 그는 어떤 맥락에서든 가장 인간을 이해하고자 애쓴 사람이었다는 것. 그리하여 그의 뒤를 잇는 후배 대가들의 그리움의 대상이 되었다는 것. 질 들뢰즈는 "다행히 우리에게는 사르트르가 있었다"라고 고백하며, 사르트르라는 존재는 "후텁

지근한 좁은 방에 갇혀 있던" 그의 세대에게 '신선한 공기'이자, 뒷마당에 부는 '상큼한 바람'이었음을 회고했다. 김윤식은 "외국의 최신 이론을 접할 적마다" 사르트르를 생각하면서, 사르트르라면 "이런 이론을 무어라고 할까"라고 "물음도 탄식도 아닌 신음소리를 낸 적이 한두 번이 아니었"음을 토로했다.

"우리에게는 사르트르가 있었다" 그리고 "사르트르는 무어라고 할까", 나는 이 두 사람의 그리움을 안고 매년 몽파르나스 묘지의 푸른 문으로 들어가 오랜 시간 그 곁에 머문다. 어느 때는 사르트르 안장 직후 보부아르가 적었던 것처럼 묘석 위에 '작고 싱싱한 꽃'을 가져다 놓기도 하고, 또 어느 때는 묘 앞 벤치에 앉아 쓰고 있던 편지지 귀퉁이를 찢어 인사말을 남겨놓기도 한다.

"사르트르 씨, 또 다녀갑니다."

¶

그리고 세월이 흘렀다. 김윤식의 글에서 사르트르와 보부아르의 합장묘 장면을 처음 본 뒤, 인간의 사랑과 우정에 대하여, 관계에 대하여, 영원할 것 같던 관계‡의 끝과 그 이후에 대하여 상념들이 절절하게 메아리쳤다. 보부아르의 『작별의 의식』을 다시 펼쳤다. 한 문장, 한 장면, 행간에서마저도 그들의 사유와 움직임이 되살아나서, 그들과 함께 숨 쉬고, 그들과

생제르맹데프레 사르트르-보부아르 광장

지식인 구역인 파리 6구 생제르맹데프레의 카페 레 되 마고.
근처 보나파르트 거리에 살았던 사르트르의 단골 카페로 시몬 드 보부아르를 비롯해
작가와 철학가, 예술인들이 즐겨 찾았다.

함께 토론하고, 그들과 함께 거리 투쟁에 나서고, 그들과 함께 음악을 듣고, 그들과 함께 여행을 떠났다. 사르트르 생애 마지막 10년은 눈이 멀어가고, 다리가 마비되어가고, 뇌혈관이 파괴되어가던 시기, 누구의 보호 없이는 단 하루도 살 수 없었던 상황이었다. 보부아르는 그에게 신문과 책을 읽어주고, 부활절과 여름·겨울 바캉스 기간에 남프랑스나 이탈리아로 그와 함께 여행을 떠난다. 그런데 이때 사르트르는 시력과 보행에서 여행을 떠날 수 없는 지경임에도, 사르트르를 지키는 친구들, 보부아르와 그녀의 양녀 실비는 휠체어로 그를 비행기 안까지 이동시키면서, 여러 불편한 경로를 감수하고 평소와 같이 여행으로서의 삶을 살다가 돌아온다. 불편하면 불편한 대로, 끝까지 함께 할 수 있는 것들을 추려 함께 한다.

> 겨울의 눈부신 햇살이 그의 서재에 쏟아져 들어와 그의 얼굴을 비추던 어느 날 아침이 떠오른다. "오! 햇빛." 그는 황홀한 목소리로 외쳤다. 그와 나는 실비와 부활절 바캉스를 벨일섬에서 보낼 계획을 세우고 있었고, 그는 행복한 표정으로 그곳에 대해 자주 말하곤 했다.
>
> ─시몬 드 보부아르, 『작별의 의식』

사르트르가 눈을 감기 전 꿈꾸었던 여행은 브르타뉴 대서양에 떠 있는 기암 절경의 벨일 Belle-île 로의 부활절 여행이었다. 사르트르와 보부아르는 매년 4월 부활절 기간에는 남프랑스로, 여름 바캉스 기간에는 이탈리아로 떠나곤 했다. 사르트르와 보부아르는 이탈리아에 대한 애정이 깊었고, 사르트르는 베네치아를 특히 좋아했다. 그들은 거의 매년 베네치아와 로마에 가서 지냈다. 그러다가 이탈리아가 조금 싫증 나면, 그리스로 변경하기도 했다. 두 사람이 함께 한 마지막 여행도 남프랑스 엑상프로방스와 이탈리아 로마였다. 그리고 다른 여느 해와 같이 계속되리라 여겼던 1980년의 바캉스 여행지는 남프랑스가 아닌 서프랑스 브르타뉴, 대서양의 섬이었다. 늘 그렇듯이 보부아르가 즐겁게 숙소를 예약하고 일정을 짰고, 사르트르는 '작은 섬으로 간다는 생각만으로도 기분이 좋아'졌다. 그런데 이 여행은 끝내 불발되고 말았다. 사르트르는 중환자실을 오가면서, 눈을 감기 직전까지, 이 섬으로의 여행을 꿈꾸었고, 꿈꾸었던 여행 기간에 꿈같이 저세상으로 떠났다.

엄청난 군중이 뒤따랐다. 약 5만 명 정도였고 대부분이 젊은이들이었다. (중략) 모두 함께 행렬을 하는 내내 군중은 질서를 지켰고 열렬했다. "마지막 68 시위군요." 란츠만이 말했다. 그러나 나는 아무것도 보이지 않았다. 바륨으로 약간 마취 상태였고, 쓰러지지 않으려는 의지력으로 굳어 있었다. 이것이 바로 정확하게 사르트르가 원하던 장례인데, 자신은 알지 못하리라고 속으로 말했다. 내가 영구차에서 내렸을 때, 관은 이미 무덤 속에 놓여 있었다. 나는 의자를 하나 가져다 달라고 부탁했고, 머릿속이 텅 빈 채, 묘 구덩이 끝에 앉아 있었다.

— 시몬 드 보부아르, 『작별의 의식』

사르트르와 보부아르의 단골 카페 라 쿠폴

라 쿠폴에서 사르트르와 보부아르가 앉던 자리

사르트르는 떠났고, 보부아르는 남았다. 51년을 함께해온 영혼의 반쪽이 얼음처럼 차가운 주검으로 눈앞에 잠시 나타나 있다가 땅속으로 사라질 때 보부아르는 다리에 힘이 빠져 서 있을 수가 없었다. 그것은 단지 누군가의 장례라는, 육체적으로 동시에 정신적으로 엄청난 에너지가 필요한 그 순간, 그 며칠이 아니라, 10년에 걸쳐 여러 차례 가상 장례의 순간에 직면하면서 다져진 보호자로서의 의식이 해체되는 것과 같지 않았을까. 묘구덩이 끝에 앉아 있는 보부아르의 영상이 뇌리에 박혀 오랫동안 떠나지 않았다. 보부아르는 사르트르가 죽으면 곧바로 따라 죽는다고 입버릇처럼 말하곤 했다. 그러나 그럴 수 없는 것이 현실이다. 남은 사람은 떠난 사람의 생애 마지막을 돌보고, 떠난 뒤의 일을 수습한다. 그러기 위해서는 세 가지, 체력과 정신력, 그리고 오랜 세월 존경과 애정으로 다져진 연대감이 필요하다. 사르트르의 공식 장례식은 몽파르나스에서 진행되었고, 그는 그곳에 임시로 묻혔다가, 다시 페르 라셰즈로 옮겨져 화장된 후, 유골로 몽파르나스에 묻히게 된다. 보부아르는 병원에 입원할 정도로 심신 기력 탈진 상태로 사르트르의 화장火葬식에는 참석하지 못한다.

사르트르의 유해는 몽파르나스 묘지로 옮겨졌다. 매일 모르는 사람들이 그의 묘에 작고 싱싱한 꽃다발을 가져다 놓는다.
—시몬 드 보부아르, 『작별의 의식』

보부아르가 사르트르 장례식 이후 2주 동안 입원했다가 퇴원해 찾아

2023년의 사르트르와 보부아르 합장묘 전경

간 사르트르의 묘를 묘사한 이 글을 내가 처음 읽은 것은 20대 중반 때였다. 돌이켜보니, 그때까지 가까운 사람의 죽음을 경험한 적이 없었던 나에게 죽음은 책으로 습득된 관념적인 것, 낭만적인 것이었다. 사르트르는 라스파유 대로에 있는 아파트 창문으로 이 묘지, 수많은 죽음의 영원한 거처를 내려다보며 사유하고, 글을 썼다. 그리고 그곳에 영원히 자리 잡았다. 그리고 정확히 6년 뒤, 보부아르가 그 뒤를 따라갔다. 같은 4월, 사르트르가 숨을 거둔 4월 15일 하루 전 4월 14일. 그들이 늘 함께 남프랑스로 부활절 여행을 가던 아름다운 봄이었다. 그래서일까. 여름이든 겨울이든, 그들을 찾아가면, 언제나 작고 싱싱한 꽃이 놓여 있다. 그리고 그들은 살아서나 죽어서나 변함없이 나란히 옆에, 각자의 영역에 있다.

사랑한 순간부터, 나는 더 이상 두려워하지 않았다. 조금도. 그의 이름을 부르기만 하면 되었다. 그러면 안전했다. 그는 옆 방에서 일을 하고 있다. 나는 일어나서 문을 열기만 하면 된다. ...... 그러나 나는 그대로 누워 있다.

―시몬 드 보부아르, 『레 망다랭』

# 인공 낙원의 요람
— 샤를 보들레르

사르트르와 보부아르에게 짧게 작별을 하고 불르바르 거리 끝까지 걸어가 좌측 루에스트(서쪽) 거리로 돌아서면 제6구역, 세기말의 시인 보들레르 <sup>Charles Baudelaire, 1821~1867</sup>의 아름다운 묘가 나온다. 보들레르는 플로베르 그리고 말라르메와 함께 사르트르를 괴롭힌 작가이다. 사르트르는 『보들레르』(1947)를 쓰면서 이 묘를 얼마나 찾았을까. 이 묘와 지척에 있는 생제르맹데프레의 노천 카페에서 토론과 격론을 벌이고 밤에는 서재에 칩거해 작가 탐구에 열중하면서 이 '저주 받은 시인'을 찾아 몇 번이나 이곳으로 달려왔을까. 보들레르 연구의 새로운 장을 연 『보들레르』의 인상적인 첫 문장을 보면 궁금증이 조금 풀릴 수 있을까.

그는 자신에게 합당한 삶을 영위하지 못했다.

─장 폴 사르트르,『보들레르』


¶


1821년 파리 출생, 여섯 살 때 예순여덟 살의 늙은 아버지를 여의고 서른다섯 살 어머니의 사랑을 독차지했던 보들레르. 어머니와의 "작지만 조용한 하얀 집"에서의 행복은 1년 만에 깨지고 만다. 어머니의 오픽 소령(당시)과의 재혼으로 시인의 영혼은 금이 가고, 저주받은 시인의 고립된 운명은 시작된다.


나는 언제나 어머니 안에서 생기발랄했습니다. 어머니는 오직 나만의 것이었습니다. 어머니는 우상인 동시에 동반자였던 것이지요. (중략) 나 같은 아들이 있을 때는, 재혼하는 법이 아닙니다.

─샤를 보들레르, 사르트르 위의 책


¶


사르트르가 보들레르를 주목한 것은 자연스러운 일이다. 그 역시 한 인간으로 자신의 운명을 바라보기 이전에 이미 아비 없는 생의 결핍을 겪었기 때문이다. 한 살 때 아버지를 여의고 아홉 살에 어머니의 재혼을 경

샤를 보들레르 기념비. 26구역과 27구역 사이에 세워져 있다.
보들레르는 6구역에 잠들어 있다.

보들레르 기념비 앞 벤치에서
독서하는 사람들

험한 그가 보들레르를 발견한 것은 이미 『보들레르』를 쓸 수밖에 없는 필연을 내포하고 있었다. 그래서 그가 예순 살에 쓴 자서전 『말』에서 "아버지 없는 행운을 가졌다"라고 거침없이 말하고 있지만, 그 이면에는 아비 없는 자식의 원초적 불안과 균열, 절대 고독을 보들레르와 같은 수준에서 겪었음을 자인하는 것. 여러 평자들에 의해 사르트르가 보들레르를 분석함으로써 자신을 거울 삼았다는 것은 주지의 사실이다. 이러한 내적 경로로 사르트르는 아비 없는 자의 운명이란 원초적으로 자기 운명을 '선택'하고 자기화하는 것임을, 그 예가 바로 여기 보들레르에게 있음을 펼쳐 보일 수 있었던 것이다.

어린 시절부터 고독의 느낌, 가족이 있었음에도 불구하고―특히 친구들에게 둘러싸여서도―영원히 고독할 운명이라는 느낌.
―샤를 보들레르, 『벌거벗은 내 마음』

¶

보들레르는 오픽 가문의 가족묘에 안치되어 있다. 그는 「즐거운 주검」에서, "유언도 싫고 무덤도 싫다"라고, "죽어서 남들의 눈물 빌기보다는 차라리 살아서 까마귀 불러 쪼아 먹히"고 싶다고 했지만, 결국 어머니가 선택한 가족의 품에 영원히 합류하고 말았다. 예술가에게 어머니란 어떤 존재인가. 숭배의 대상이자 사랑의 대상, 여성상(낙원)의 근원이 아닌가. 어

샤를 보들레르 석조 흉상. 뤽상부르 공원.
1933년 피에르 픽스-마소가 제작했고, 공원 내 바뱅 문 옆에 세워졌다가
1966년 시인의 천재성을 기리는 데 가장 적합한 공간인
오귀스트 콩트 거리로 옮겨져 오늘에 이른다.
그의 대표 시 「등대들」이 새겨져 있다.

머니의 재혼으로 그는 낙원에서 추방되고 그의 여성상은 심한 균열을 일으켰다. 어머니를 의부(타인)에게 빼앗김으로써 그는 잃어버린 낙원을 찾아 평생 여자*를 갈망하는 방탕과 무절제의 형벌을 살아야 했고, 잠시잠시 낙원을 찾기도 했으나 그곳은 언제나 태초의 요람이 아닌 인공 낙원이었다.

현기증은 이미 경험했던 것이다. 마비 증세 또한 벌써 체험했었다. 그의 친구 플로베르가 실존의 골칫거리라고 불렀던 영혼의 그칠 줄 모르는 우울함도 이미 알던 바였다.

—베르나르 앙리 레비, 『보들레르의 마지막 날들』

¶

보들레르의 시 세계의 핵심인 '우울'도 '권태'도 느끼지 못하는 상태에 그에게 찾아온 것은 실어증, 그리고 죽음이었다. 사르트르 이후 프랑스 신철학의 기수로 불리는 베르나르 앙리 레비는 유명한 철학서 『인간의 얼굴을 한 야만』의 작가인데, 흥미롭게도, 사르트르와 마찬가지로 보들레르를 대상으로 소설을 썼다. 사르트르가 시인의 유년기, 그러니까 보들레르 시의 제로 지점인 원점에 집착했다면 레비는 그의 비참한 최후, 그러니까 브뤼셀의 그랑미루아르 호텔에서 죽어가는 하루하루를 추적하고 있다. 사르트르와 레비가 낙원에서 추방된 저주받은 시인에게서 찾아내려고 한 것은 무엇인가. 플로베르가 실존의 골칫거리라고 불렀던 것, 영혼의 그칠 줄 모르는 '우울', 그리고 '권태'는 아닌 것이다. 작가 이전의 철학가들답게 그들에게는 보들레르의 '실존'이 문제였다.

당신들은 나를 내쫓았습니다. 당신들은 내가 그 일부를 이루고 있었던 완벽한 전체의 바깥으로 나를 내던져버렸습니다. 당신들은 내게 분리된 실존을 선고한 것입니다.

—장 폴 사르트르, 『보들레르』


¶


내가 대학에서 처음 보들레르의 시를 낭송했을 때, 그때는 가을이었다. 그때 나에게도 자의식이란 게 있었던가. 어두운 강의실과 뜨거운 광장 사이를 겉돌던 나에게 서울의 하늘은 마치 파리의 흐린 하늘처럼 무겁고 음산했으며, 다음 날도 그다음 날도 검은 휘장처럼 내 빈약한 자의식을 덧씌운 '검은 태양'은 세상의 종말을 알리듯 축축한 하늘 저편에서 빛날 줄을 몰랐다. 여름 내내 피처럼 붉은 몸을 불태우던 샐비어는 흔적 없이 사라지고 야생의 가을꽃들만 들판에 피었다가 곧 시들어갔다. 그런 가운데 보들레르는 악의 향기를 폐부 깊숙이 전염시키며 '실존의 골칫거리'인 우울과 몽상을 부추길 뿐이었다. 그때 평생 지고 가야 할 보들레르라는 병을 지병으로 얻은 나는 밤이면 밤마다 "천 년을 산 것보다 더 많은 추억"을

보들레르는 무덤도 묘비도 원치 않았으나 의부 오픽 가족묘에 어머니와 함께 묻혀 있다.

동경하며 지금 "여기가 아니라면 그 어디라도"를 꿈꾸곤 했다.

> 너는 아는가, 싸늘한 비참 속에서 우리를 사로잡는 저 열병을, 미지의 나
> 라에 대한 이 향수鄕愁를, 호기심으로 일어나는 이 불안을. 너를 닮은 나라
> 가 있어, 그곳에는 이 모든 것이 아름답고, 풍부하고, 고요하고, 올바르다.
> (중략) 그곳에서는 삶은 숨 쉬기 감미롭고, 그곳에서는 행복은 고요와 결합
> 해 있다. 그곳이야말로 가서 살아야 할 나라, 그곳이야말로 가서 죽어야
> 할 나라!
>
> ─샤를 보들레르, 「여행에의 초대」, 『파리의 우울』

¶

몽파르나스 묘원 루에스트 대로 제6구역엔 언제나 싱그러운 그늘이
드리운다. 푸른 그늘 속에 나는 본다. 나처럼 청춘을 가방에 짊어지고 그
를 찾아 먼 길을 떠나온 검은 옷의 앳된 헝가리 여성을. 그에게 혹은 고국
의 누군가에게 쓰고 있는 그녀의 편지를. 그리고 나는 또 본다. 나처럼 자
신의 나라에서 주머니에 넣어 온 이방인들의 자잘한 돌들과 그들을 그곳
까지 데려다준 전철 티켓과 묘비명을 읽으며 몇 모금 빨았을 그들의 담배
와 푸른 종이 위에 연필로 쓴 나의 조각 편지를. 그리고 나는 멀리에서, 가
까이에서 다시 본다. 변함없이 그를 찾아 그 앞에 서 있는 몇몇 젊은 이방
인들과 그의 순탄치 않은 생의 이력을 증거하고 있는 오픽가의 묘비명을.

자크 오픽 대령. 콘스탄티노플과 마드리드 대사였으며, 프랑스 국가에
서 수여하는 레지옹 도뇌르 수혜자. (중략) 샤를 보들레르, 그의 의붓아들.
1867년 8월 31일 46세로 파리에서 사망. 카롤린 아르샹보 드파이예. 조
셉 프랑수아 보들레르와 초혼, 오픽 장군과 재혼, 샤를 보들레르의 어머니.
1871년 8월 16일 77세의 나이로 옹플뢰르에서 사망.

# 파리의 이방인
## ─사뮈엘 베케트

보들레르는 시 「이방인」에서 묻고 있다. 알 수 없는 친구여 누구를 가장 사랑하는지, 네 아버지인지 어머니인지 누이 아니면 형제인지. 시의 화자는 아버지도 어머니도 누이도 형제도 없다고 대답한다. 그리고 계속되는 질문에 친구란 미지수이고, 조국은 어느 경도 아래에 위치하고 있는지조차 모르며, 미美라면 불멸의 여신이라야 사랑하겠고, 금은 신처럼 증오한다고 대답한다. 그리고 끝까지 '이방인'의 격조를 갖춰서 대답을 마친다. 저기, 저쪽으로 지나가는 구름, 저 찬란한 구름을 사랑한다고. 나는 보들레르와 베케트를 연결하는 몇 개의 길들을 건너가면서 그들 자신 속의 '이방인'을 생각한다. 루에스트 거리 제6구역의 보들레르에게서 베케트에게로 이르려면 몽파르나스 묘지의 한가운데를 지나야 한다. 이름하여 교차 도로를 뜻하는 트랑스베르살 길 제12구역에 아일랜드인 사뮈엘 베케트<sup>Samuel Beckett, 1906~1989</sup>의 영원한 거처가 있다. 그는 왜 거기에 와 있는 것일까?

> 나는 내 어머니의 방에 있다. 지금 그 방에 살고 있는 사람은 바로 나다.
> 나는 어떻게 그 방에 이르게 되었는지 모른다.
> ─사뮈엘 베케트, 『몰로이』

¶

오후의 햇살 속에 살굿빛이 감도는 사르트르와 보부아르 합장묘에 놓인 작고 싱싱한 꽃들, 흰 대리석의 보들레르 묘 위에 놓여 있는 자잘한 조약돌이나 동전, 전철표가 잿빛 화강암의 베케트 묘에는 거의 보이지 않는다. 가끔, 붉은 꽃 한 송이가 고독하게 놓여 있을 때도 있지만, 1953년 초연 이래 지금도 세상 어딘가에서 하루도 빠짐없이 상연되고 있을 〈고도를 기다리며〉의 원작자가 모국 아일랜드가 아닌 이국의 수도 한가운데에 누워 있다는 사실은 상상하기 어려운 일일지도 모른다. 나는 하늘에 떠다니는 구름 그림자 외에 차가운 침묵을 지키고 있는 베케트의 영면처 앞에서 그렇게 생각해볼 뿐이다. 20세기 연극계의 화두로 자리 잡은 「고도를 기다리며」를 쓰고도 그것을 졸작이라 여기며 동향의 제임스 조이스처럼 위대한 소설가를 꿈꾸었던 베케트가 아닌가. 광막한 암흑에 내던져진 태아

사뮈엘 베케트 묘지. 아내 쉬잔과 함께 잠들어 있다.

처럼 어머니의 자궁을 찾아 헤매는 20세기 인간의 무의식을 그린 장편소설 『몰로이』(1951)를 나는 대학 3학년 때 만났고, 누보로망의 선구인 미셸 뷔토르의 『시간의 사용』(1956)이나 알랭 로브그리예의 『질투』(1957)보다 먼저 읽었다. 그리고 그보다 더 먼저 읽은 스탕달의 『적과 흑』(1830)이나 플로베르의 『마담 보바리』(1857)와는 아주 다른 낯설고도 기이한 힘에 이끌렸다. 어머니를 어머니라 하지 않고 그녀, 나아가 그녀를 자신과 한 쌍의 늙은 동료로 부르는 소설은 해괴했다. 소설은 오이디푸스 이야기로부터 어디까지 흘러온 것일까.

> 나는 그녀의 침실에서 잔다. 나는 그녀의 요강에 변을 본다. 나는 그녀의 자리를 차지했다. 나는 조금씩 그녀를 닮아갈 것이다. (중략) 그녀와 나는 너무 늙었었기 때문에 성별도 친족 관계도 없이 다만 같은 추억과 기대, 원한을 가진 한 쌍의 늙은 동료와 같았다.
>
> —사뮈엘 베케트, 『몰로이』

¶

베케트의 소설을 읽으면 알 수 없는 수렁—어쩌면 자궁— 속으로 한없이 끌려 들어가는 듯한 기묘한 체험을 하는데, 그것은 때로 베케트처럼 글을 쓰고 싶다는 원초적 욕망을 추동시키기도 한다. 그것은 베케트 연구자인 로브그리예가 지적했듯이 그의 연극 〈고도를 기다리며〉나 그의 다른 희곡 작품들은 더할 나위 없이 연극적이지만 갈등 구조 없이 관객과 독자의 긴장을 끝까지 유지시키는 힘에서 비롯된다. 그의 언어, 이름 붙일 수 없는 세계의 부조리를 표방한 언어는 언어의 궁극 목적인 소통을 방해하면서 주저주저, 혹은 주절주절 나아가고, 때로는 침묵으로 대신하거나, 때로는 무의미의 의미를 까발리거나, 무엇이든 의미하려는 경향을 무화시켜버린다.

목소리는 말을 한다 하더라도 그것이 진실이 아닌 것처럼, 침묵한다 하더라도 결국은 진실이 아닐 것이다. 그 목소리는 말을 할 수도 침묵할 수도 없다. 그 목소리는 말한다. 아니 중얼거린다: 모든 것이 끝나고 모든 것이 말해지면 나날들이란 존재하지 않고, 하나의 장소도 아닌 여기에는 불가능한 목소리와 있을 수 없는 존재에게서 생겨난 하루와 모든 것이 침묵하고 비어 있고 어두운 그 하루의 시작만이 있을 것이다.
—이인성, 「아무것도 추구하지 않는 텍스트들」, 『베케트』

¶

모든 것이 침묵하고 있고, 거기다가 어두워지려는 오후, 나는 몽파르나스 묘원 제12구역, 인적 없는 베케트의 묘 앞에 꼼짝하지 않고 서 있다. 아무도 내 뒤를 따르지 않는다. 오직 베케트와 나, 나와 베케트만이 8월의 어느 늦은 오후의 시간을 공유할 뿐이다. 모든 것이 끝나고 모든 것이 말해진

터에 나는 무엇을 기다리는가. 떠나자고, 그러자고, 또다시, 떠나자고, 그래, 그러자고 하면서 그 자리에 꼼짝하지 않는 것. 기다리는 고도는 언제 오는가. 아니 고도는 누구인가. 설은 분분하다. 로브그리예는 신神이라 했고, 혹자는 블라디미르와 에스트라공 두 사람이 아닐까 추측하기도 하지만, 정작 베케트는 초연을 연출한 로제 블랭의 질문에 고도Godot는 "군화를 뜻하는 프랑스어 고디요Godillot나 고다스Godasse를 뜻한다"라고 말했다. 에스트라공(고고)의 구두가 블라디미르(디디)의 모자와 함께 극의 상징임은 잘 알려진 일이다. 이처럼 작품의 위력은 신비롭고도 막강해서 작가가 붙인 사전적 이름을 뛰어넘어 끊임없이 자기 의미를 증식시키는 변신의 주체로, 신으로, 예언자로 거듭난다. 베케트가 프랑스 태생으로 프랑스어를 모국어로 했다면 그러한 초언어적인 형식 실험을 시도했을까 의문이다. 루마니아 태생의 또다른 부조리극 작가 이오네스코가 파리에 와서 '수업'이나 '의자' 등의 프랑스어 일반명사를 「수업」과 「의자들」이라는 작품으로 고유명사화했듯이, 베케트의 문학이란 더블린 태생의 이방인이란 자의식이 빚어낸 새로운 언어의 성채였던 것이다.


에스트라공: 이제, 갈까?

블라디미르: 그래, 가자.

(그들은 움직이지 않는다)

―사뮈엘 베케트, 「고도를 기다리며」

¶

　사뮈엘 베케트를 비롯해서 줄리아 크리스테바, 에밀 시오랑, 외젠 이오네스코, 밀란 쿤데라에 이르기까지 '파리의 이방인'들은 프랑스 문학사에 하나의 독특한 계보를 형성하고 있다. 아일랜드나 체코, 불가리아, 루마니아 태생의 그들이 유럽의 중심지 파리에 와서 펼쳐 보이는 다채로운 작업은 국경을 자유롭게 넘나드는 철도와 유로화의 통합으로 완성된 현재의 유럽을 보여준다. 발터 벤야민이 명시한 대로, 파리는 그러니까 프랑스의 수도라기보다 유럽의 수도이며, 그때 베케트는 파리의 이방인이 아니라 (누군가 이방인 베케트를 고집한다면) 더블린의 이방인, 우리 자신과 마찬가지로 그 자신의 이방인이 되는 것인가. 이 지점에서 나는 이 이방인의 정체성을 밝혀야 한다. 베케트가 왜 거기에 묻혀 있는가를. 그가 왜 (적어도 법적으로는) 파리의 이방인이 아닌가를. 베케트가 파

〈고도를 기다리며〉 포스터

리에 정착한 것은 제2차 세계대전 발발 1년 전인 1938년이다. 그보다 10년 전 그는 파리에 와서 고등사범학교 영어 교사를 했고, 이윽고 더블린으로 돌아가 모교 트리니티 대학에서 프랑스어를 가르쳤다. 이쪽에서는 영어 선생, 저쪽에서는 프랑스어 선생이었던 베케트가 프랑스어로 작품을 쓰기 시작한 것은 1945년부터인데 영문학과 프랑스 문학에서 동시에 비중 있게 다루어지고 있는 「고도를 기다리며」(1951)는 바로 프랑스어로 씌어진 그의 최초의 작품이다. 프랑스 국적을 가졌다고 해서 프랑스인이 되는가. 나는 이 세상의 이방인이 아니라고 누가 당당하게 말할 수 있을 것

더블린 트리니티 대학교 사뮈엘 베케트 센터의 〈고도를 기다리며〉 무대

인가. 자기 속의 타인, 자기 속의 이방인을 가진 자만이 거꾸로 타인의 이
방인, 곧 자신을 인정하는 지점임을 깨닫기 전에는.

내 삶, 나의 삶, 때때로 나는 그것을 마치 이미 끝난 일처럼 이야기하고, 때
로는 아직 계속되고 있는 장난처럼 이야기하기도 한다. 하지만 난 틀렸다.
왜냐하면 그것은 끝난 동시에 지속되고 있기 때문이다.
—사뮈엘 베케트, 『몰로이』

¶

　이방인의 청동 거울에 비친 언어는 시공의 그물을 끊고 세상을 창조한
다. 흙항아리에 묻혀 상체만으로 끊임없이 행복했던 과거를 회상하거나,
암흑 속에서 입만 살아 마귀처럼 중얼거리거나, 꼼짝한다 해도 여기에서
저기를 '왔다 갔다' '발소리'만 내거나, 그것도 아니면 '마지막 테이프'처
럼 사라짐의 질긴 과정만을 싸늘하게 보여줄 뿐이라도 그것은 언어로써
그나마 복원 가능한 세상이다. 이제 또 다른 이방인을 만나러 서쪽 대로
로 나설 시간이다. 저기, 석양이 "별일 없는 것 위에서 불타고 있다."(베케트,
「머피」)

¶

　태양이 "별일 없는 것 위에서 불타고 있"는 8월 오후, 베케트가 묻혀
있는 12구역에서 13구역으로 발길을 옮긴다. 손택 가까이, 수전 손택에게
가는 길이다. 그녀를 무어라고 부를까. 예술문화평론가, 에세이스트, 영화
감독, 연극 연출가, 소설가. 소설 쓰기로 출발해서 다양한 글쓰기를 벌이
며 세계에 외치며 교류했던 그녀, 수전 손택. 죽음조차 문학으로 엄격하게
실천했던 그녀가 자신에게 부여하고자 했던 하나의 타이틀은 소설가. 그
녀가 몽파르나스 묘지의 새 일원이 된 것은 2004년. 손택의 글들, 특히 바
르트와 아르토에 관한 글들을 애독하던, 그리고 그녀의 사진에 관한 에세

이를 전시회와 함께 뉴욕에서 보았던 추억을 간직하고 있던 나였지만, 그녀가 사후의 거처를 파리로 정하고, 파리에 묻혀 있다는 사실을 나중에 알았다. 뉴욕에서 세상을 향해 문학 언어로 신랄하게 외치던, 20세기 현대 미국을 대변하는 지성인이자 뉴요커인 그녀를 이곳으로 옮겨 온 이는 그의 외아들 데이비드 리프. 베케트 가까이 묻어달라는 손택의 유언에 따라서였다.

명랑할 것. 감정에 휘둘리지 말 것. 차분할 것. …… 슬픔의 골짜기에 이르면 두 날개를 펼쳐라.
—데이비드 리프, 『어머니의 죽음-수전 손택의 마지막 순간들』

¶

13구역에는 베케트와 같이 파리에 정착해 이방인으로서의 글쓰기와 사유를 펼친 루마니아 출신의 철학자 에밀 시오랑이 잠들어 있다. 몽파르나스 묘지는 파리의 문학예술과 지성의 중심지인 몽파르나스 특유의 자유로운 분위기를 대변하듯 다양한 직업, 다국적 예술가들이 영면해 있다. 소설가(모파상, 뒤라스), 시인(테오도르 드 방빌, 세사르 바예호, 트리스탄 자라), 비평가(생트 뵈브), 사회학자(에밀 뒤르켐, 장 보드리야르), 철학자(장 폴 사르트르, 시몬 드 보부아르, 레이몽 아롱, 시오랑), 사상가(프루동, 시몬느 베유), 화가(판탱라투르, 샤임 수틴), 조각가(브랑쿠시, 자드킨), 사진가(만 레이, 브라사이), 배우(진 세버그), 작곡가(세자르 프

바빌론 극장. 1953년 최초의 부조리극 〈고도를 기다리며〉파리 초연 극장.
현재는 프랑스어학원으로 바뀌었다.

사뮈엘 베케트 묘석

랑크, 생상스), 가수(줄리에트 그레코), 디자이너(소니아 니켈), 영화인(아녜스 바르다, 세르주 갱스부르, 클로드 란즈만), 정치가(자크 시라크), 장교(알프레드 드레퓌스), 학자(에드카 키네), 출판인(라루스, 아셰트, 플라마리옹) 등이 그들이다. 모파상은 26구역에, 미국인 만 레이는 7구역에, 시오랑과 동향으로 베케트와 함께 부조리극의 시대를 이끌었던 루마니아 출신의 외젠 이오네스코가 6구역에, 아르헨티나인 소설가 훌리오 코르타사르는 3구역에, 베케트주의자이자 시오랑과 깊은 우정을 나누었던 수전 손택은 2구역에 잠들어 있다.

## 살아서도 죽어서도 영원히 함께
—수전 손택과 사뮈엘 베케트의 생사 전후, 영원의 장면들

　　파리에는 공원처럼 푸르고 드넓은 공동묘지가 곳곳에 자리잡고 있다. 문학예술가, 철학자들이 드나들던 카페와 아틀리에, 갤러리에 들렀다가 지척에 있는 공동묘지로 들어서곤 한다. 파리 남쪽 몽파르나스와 북쪽 몽마르트르, 그리고 동쪽 페르 라셰즈 공동묘지 중 내 발길이 가장 많이 닿는 곳은 몽파르나스 묘지이다. 이곳에는 실존주의 철학자이자 소설가인 장 폴 사르트르와 시몬 드 보부아르를 비롯해 소설가 마르그리트 뒤라스, 시인 샤를 보들레르, 극작가 사뮈엘 베케트가 영면해 있다. 나는 파리에 도착할 때면 마치 혈족이라도 되는 것처럼 이들을 찾아가 묘와 묘 주변을 돌아보곤 하는데, 여기에 최근 한 명이 새로 추가되었다. 바로 현대 미국의 행동하는 지성으로 불렸던 수전 손택<sup>Susan Sontag, 1933~2004</sup>이다.

수전 손택은 1933년 뉴욕에서 태어나 2004년 뉴욕에서 눈을 감았다. 그런데 그녀가 잠들어 있는 곳은 뉴욕이 아닌 파리이다. 우리는 인생에서 겪는 가장 큰 사건인 '태어나고 죽는 사건'에서 배제된다. 나도 모르게 태어나고 나도 모르게 죽는다. 태어나기 전의 과정에서 내가 할 수 있는 것은 없다. 그러나 죽음 이후에 대해서 나는 유언을 통해 개입할 수 있다. 수전 손택은 백혈병 투병 끝에 세상을 떠났다. 유일한 혈육인 아들 데이비드 리프에게 유언을 남겼다. 파리에 묻어달라는 것이었다. 그것도 사뮈엘 베케트 가까이.

수전 손택을 영원히 파리에 잠들게 만든 사뮈엘 베케트는 누구인가. 그는 1906년 아일랜드 더블린의 상류 가문 출신으로 태어나, 1989년 파리에서 세상을 떠났다. 그는 아일랜드 명문 트리니티 대학에서 프랑스문학을 전공했고, 졸업 후 파리로 건너와 프랑스인으로 귀화해 프랑스어로 소설과 연극을 쓰고, 프랑스 작가로 노벨문학상을 받았는데, 수상식이 거행되는 스웨덴으로 가는 대신 아프리카로 떠나는 등, 독특한 캐릭터로 정평이 나 있다. 부조리극으로 널리 알려진 「고도를 기다리며」가 그의 대표작이다. 그는 몽파르나스 묘지에 아내 쉬잔과 함께 묻혀 있는데, 그와 쉬잔은 작가와 비서 관계를 오랫동안 유지하다가 노벨문학상 수상 이후 결혼했고, 쉬잔이 세상을 떠나자 그도 얼마 지나지 않아 눈을 감았다.

몽파르나스 묘지와 페르 라셰즈 묘지의 수많은 문학예술가, 철학자, 감독 및 배우들의 묘를 순례하다 보면, 그들의 삶과 작품의 분위기를 읽

수전 손택을 찾아가는 길

을 수 있는데, 사르트르와 시몬 드 보부아르의 합장묘와 뒤라스, 보들레르의 묘에는 늘 꽃과 조약돌, 전철 티켓, 메모들이 가득한데 사뮈엘 베케트의 묘석은 평소 대중에게 모습을 드러내지 않고 침묵으로 일관했던 사뮈엘 베케트의 성격처럼 동전 한두 닢 또는 흰 꽃 한 송이가 놓여 있거나, 아니면 하늘의 흘러가는 구름만이 묘석 위에 비칠 뿐 아무것도 없는 고독과 정적이 흐르곤 한다.

수전 손택은 아들 데이비드에게 죽어서는 파리에, 베케트 지척에 묻어 달라고 유언할 정도로 베케트 추종자였다. 그녀는 피로 얼룩진 분쟁 지역 사라예보에서 언제 포탄이 날아올지 모르는 공포 속에 베케트의 연극 〈고도를 기다리며〉를 연출해 무대에 올렸다. 이 연극은 블라디미르와 에스트라공이라는 두 사내가 등장하여 극도로 단조로운 무대 장치와 극도로 단조로운 대사를 끊임없이 되풀이해 읊조리며 고도가 언제 오는지, 고도가 오기는 오는지, 기다리는 내용이다. 인물도 행위도 대사도 무대 장치도 극도로 단조롭고 끝날 것 같지 않게 반복되는 이 난센스(부조리) 연극에서 한 줄기 신선한 빛처럼 잠깐 소년이 등장한다. 고도는 무엇인지, 그리고 소년의 의미는 무엇인지 질문이 제기되지만 해답이나 정답은 가능하지 않다. 혹자는 고도를 내일이라고, 희망이라고, 메시아라고도 하고, 부질없지만 그래도 그것을 품기도 한다. 공포와 죽음의 현장 사라예보 한복판에서 수전 손택이 〈고도를 기다리며〉의 연출을 감행한 이유가 여기에 있다. 이 공연은 부조리극을 등장시킨 베케트의 세계 연극사를 넘어, 전쟁의 참상을 내전 현장에서 연극으로 올린 일대 사건으로 '사라예보에서 고도를 기다

수전 손택 묘석 전경.
베케트 근처에 묻어달라는 유언에 따라 뉴욕에서 장례를 치른 뒤 이곳으로 옮겨 왔다.

리머'라는 타이틀로 현대 지성사에 새겨지고 있다.

데이비드 리프는 어머니 수전 손택의 유언에 따라, 뉴욕에서 장례식을 치른 뒤, 파리 몽파르나스 묘지의 사뮈엘 베케트로부터 50미터 떨어진 지척에 그녀의 유해를 이장했다. 수전 손택의 외아들 데이비드 리프는 《뉴욕 타임스》와 《워싱턴 포스트》의 칼럼니스트이자 저술가로, 어머니 수전 손택이 세상을 떠난 3년 뒤, 30년 동안 유방암과 자궁암, 그리고 마지막으로는 백혈병의 일종인 혈액암 투병을 하다 세상을 떠난 어머니의 주치의들을 다시 만나 인터뷰하고, 유년기부터 임종까지 아들로서 지켜봤던 모습과 장면들을 기억에서 불러내 『어머니의 죽음 – 수전 손택의 마지막 순간들Swimming in a Sea of Death』이라는 회상기를 집필했다.

어머니를 파리 몽파르나스, 시몬 드 보부아르와 사뮈엘 베케트 가까운 자리에 묻고 돌아온 지 한참 뒤 어머니의 일기를 꺼내 읽었다. 어머니가 극도로, 자주 불행을 느꼈다는 것을 알았다. 어머니는 늘 글을 통해 불행한 감정을 떨쳐냈고, 투병 중에도 글로 쓰고 싶은 것, 읽고 싶은 것, 하고 싶은 것의 목록을 적었다. 어머니는 영원히 고갈되지 않는 샘처럼 무언가를 갈구하고 열망했다.
—데이비드 리프, 『어머니의 죽음-수전 손택의 마지막 순간들』

나는 파리 라스파유 대로 몽파르나스 묘지의 파란 문 안으로 들어서

면, 제일 먼저 장 폴 사르트르와 시몬 드 보부아르를 찾아가 안부를 전한
뒤, 뒤라스, 보들레르 쪽으로 천천히 발걸음을 옮긴다. 그리고 맨 마지막
으로 베케트에 이르렀는데, 이제는 몇 걸음 더 걸어 수전 손택 앞으로 향
한다. 검은 대리석 묘석에는 조가비와 조약돌, 나뭇가지, 전철표 들이 원
무를 추듯이 모여 있다. 나는 명함을 꺼내 몇 마디 써서 조약돌 아래 놓고
온다. 거기에는 이렇게 씌어 있다. I'm your reader. 가끔 바람 불고 비 내
리는 날이면 그녀 묘석 위에 놓고 온 그 명함을 생각한다.

# 쉼 없는 말들은 장미꽃 아래로
## ―외젠 이오네스코

파리 5구 위세트 거리 23번지. 소르본 대학가로 통하는 생미셸과 센강 사이에 위치한 위세트 골목은 매일 저녁 무슨 굉장한 볼거리가 벌어지기라도 한 듯 군중으로 빼곡하다. 10대 후반의 미소년부터 초로의 백발 신사와 부인까지 연령층도 다양하다. 도대체 그 시간 그 골목에서는 무슨 일이 벌어지는 걸까.

1957년부터 단 하루도 빠짐없이 파리의 한 소극장에서 상연되는 연극이 있다. 루마니아 출신 극작가 외젠 이오네스코 <sup>Eugène Ionesco, 1909~1994</sup>의 〈대머리 여가수〉와 〈수업〉. 어느 영국 중류 가정에 예기치 않은 방문객이 찾아오면서 이야기가 전개되는 〈대머리 여가수〉의 등장인물은 모두 여섯 명. 평범한 가정의 스미스 부부와 방문객 둘, 하녀와 소방수. 정작 대머리 여가수는 등장하지 않는다. 제목의 '대머리 여가수'는 다만 난센스일 뿐이다. 사뮈엘 베케트와 함께 부조리극을 대표하는 이오네스코의 작품들은 전통적인 연극의 틀을 깨는 전위적인 실험극으로 대중성과는 거리가 있다. 그럼에도 불구하고 이 연극이 65년이 넘도록 한결같이 대중의 뜨거운 호응을 얻고 있는 것은 호기심을 넘어 연구의 대상이 되고 있다.

2009년 서울 대학로에서는 이오네스코 탄생 100주년 기념 페스티벌이 열리기도 했다. 그런데 작가의 생년월일을 들여다보고 있노라면 흥미로운 사실 하나가 주의를 끈다. 이오네스코 전집인 프랑스 갈리마르사의 플레이아드판 작가 연보에 따르면 그는 루마니아 슬라티나에서 1909년 11월 26일 루마니아인 아버지와 프랑스인 어머니 사이에 태어난 것으로 기록되어 있다. 그런데 한국어판 일부 번역서와 일부 칼럼들, 인터넷 백과사전에는 이오네스코가 1912년 출생으로 소개되어 있다. 이 기록에 따르면 대학로에서 개최한 이오네스코 탄생 100주년 기념 페스티벌은 하나의 난센스, 부조리극이 되고 만다.

프랑스와 루마니아를 오가며 자란 그는 루마니아 부쿠레슈티 대학에서 프랑스 문학을 전공했다. 그가 극작가로 파리에 입성한 것은 1950년, '반연극'이라는 부제를 단 첫 작품 〈대머리 여가수〉와 함께였다. 그러나 초연이라는 의미만을 남긴 채 공연은 관심을 끌지 못하고 막을 내리고 7년 뒤 니콜라 바타유라는 연출자에 의해 무대에 올려진 뒤 오늘에 이른다. 초연 당시 파리는 부조리극 작가로 그와 쌍벽을 이루는 아일랜드 출신의 사뮈엘 베케트의 〈고도를 기다리며〉에 열광하고 있었다. 이오네스코는

위세트 소극장의 〈대머리 여가수〉 등장인물 그림

이오네스코 부조리극 전용 위세트 소극장.
1957년 초연 이후 매일 성황리에 상연되고 있다.

1906년생인 베케트라는 존재를 의식해 조금이라도 젊은 작가로 주목받기 위해 자신의 출생 연도를 3년 뒤로 발표한 것으로 훗날 밝혔다. 이 저간의 사정을 작가가 밝히기 전까지 일반적으로 문학사에 알려진 그의 출생 연도는 1912년이었고, 현재는 1909년으로 바로잡아 전해지고 있다.

초고속 인터넷 매체 환경에서 지식인의 자리는 문인이나 학자가 아닌 인터넷 검색창이 차지하고 있다. 그런데 인터넷 검색 정보에서 한번 입력된 자료는 설사 잘못된 부분이 있다 하더라도 무한 복제되어 걷잡을 수 없이 확산되는 특징이 있다. 여기에서 진지하게 생각해볼 문제는 인터넷 검색창의 정화 기능이 제대로 작동되고 있는가이다. 마치 이오네스코 연극의 주인공들처럼 자기 자신에 대한 정보마저 낯설게 바라보아야 하는 것이 오늘의 섬뜩한 현실이다. 65년이 넘도록 한결같이 매일 이오네스코의 난센스 연극이 파리 한복판에 올려지는 것은 바로 이러한 난센스 세상에 대한 공공의 정화 작용이 아닐까. 오늘도 위세트 골목 소극장에서는 절찬리에 〈수업〉이 상연 중이다.

¶

「대머리 여가수」, 「수업」과 함께 동유럽 출신 이오네스코를 세상에 알린 것은 「코뿔소」이다. 코뿔소는 현실에서는 만나기 어려운 동물이나 이오네스코 연극을 통해 친숙해졌다. 서식지에 따라 아프리카 코뿔소, 인도 코뿔소라 불리지만, 코에 두 개의 뿔이 나 있는 것은 동일하다. 연극으로 만난 코뿔소를 직접 본 것은 아프리카 케냐에 가서였다.

케냐에 있는 나쿠루 호수는 세계적인 홍학 서식지로 유명하다. 마사이 마라 초원에 사는 뭇 동물들을 만나고 나이로비로 향하던 길에 호수에 들렀는데, 고즈넉한 호숫가에 홍학들이 띠를 두른 듯 분홍빛으로 물들이고 있었다. 깃털들로 자욱한 호숫가를 걷고, 발길을 돌리는 순간, 눈에 들어온 것은 호수 저편, 초원 한가운데에서 한가롭게 풀을 뜯고 있는 코뿔소 가족이었다. 살펴보니 콧등에 한 줄로 뿔이 두 개 솟아난 아프리카 코뿔소였다. 그때까지 나는 뿔이 하나인지 두 개인지, 아프리카 코뿔소인지, 인도 코뿔소인지 구별할 생각도 못 했다. 코에 뿔이 나 있으면 다 같은 것이었다.


아프리카에서 코뿔소를 만나고 돌아오면서 마사이 청년들이 나무로 깎아 만든 코뿔소들을 구해 왔다. 서재 곳곳에 코뿔소들이 서 있다. 어떤 녀석은 뿔이 하나에다가 갈색이고, 또 어떤 녀석은 뿔이 두 개에다가 희고, 또 검다. 매일 녀석들과 마주하면서도 나는 이오네스코가 연극에 등장시킨 코뿔소가 아프리카 코뿔소인지, 아시아 코뿔소인지는 여전히 알지 못한다. 이오네스코는 단지 현실에서는 맞닥뜨릴 수 없는 야수(野獸)의 순간적인 출몰에 코뿔소를 등장시킨 것이다. 코뿔소 대신 카프카의 「변신」처럼 등껍질이 딱딱한 풍뎅이로 탈바꿈시키거나, 카뮈의 「페스트」처럼 오랑 사람들의 건강(삶)을 파괴시키는 병균으로 대체해도 무방하다.

이오네스코는 단편소설로 「코뿔소」를 쓴 뒤, 연극으로 각색해서 무대에 올렸다. 평온하던 일상에 난데없이 코뿔소 한 마리가 나타나더니, 그 수는 점차 많아져, 그곳 사람들 수와 거의 같아진다. 인간이기를 끝까지 싸워 지킨, 단 한 사람을 제외하고. 여기에서 코뿔소란 사람들의 다른 모습인 것. 카프카가 잠자를 풍뎅이로 변신시킨 것처럼, 이오네스코는 단 한 사람을 남기고 모든 사람들을 코뿔소로 집단 탈바꿈시켰다. 모든 사람이 하나의 모습으로 변해간다는 것은 두렵고 소름끼치는 일이다. 「코뿔소」는 루마니아에서 태어나 유년기에 나치와 파시즘, 전쟁과 이산離散의 고통을 겪은 이오네스코의 부조리한 세계 인식을 풍자적으로 보여준다. 「코뿔소」는 20세기 중반에 발표된 소설이자 부조리극이지만, 코뿔소적인 상황은 지금 이곳의 현실에서 조금도 달라지지 않았다.

¶

몽파르나스 묘지로 이오네스코를 찾아간 것은 위세트 극장에서 그의 〈대머리 여가수〉와 〈수업〉을 관람한 다음 날이었다. 베케트와 같은 묘지에 묻혀 있었음에도 그를 찾아간 것은, 베케트를 찾아다닌 지 10여 년이 훌쩍 흐른 뒤였다. 왜 그에게 갈 생각을 하지 않았던가. 베케트를 의식하며 누구보다 첨예하게 부조리극 운동을 벌인 그였는데, 위세트 소극장에서 그의 연극을 보면서도, 그가 유년 시절 농가에 위탁되어 보냈던 브르타뉴의 아주 작은 마을까지 찾아가면서도, 정작 그가 파리 어디에 살았는지,

이오네스코가 살았던 몽파르나스 대로 96번지 아파트

어디에 묻혔는지는 생각을 못 했던 것일까. 루마니아 태생의 이방인이라는 편견이 자리 잡고 있었던 탓이 크다. 그렇게 보자면, 베케트는 아일랜드 더블린 태생이 아닌가. 그렇게 보자면, 어머니가 프랑스인인 이오네스코가 부모가 모두 아일랜드인인 베케트보다 확실히 프랑스적이지 않은가. 그러나 프랑스에서는 그런 것이 아무런 이유가 되지 않는다. 그들이 활동한 파리는 이방인들이 끊임없이 모여드는 곳이고, 파리의 예술이란 혼혈의 이방인들이 다채롭게 빚어낸 과정이고 결과이기 때문이다.

이오네스코와 그의 아내가 합장되어 있는 묘지 앞에 선 것은 파리에 도착한 지 일주일이 지난 즈음이었다. 파리에 체류하는 동안 품었던 계획은 두 가지, 새로운 소설을 쓰는 것, 20세기의 아방가르드 극장들을 찾아다니는 것이었다. 20세기 중반에 세계 연극의 최전선에서 수많은 시도들이 있었고, 그 무대는 규모가 매우 작은 소극장들이었다. 베케트의 「고도를 기다리며」를 초연한 소극장과 「대머리 여가수」, 「수업」, 「코뿔소」를 초연한 소극장들, 장 주네의 「하녀들」과 「흑인들」, 「병풍들」을 초연한 소극장들을 매주 두세 번 긴 산책을 나가듯이 찾아다녔다. 그러던 어느 날 몽파르나스 대로 쪽으로 갔다가 이오네스코가 살았던 아파트에 당도했고, 소극장들이 줄지어 있는 게테 거리를 돌아보다가 길 건너 몽파르나스 묘지 안으로 들어섰다. 늘 그렇듯이, 사르트르와 보부아르의 합장묘 앞에 섰다가 곧장 베케트 쪽으로 방향을 잡아 걸었는데, 거기, 길목에 이오네스코가 있었다. 베케트 묘의 고독한 분위기와는 사뭇 다른, 연노랑 꽃들이 부

EUGENE IONESCO
1909 - 1994
————
RODICA IONESCO
NÉE BURILEANU
1910 - 2004

드러운 크림색 묘석 위를 환하게 장식하고 있었다.

> 이 세상의 모든 것에 맞서서 나를 방어하겠어! 난 최후의 인간으로 남을
> 거야. 난 끝까지 인간으로 남겠어! 항복하지 않겠어!
>
> — 외젠 이오네스코, 『코뿔소』

외젠 이오네스코와 로디카 이오네스코 합장묘 전경

# 황금 장미를 보다
### ─마르그리트 뒤라스


    오후의 정적과 석양. 몽파르나스 묘원을 산책하는 나는 자주 저 먼 하늘을 본다. 하늘 이외에 달리 어디를 볼 것인가. 죽은 자들의 빈집들과 그들의 상징들, 그리고 이제는 먼지보다 가볍게 사그라진 그들의 육신을 처음부터 짓누르고 있는 현재의 검고 붉고 흰 묘석들. 영원과 순간의 교차가 파도처럼 휘몰아쳐 메마른 가슴팍을 찔러대고, 나는 지상에서 가장 깨끗한 울음을 울고 싶어진다. 나를 위해서도 저들을 위해서도 아닌 단지 이 세상 혹은 저 세상에 존재하는 것들을 위해서 우는 것이다. 울음으로 표현하고 싶은 것이다.

    막강한 돌조차도 고사목처럼 삭은 몸을 내보이는 저 시간의 위력에 경의를 표하고 싶은 것이다. 그리하여 나는 자유롭고 싶은 것이다. 이 덧없는 발길과 저 덧없는 마음의 경미한 충동들을 이리저리 흘려보내며 마침내 도달한 곳이 '세기의 연인' 마르그리트 뒤라스<sup>Marguerite Duras, 1914~1996</sup>의 집이다.

> 열다섯 살 반. 날씬한, 오히려 연약하다고 할 수 있는 육체, 아기 젖가슴, 연한 분홍빛 분과 루주를 바른 얼굴. (중략) 모든 것이 거기에 있었고, 아직은 아무것도 일어나지 않았다.
>
> ─마르그리트 뒤라스, 『연인』

¶

모든 것이 '거기 있다'. 또는 '거기 있었다'. 실존철학자들과 문학비평가 롤랑 바르트가 즐겨 쓰는 이 시제<sup>時制</sup>만 달리한 두 문장에는 아찔한 의식의 벼랑, 시간의 벼랑이 가로놓여 있다. 나는 삶이 혹은 글쓰기가 권태로울 때는 지루한 허공에 침을 뱉기라도 하듯 뒤라스의 작품들을 충동적으로 펼쳐보곤 한다. 유년을 송두리째 인도차이나의 이방인으로 보낸 뒤라스적인 벼랑 의식이 나를 다시 글쓰기의 욕망으로 인도하길 바라는 마음에서이다. 그리하여 뒤라스 소설의 어느 갈피에서 띠는 낯선 하늘, 끊임없이 추억하려는 경향을 배반하는 추억들과의 불화와 흐르는 듯 흐르지 않는 반추억<sup>反追憶, contre-souvenir</sup>의 영상들이 마치 내 유년의 벼랑 사이에도 있거나, 있었다는 것을 깨닫는다.

마르그리트 뒤라스 묘석.
2000년 여름 장면. 필자의 소설 『아주 사소한 중독』 첫 장면의 배경이기도 하다.

나는 글을 쓰고 싶다. 이미 엄마한테 그런 꿈을 말했다. 내가 원하는 건 바로 글 쓰는 거예요. 처음 엄마는 아무 말이 없었다. 마침내 엄마가 물었다. 뭘 쓰겠다는 거니? 나는 책들, 소설들이라고 말했다. 엄마는 퉁명스럽게 말했다. 수학 교사 자격을 받은 후, 그래도 원한다면 쓰렴. 그런 일 따위엔 관심 없다. 엄마는 반대했다. 그런 건 가치 없는 일이고, 직업으로 적당하지 않고, 일종의 허풍이야.

—마르그리트 뒤라스, 『연인』

¶

일종의 허풍虛風. 그 허풍을 따라가 길을 내는 것. 거기에 길이 있다. 하나 아닌 길들. 누구나 가는 길과 몇 사람 드물게 가는 길, 그리고 아무도 가지 않은 길. 앙티로망의 길. 뒤라스는 당시 몇 사람 드물게 가고 있던 그 길에 발을 들여놓는다. 앙티로망anti-roman,反小說, 나중에 누보로망nouveau-roman으로 전이되는 새로운 소설 계보는 실존주의 문학(소설)과 부조리 문학(연극/소설), 그리고 초현실주의 문학(시)에서 홀연히 비어져 나와 20세기 중후반을 대표하는 소설 양식을 이룬다. 용어의 내력을 거슬러 올라가다 보면, 흥미롭게도 맨 첫 자리에서 사르트르를 또 만나게 된다. 그러니까, 앙티로망이란 사르트르가 나탈리 사로트의 『미지인의 초상』(1947) 서문에 썼던 것에서 유래하고 있기 때문이다. 뒤라스는 앙티로망의 전성기라고 할 수 있는 1950년대 후반에 『모데라토 칸타빌레』(1958)를 출간함으로써 알랭 로브그리예를 비롯해 미셸 뷔토르, 클로드 시몽 등 일련의 앙티로망 작가들의 대열에 잠시 합류한다. 그러나 앙티로망이 하나의 유파流派라기보다는 소설 양식에 대한 기법적인, 본질적으로는 기질적인 실험인 만큼 이후 앙티로망 작가들의 움직임은 다양한 지점으로 옮겨 가고, 뒤라스는 소설의 누보로망과 평행으로 전개된 영화의 누벨바그(새물결), 누벨바그에서도 문학과 연계한 시나리오, 제작, 연출 작업으로 특화한 누보시네마 쪽으로 나아간다. 영화 〈히로시마 내 사랑〉(1958)은 이후로 시나리오 작가이자 극작가, 영화감독으로 전개되는 뒤라스 인생의 또 다른 이정표이다.

"당신은 누구지? (중략) 당신이 마음에 들어. 놀랍기도 하지. 당신이 마음에 들어. 갑자기, 얼마나 느려지는지. 얼마나 감미로운지. 당신은 알 수 없어."

— 마르그리트 뒤라스 원작, 알랭 레네 감독, 〈히로시마 내 사랑〉

¶

M. D. 이것은 뒤라스 묘석에 새겨진 이니셜이다. 그녀의 본명은 마르그리트 도나디외. 그 이니셜 역시 M. D.이다. 뒤라스 역시 사르트르나 보들레르처럼 네 살이라는 어린 나이에 아버지를 잃는다. 수학 교수였던 아버지가 사망한 뒤, 뒤라스, 아니 도나디외 가족은 프놈펜과 빈롱, 사덱, 사이공을 거쳐 그녀 나이 열여덟 살 때 자국 식민지를 떠나 본국 프랑스로 귀국해 영구 정착한다. 자전소설 『연인』은 아버지 없이 이방에서 겪는 가

M. D. 마르그리트 뒤라스 이니셜이 새겨진 묘석. 2013년 봄 장면

2018년 여름 장면

난과 그로 인해 굴절된 가족의 초상이 자전적으로 묘사되어 있다.

> 나는 내 가족들에게 대해 많이 썼다. 하지만 그렇게 쓰는 동안에도 그들, 어머니와 오빠들은 살아가고 있었다. 나는 그들 주위에서, 사물들 주위에서, 그 사물들에 다가감이 없는 글을 썼다.
>
> ─마르그리트 뒤라스, 『연인』

¶

마르그리트 도나디외가 마르그리트 뒤라스가 되는 과정에는 대학과 결혼이 놓여 있다. 마르그리트 도나디외는 소르본 대학에서 소설 『연인』에서의 어머니의 뜻과 같이 수학을 공부하고, 법학과 정치학으로 나아간다. 스물다섯 살에 로베르 앙텔름과 결혼하고(7년 후 이혼), 그와 함께 장 주네, 모리스 블랑쇼 등과 교유하며 레지스탕스 운동에도 참여한다. 그사이 첫아이와 오빠를 전쟁으로 잃고, 첫 소설 『철면피들』을 써서 마르그리트 뒤라스라는 필명으로 출간한다. 마르그리트 도나디외가 스물아홉 살 때, 마침내 마르그리트 뒤라스로 세상에 탄생한 것이다. 한 세대를 한 살로 삼아 시작된 뒤라스 문학은 도나디외 나이 일흔 살이 되어서야 비로소 글쓰기의 원점, 작가의 시원을 찾아간다.

전 당신을 오래전부터 알고 있었습니다. 모든 사람들이 당신은 젊었을 때

아름다웠다고 하더군요. 그러나 제 생각에는 지금의 당신 모습이 젊었을
때보다 더 아름다운 것 같습니다.

—마르그리트 뒤라스, 『연인』

¶

　일흔 살에 씌어진 소설, 『연인』. 쭈그러진 모습을 젊은 여인으로서의
얼굴보다 훨씬 더 사랑한다는 고백. 뒤라스 문학의 장관이랄 수 있는 섹슈
얼리티는 어디에서 연원하는가. 뒤라스 소설에서 독특한 자장을 이루는
관능성이 소설 전면으로 완전히 드러나게 되는 것은 『복도에 앉은 남자』
가 씌어지던 1980년이다. 그해 그는 서른여덟 살 연하 연인 얀 앙드레아
를 만난다. 뒤라스가 자신의 소설 『타키니아의 작은 말들』을 읽고 매혹된
한 청년의 끈질긴 구애를 받아들인 것은 그녀 나이 예순여섯, 청년의 나이
스물여덟 살 때이다. 그리고 4년 후 『연인』이 씌어졌다. 그 작품은 "뒤라스
라는 문자를 거의 신성시할 정도로 사랑했던" 연인 앙드레아가 알코올중
독자였던 뒤라스의 구술을 타이프로 쳐서 세상에 나왔고, 전 세계 독자들
은 이 특별한 '연인'의 사랑에 열렬히 빠져들었다. 사르트르와 보부아르,
보들레르와 뒤발, 베케트와 쉬잔의 사랑이 숙명적이고 예외적이라면 뒤라
스와 앙드레아의 사랑 또한, 사랑은 어떻게 오는가, 진정 사랑이란 무엇인
가를 되묻게 한다. 사르트르가 세상을 떠난 6년 후 보부아르가 그와 같은
묘석 아래 합장되었듯이, 앙드레아는 뒤라스가 세상을 떠난 18년 뒤 그녀

뒤라스의 묘석에는 조약돌과 조가비,
꽃과 선인장이 에워싸듯 놓여 있고,
가끔 누군가 남긴 메모가 조약돌 아래 자리 잡고 있다.

곁에 묻혔다.

"사랑에는 휴가란 없어. 그런 것은 있지 않아. 사랑은 권태를 포함한 모든
걸 온전히 감당하는 거야. 그러니까 사랑에는 휴가가 없어."
그는 강물을 마주하고서 그녀를 바라보지 않은 채 말했다.
　─마르그리트 뒤라스, 『타키니아의 작은 말들』


¶


　베케트로부터 뒤라스에 이르려면, 사르트르에게서 보들레르에게 이르
기 위해 불바르 거리에서 서쪽 길(루에스트 거리)를 거슬러 올라가야 했던 것
과 반대로, 교차 도로에서 동쪽 길(레스트 거리)을 끝까지 거슬러 내려와야
한다. 그러면 처음 몽파르나스 묘원 정문으로 들어와서 오른편 사르트르
에게 가기 위해 잠시 멈추어 섰던 불바르 거리와 만난다. 뒤라스는 그러니
까 사르트르와 같은 거리, 그러나 그와는 반대 방향의 초입, 제 21구역에
잠들어 있다. 제20구역의 사르트르와 보부아르 합장묘와는 푸른 문을 사
이에 두고 있는 셈이다. 뒤라스에 이르러서 나의 몽파르나스 묘지 여행은
원점에 도달한다.

　그날 저녁 사이렌은 그칠 줄을 몰랐다. 그렇지만 다른 날 저녁처럼 결국
그치고 말았다. (중략) 쇼뱅이 말했다. "당신이 죽었으면 좋겠어요." 안 데

2023년 뒤라스와 얀 앙드레아의 합장 묘석 전경.
뒤라스가 세상을 떠나고 18년 뒤 얀 앙드레아가 합장되었다.
뒤라스 이름 아래 그의 이름과 생몰 연도가 희미하게 새겨져 있다.

바레드가 말했다. "그대로 되었어요."

—마르그리트 뒤라스, 『모데라토 칸타빌레』

¶

상이한 아픈 기억을 매개로 이름도 직업도 모른 채 사랑 행위에 몰두하고 상처로 남았던 기억을 섹스로 치유하고 떠나는 『히로시마 내 사랑』의 남녀. 역시 성도 직업도 모른 채 인도의 어느 곳에서 매일처럼 다른 자세로 자학 행위와 비슷한 섹스 행위를 연출하는 『복도에 앉은 남자』의 남녀. 뒤라스 예술의 본령인 사랑, 혹은 섹슈얼리티는 삶과 소설, 영화를 막론하고 시들어 죽은 노란 꽃의 황홀한 부활, 황금 장미의 순간적인 광휘를 보여준다. 여든두 살의 생을 마감하기까지 열렬하게 추종했던 연인의 꽃을 그녀는 저승 어디에 부려놓았을까.

빨리 흘러가는 것이 고통스럽다. 그렇지만 나는 아직 세상의 이편에 있다. 죽는다는 것은 정말 끔찍하다.

—마르그리트 뒤라스, 『이게 다예요』

# 종소리 푸르게 울려 퍼지고
—몽파르나스 묘지에서 나서다

한 중년 여인이 뒤라스 묘 앞 초록색 나무 벤치에 앉아 편지를 쓰고 있다. 구름을 벗어난 태양은 마지막 불길을 사르고, 누가 가져다 놓았는지 묘석 위엔 장미 몇 송이 시들어 누워 있다. 한줄기 푸른 나무는 언제 거기에 나 자랐는지, 훌쩍 큰 키로 마지막 그늘을 내려준다. 나는 편지 쓰는 중년 여인과 한 그루 나무와 시든 장미꽃을 바라본다. 사이렌 소리도 종소리도 새소리조차, 바람 지나가는 소리조차 들리지 않는다. 도무지 조용하다. 그러나 모든 것은 거기 있었고, 여전히 거기 있다. 길 저편, 사르트르와 보부아르의 묘를 건너다본다. 언제나처럼 누군가가 그를, 아니 그녀를, 아니 그들을 앞에 서서 보고 있다. 그들의 시선을 건너다보니 보들레르를 지키던 헝가리 여학생이 떠오른다. 그러자 그 앞에 줄지어 선 나무처럼 우뚝우

뚝 멈춰 서 있던 젊은 이방인들도 보인다. 이어 동전이나 전철 티켓은 물론이고 조약돌 하나 없이 오직 돌에 새겨진 이름만으로 내리쬐는 마지막 태양의 불길을 불사조인 양 지키고 있던 베케트 묘의 고독이 온몸에 엄습해온다. 보들레르의 일침이 영원과 순간의 눈깜짝할 사이의 환각을 깨뜨리며 비집고 들어온다.

혼자 있지 못하는 이 크나큰 불행……
―샤를 보들레르, 「고독」, 『파리의 우울』

¶

뒤라스 곁에서 편지를 쓰고 있는 중년 여인을 남기고, 내 눈앞에 잠시 번쩍하고 빛나던 시든 장미꽃을 두고 나는 발길을 옮긴다. 푸른 문은 들어올 때처럼 여전히 열려 있다. 나는 세상 밖으로 열린 문을 향해 느리게, 석양의 기울기만큼이나 느리게 걸어간다. 출입문 돌기둥에 매달린 쇠종이 눈에 들어온다. 들어올 때 귓가에 메아리쳤던 종소리의 환청은 가뭇없이 사라진 지 오래다. 소리의 기억은 문 저편으로 날아가고 소리의 실체는 붉게 녹슬어 거기 붙박여 있다. 처음 그 앞에 섰을 때 3시를 가리키던 시계가 정각 6시를 향해 간다. 문을 나서면 나는 어디로 갈지 모른다. 에드가키네 대로를 내처 걸어가면 라스파유 대로와 만난다. 사르트르는 생제르맹데프레의 보나파르트 거리의 집에서 몽파르나스 묘지가 내려다보이는

아카시아 꽃잎이 눈처럼 내려앉아 있는 몽파르나스 묘지

라스파유 대로의 작고 검소한 아파트로 이사 와 사라져가는 시력과 혼미해지는 정신과 싸우며 노년을 보냈다.

　문을 나서자 허공을 가르며 종소리가 울린다. 10년 전 종소리의 기억이 새삼 현재의 시간을 일깨운다. 저녁 6시, 문이 닫히는 시간이다. 나는 뒤돌아보지 않고 오직 그곳을 향해 걸어오던 방향 그대로 앞으로 나아간다. 종소리는 사방으로 푸르게 울려 퍼지고 나는 태초의 소리처럼 종의 메아리를 듣는다. 여름날의 파리, 아직 어둠은 이르다.

2

팡테옹

# 펜으로 바꾼 세상,
# 세기의 전설

# 세기의 전설, 팡테옹에 이르다
## —빅토르 위고

> 파리를 들이마시는 것,
> 그것은 영혼을 보존하는 것이다.
>
> —빅토르 위고

낭만파 시인, 아니 낭만파 소설가, 아니 낭만파 극작가 위고 <sup>Victor Hugo,</sup>
<sub>1802~1885</sub>의 영면처에 가려면 거쳐야 하는 곳들이 있다. 샹젤리제 대로의 개
선문과 그 옆에 뻗어 있는 빅토르 위고 대로.

그들은 지금 어디 있을까? 어떤 섬나라 임금이라도 되었을까?
더 좋은 나라에 가기 위해 우리를 버린 것일까?

파리 마레 보주 광장에 있는 빅토르 위고 박물관.
위고는 1832년부터 16년간 이 저택 2층에 살았다. 이곳에서 그는 『레 미제라블』을 집필했다.


이제 당신들의 추억조차 매몰되고

육체는 바닷속에, 이름은 기억에만 남았는가!

— 빅토르 위고, 「밤의 태양」


¶


위고는 지금 어디 있을까? 그의 뼈는 신전 속에, 그의 이름은 우리들
기억 속에 남았는가. 파리에 발을 들여놓는 사람은 적어도 한 번 이상 그
의 이름을 독서 창고에서 끄집어낼 것이다. 제일 먼저 노트르담 대성당을
돌아보면서 『파리의 노트르담 대성당』의 에스메랄다와 카지모도, 그리고

노트르담 대성당 장미창. 팡테옹 언덕을 향하고 있다.

그들의 창조자인 빅토르 위고를 떠올리지 않을 수 없을 것이다. 그러나 개선문 근처에서, 그리고 언덕 위 프랑스 영웅들의 신전 팡테옹에서 위고를 다시 불러내는 사람은 몇이나 될까. 극히 소수이거나 다가 아닐까.

인생의 폐허! 내 가족이여! 오 나와 같은 두뇌여!
나는 저녁마다 그대들과 엄숙하게 작별한다!
ㅡ샤를 보들레르, 「노인들-빅토르 위고에게」

파리의 거리를 걷다 보면 작가나 음악가, 정치가, 사상가들의 이름들을 수도 없이 만난다. 16구의 모차르트 거리, 5구의 데카르트 거리, 6구의 당통 거리, 라신 거리, 7구의 아나톨 프랑스 강둑, 8구의 마르셀 프루스트 소로, 그리고 몽테뉴 거리, 1구의 몰리에르 거리, 장 자크 루소 거리, 에티엔 마르셀 거리……. 개선문 전망대에 올라 빅토르 위고 대로를 내려다본다. 방사상으로 뻗어나간 열두 개의 길 중 서쪽 불로뉴 숲으로 뻗어나간 길이다. 숲으로 가는 길목에 두 개의 광장이 더 있고, 그중 하나가 빅토르 위고 광장이다. 위고는 자신의 80세 생일을 기념해 파리 사람들이 붙여준 자신의 거리 130번지(현 124번지)에 살다가 명명 4년 후 눈을 감았다. 그보다 한발 앞서 인간의 총체상을 사실적으로 묘파한 '인간 희극'의 작가 발자크는 파리의 거리가 꼭 사람의 성격과 닮았다고 했다. 빅토르 위고 대로의 표정은 어떠한가. 눈을 가늘게 뜨고 태양빛이 작열하는 거리를 살펴본다. 1884년, 그 거리에서 시인이 집필한 시적 회고가 우렁차게 메아리친다.

나는 이 지상의 임무를 거절하지 않았다.
내가 가꾼 밭, 내가 거둔 열매는 다 여기 있고,
나는 언제나 미소하며 편안한 마음으로
신비한 것에 마음 끌리며 살아왔다.

나는 할 수 있는 일 다 하였고, 남을 위해 봉사했고 밤을 새웠다.
남들이 내 슬픔을 비웃는 것도 보아왔고,
남달리 고통받고 일한 덕분에

개선문의 열두 대로 중 하나인 빅토르 위고 거리 124번지.
그는 이곳에서 숨을 거두었고, 그의 장례 행렬은 개선문을 통과해 팡테옹으로 이어졌다.

놀랍게도 원한의 대상이 되기도 하였다.

— 빅토르 위고, 「나는 왔노라, 보았노라, 이겼노라」

개선문이 있는 드골 광장의 옛 이름은 에투알 광장이다. 이 광장은 1854년 자칭 나폴레옹 3세라 선포했던 나폴레옹의 조카 루이 보나파르트 나폴레옹의 지시에 따라 파리 시장 오스망 남작의 지휘 아래 건설되었다. 열두 개의 대로가 마치 별처럼 사방으로 뻗어나가도록 설계한 데서 에투알(별)이라 불렸던 것인데, 20세기 프랑스의 국민적 영웅 샤를 드골이 1970년 사망하면서 그의 이름으로 대체되었다. 개선문의 역사는 샤를 드골 광장, 아니 에투알 광장보다 앞선다. 광장에 문을 세운 것이 아니라, 문에 광장을 펼친 것이다. 1806년 오스테를리츠 전투에서 크게 승리한 나폴레옹은 전승을 기념하기 위해 건축가 장 샬그랭에게 개선문 건립을 명한다. 전투가 끝난 뒤 승전의 기쁨을 부하들과 나누며 '너희들은 개선문을 통해 고향으로 갈 것이다'라고 했던 언약을 이행하기 위해서였다. 나폴레옹의 명이 떨어진 이듬해 첫 삽을 뜬 이래 개선문은 혁명 뒤 19세기 전반기의 운명을 그대로 반영하듯 중단과 재개를 거듭한 끝에 1836년, 7월 왕정의 주역 루이 필리프에 의해 완성이 되었다. 나폴레옹은 부하들이 개선문을 통해 고향으로 가도록 하고 싶었고, 또 그 자신의 결혼 행진도 개선문을 통해 거행하고 싶었다. 그러나 1809년 조세핀과 이혼하고 오스트리아의 마리 루이즈와 결혼할 때까지 개선문은 고작 기초 공사를 마쳤을 뿐이었다. 샬그랭은 급히 실제와 똑같은 '모조 개선문'을 만들어 나폴레옹의 결혼 행진에 바쳤다. 이로써 모조든 실제든 나폴레옹은 딱 두 번 개선문을 공식 통과하게 되는데, 한 번은 유럽 대륙의 황제이자 오스트리아의 황녀 마리 루이즈의 신랑으로서, 또 한 번은 생트엘렌(세인트 헬레나)섬에서 죽은 지 19년이 지난 1840년 유해로서였다.

19년 만에 본국 수도 파리에서 치러진 나폴레옹의 장례식 이후, 프랑스의 영웅들은 개선문을 통과하는 것이 관례가 되었다. '가난한 사람들(레 미제라블)'의 대변자 위고는 나폴레옹 보나파르트의 조카 나폴레옹 3세가 1848년 2월에 일으킨 쿠데타를 인정하지 않았지만, 죽어서는 그가 집권하는 제2제정의 국장國葬 당사자로 나폴레옹의 개선문에 안치되었다가 팡테옹에 안장되었다. 위고는 '가난한 사람들'의 수레에 실려 가는 가장 검소한 장례식을 유언으로 남겼지만 가난한 사람들뿐만 아니라 전 국민의 영웅이었기에 『레 미제라블』을 집필했던 마레의 집도, 자신의 이름을 딴 대로의 124번지 집도 아닌 개선문이 바로 그의 장례식장이 된 것이었다.

그는 자고 있네. 그의 운명은 아주 기구했건만,

그는 살고 있었네. 그의 천사가 없어지자 그는 죽었네.

그것은 그저 올 것이 저절로 온 것.

마치 해가 지면 밤이 되듯이.

—빅토르 위고, 『레 미제라블』


빅토르 위고의 개선문 장례식은 그의 가공할 성공작 『파리의 노트르

상젤리제 대로의 개선문과 에투알 광장.
열두 개의 길이 별모양으로 퍼져나가는데, 그중 하나가 빅토르 위고 거리이다.

담 대성당』과 『레 미제라블』과 마찬가지로 프랑스 역사에도 획기적인 선을 그었다. 200만 명의 군중이 개선문과 그 열두 대로, 센강을 건너 팡테옹 사원에 이르는 길이란 길, 광장이란 광장은 모두 메웠던 것. 그 어떤 축제가 그 많은 군중을 모을 수 있을까.

¶

　　프랑스 동부 쥐라산의 요새 도시 브장송에서 태어난 위고는 나폴레옹 예하의 군인으로 장군의 지위에까지 올랐던 아버지 레오폴 위고의 근무지를 따라 마르세유, 엘바섬, 코르시카섬, 나폴리 등지를 옮겨 살았다. 그가 어머니 소피 위고를 따라 파리로 이주한 것은 일곱 살 때, 아버지와 정치적 신념이 달랐던 어머니는 불화 끝에 아이들을 데리고 팡테옹 뒤편 생자크 거리에 있는 퀴이앙틴 수도원 부속 가옥에 정착했다. 1802년 브장송에서 태어난 그가 세상을 돌고 돌아 팡테옹 언덕에 영면한 것은 프랑스 역사상 가장 격동적이었던 세월의 파도를 넘어 유년의 고향, 유년의 낙원으로 돌아온 셈인가.

　　보라, 어린 것들이 둥그렇게 앉아 있다.
　　누나같이 보일 아직도 젊은 여자,
　　어머니는 그 곁에서
　　애들의 순진한 장난을 지켜보며,

프랑스 동쪽 알프스 산자락 쥐라산의 요새 도시 브장송.
나폴레옹의 도시이자 빅토르 위고의 고향이다. 요새에서 내려다본 전경

브장송의
빅토르 위고 생가

운명의 투표함에서 미지의 숫자가

튀어나오지 않을까 불안해한다.


어머니 옆에선 웃음이 터져 나오고 울음이 그친다.

그녀의 마음 또한 어린것들같이 순수하고,

우아한 기품은 고귀해서,

땅 위에 내리는 햇살을 통해

꾸준하고 벅찬 보살핌 끝에

삶은 이제 시<sup>詩</sup>로 바뀌어간다.

　　　─빅토르 위고, 「보라, 어린것들이 둥그렇게 앉아 있다」


¶


　빅토르 위고가 잠들어 있는 팡테옹은 프랑스의 위인들을 안장하고 기리는 국립묘지이다. 팡테옹은 센강을 사이에 두고 마주 보고 있는 두 개의 언덕, 몽마르트르와 팡테옹 언덕 중 하나로, 이 팡테옹 언덕은 파리에서 가장 유서 깊은 카르티에 라탱(라틴 구역)의 중심지이다. 카르티에 라탱은 소르본 대학교가 위치한 팡테옹 언덕과 그 아래 기슭 일대를 가리키는데, 성직자들이 라틴어를 교육하던 학문 기관, 곧 소르본 대학교의 교수와 학생들의 근거지이다. 내가 20대 때부터 파리를 오가며 주로 머물던 곳도 바로 이곳이다. 언덕 꼭대기에 팡테옹이 자리 잡고 있어서 팡테옹 언덕으로

팡테옹. 광장 오른쪽에 파리 1대학(법대)과 국립도서관이 보인다.
도서관 우측으로 생에티엔 교회가 자리 잡고 있다.

부르지만, 본래 이름은 파리의 수호 성녀인 생트주느비에브 언덕이다. 팡
테옹 앞 광장 우측에 소르본 법대(현, 파리 1대학)이 자리 잡고 있고, 발자크,
플로베르, 보들레르, 프루스트, 로맹 가리 등 프랑스를 대표하는 문호들이
이곳에서 법학을 전공했다. 팡테옹 광장의 한 축을 이루는 이 대학 건물
옆으로 국립도서관과 생에티엔 교회가 이어진다. 팡테옹 뒤쪽에는 앙리 4
세 고등학교가 자리 잡고 있고, 그 아래 좌우로 소르본 대학교 본관 교정
(현, 파리 4대학으로 신학, 문학 중심)과 교육부, 콜레주 드 프랑스(세계적인 석학 기관)
등이 포진해 있다.

팡테옹 언덕 소르본 대학교 본관(현 파리 4대학) 교정의 빅토르 위고 동상

너는 권력을 추구해서는 안 된다.

다른 일을 해야 한다. 다른 모습의 정신을 가진

너의 기회가 와도 의연히 물러서야 한다.

(중략)

열렬한 군중들 틈에 섞여

추방당할 사람, 재판받을 사람을 보호하고

교수대를 뒤엎고, 불온한 도당들이 뒤흔드는

질서와 평화를 받들고 보호해야 한다.

(중략)

너의 임무는 가르치고 사색하는 일.

─빅토르 위고, 「1848년, 시인은 무엇을 생각했던가?」


¶


  팡테옹의 기원은 이탈리아 로마와 그리스 아테네로 거슬러 올라간다. 파리의 팡테옹은 원래 건축가 자크 제르맹 수플로가 루이 15세의 명에 따라 생트주느비에브 산정에 세운 생트주느비에브 교회이다. 수플로는 고딕 양식과 그리스 양식을 결합한 아름다운 교회 건축을 꿈꾸었다. 로마의 판테온을 모사한 코린트 양식의 퍼사드와 83미터 중앙 돔의 위용을 뽐내는 이 건축물은 파리의 신고전주의 양식의 백미로 꼽힌다. 중앙 돔 아래 중앙 홀에는 물리학자 푸코가 실험했던 진자가 설치되어 돌고 있고, 천장에는

팡테옹 중앙 로비. 진자가 돌아가고 있다.

팡테옹 위대한 작가들의 묘역

프레스코화가 그려져 있다. 이 홀을 따라, 분야별 지하 봉안당으로 진입하는 문이 조각되어 있다. 프랑스 혁명을 거치며 왕의 교회에서 프랑스 위인들을 기리는 성전으로 거듭나면서, 볼테르와 루소, 베르그송, 위고와 졸라, 생텍쥐페리, 말로와 시라크, 파스퇴르와 마리 퀴리 등 철학자, 작가, 정치가, 과학자, 각 시기의 애국자들이 심사를 거쳐 지하 봉안당에 안장되어 있다. 위고가 살았던 19세기 프랑스는 나폴레옹 1세부터 나폴레옹 3세까지 격변의 소용돌이 속에 혁명과 쿠데타가 거듭되며 왕정과 제정, 공화정 체제가 숨가쁘게 바뀌던 혼란기였다. 흥미로운 것은, 팡테옹에 안장되었다가 사후 평가에 따라 철거되는 경우가 있는데, 혁명가 미라보와 마라가 그들이다. 이들은 혁명 이전에 안치되었다가 혁명 후에 이장되었는데, 장례 당시 상황과 여론의 뜨거운 반응이 국장과 팡테옹 안장에 영향을 미쳤다가, 사후 드러난 불미스러운 행적이 퇴거에 이르게 할 만큼 치명적이었다.

정권에 따라, 파리와 프랑스 각지에 잠들어 있는 위인들을 팡테옹에 안치하려는 시도가 벌어지는데, 일례로 파리 6구 생제르맹데프레 교회에 영면해 있는 철학자 데카르트와 남프랑스 루르마랭 고원 마을 공동묘지에 영면해 있는 알베르 카뮈가 대표적이다. 알베르 카뮈의 경우, 사르코지 정부가 팡테옹으로 이장을 시도했으나, 이방인 카뮈의 정신과 부합하지 않을뿐더러 정치적인 명분으로 이용당하는 것을 원치 않았던 유족의 반대로 고요하고 햇빛 찬란한 루르마랭에 영면해 있다.

그날 밤 나는 모래밭에서 잠자다가

시원한 바람에 꿈에서 깨었다.

두 눈을 떠보니

새벽별이 멀리 하늘가에서

희미하고 아득하게 빛나고 있었다.

ㅡ빅토르 위고, 「별」


¶


로마의 판테온은 전체를 의미하는 판$^{pan}$과 신을 의미하는 테온$^{theon}$의 합성어이다. 로마의 판테온을 만신전$^{萬神殿}$이라 불러온 이유가 거기에 있다. 로마의 판테온을 모사한 파리의 팡테옹 퍼사드 위 삼각형 박공에는 "프랑스의 위인들에게 감사하는 조국"이라는 글귀가 새겨져 있다. 고대 그리스 십자가 모양의 신고전주의 건축 안으로 입장하여 푸코의 진자를 빙 돌아 위대한 프랑스 작가들의 문으로 들어가 지하로 내려가면 중앙 통로를 사이에 두고 봉안당이 원형을 이루며 배치되어 있다. 빅토르 위고는 24호 봉안당에 영면해 있다. 여기에는 평생 그를 흠모했던 에밀 졸라와 『삼총사』·『몬테크리스토 백작』을 쓴 알렉상드르 뒤마$^{Alexandre\ Dumas,\ 1802~1870}$가 함께 잠들어 있다.

오랜 세월 팡테옹 옆을 지나다녔고, 순간순간 돔을 올려다보기도 했다. 그러나 빅토르 위고의 영면처를 찾아간 것은 많은 세월이 흐른 뒤, 단

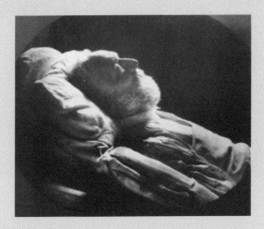

펠릭스 나다르가 찍은 빅토르 위고 영면 사진
1885년 5월 22일

빅토르 위고가 마지막으로 머물렀던 침대.
빅토르 위고 박물관에 재현되어 있다.

팡테옹의 빅토르 위고 무덤

한 번이었다. 돌에 새겨진 그의 이름과 마주하고 서 있자니, 브장송의 생가와 마레의 붉은 집, 소설로 새로운 시대를 연 노트르담 대성당, 그리고 장례식이 거행되었던 개선문이 생생하게 눈앞에 펼쳐졌다. 오랜 세월 그의 족적을 쫓아왔으나, 그가 긴 유배 생활을 했던 영불해협의 영국령 건지 Guernsey 섬에는 닿지 못했다. 그의 오트빌 하우스가 있는 그 섬에 가려면 노르망디의 항구 르아브르나 그랑빌, 또는 브르타뉴의 생말로에서 배를 타야 했다. 예약을 했으나, 승선일이 되면 폭우가 쏟아져 오트빌 하우스행은 불발되었다. 언젠가 찾아갈 곳이 하나쯤 있다는 것이, 그것이 위고의 섬이라는 것이 미래의 기약처럼 설렘으로 남아 있다.

지금은 황혼

나는 문간에 앉아

일하는 마지막 순간을 비추는

하루의 나머지를 찬미합니다.

— 빅토르 위고, 「씨 뿌리는 계절」

# 오직 펜으로, 세상을 바꾸다
## —에밀 졸라

　그날은 아침부터 비가 내렸다. 서안 해양성 기후의 영향으로 파리는 늦가을부터 우기로 1월에는 센강이 범람하곤 한다. 아침 식사를 마치고 메당으로 향했다.

　메당<sup>Médan</sup>은 파리에서 북서쪽으로 26킬로미터 거리의 근교로, 노르망디 대평원을 흘러흘러 영불해협으로 나아가는 센강 변에 위치해 있다. 주민이 1,300여 명밖에 되지 않는 아주 작은 마을인데, 세계소설사에서 자주 호명될 정도로 파리 근방에서 사랑받는 곳 중 하나이다. 자연주의 소설 세계를 연 에밀 졸라<sup>Émile Zola, 1840~1902</sup>가 파리 하층민, 노동자들의 비참한 생활상을 적나라하게 그린 『목로주점』(1877)이 대성공을 거두자, 이곳의 시골집을 구입해 파리에서 옮겨 와 살게 되면서부터이다. 『목로주점』은 졸

파리 근교 메당. 마을 깊숙이 진입하자, 삼거리가 나왔고,
고목 한 그루가 빗물이 스며든 메당 성벽을 배경으로 붉은 열매를 화환처럼 펼치고 서 있었다.

파리에서 센강을 따라 이어지는 노르망디 작가들의 집 지도

메당 길 끝에 자리잡은 에밀 졸라의 집 입구

라가 28세 때부터 구상하고, 쓰기 시작해서 20여 년 동안 매년 발표하며 완성한 '루공-마카르 총서<sup>叢書</sup>'(1871~1893) 중 한 편이다.

졸라의 이 집은 처음엔 작고 수수한 농가였는데, 정사각형과 정육각형의 탑 모형의 건물이 증축되면서 저택의 면모를 갖추게 되었다. 졸라는 본채 왼쪽의 정사각형은 그의 소설 제목인 '나나'를 붙여 '나나의 탑'으로, 이후 오른쪽 정육각형은 '제르미날'을 붙여 '제르미날의 탑'으로 명명했다. 마을 안길 끝에 위치한 이 집은 기찻길 쪽으로 완만하게 경사가 져 있는데, 토목 기사의 아들답게 졸라는 이곳에 꽃과 나무를 심어 정원을 가꾸고 정자를 세워, 독특하면서도 아름다운 저택으로 탈바꿈시켰다. 그는 이곳에서 휴식과 집필은 물론 문학 모임을 주재했고, 그의 아내 알렉상드린은 초대객들에게 훌륭한 요리를 대접했다. 졸라를 주축으로 여섯 명의 젊은 작가들이 이 집에 모여들었는데, 화요일 밤마다 정기적으로 소설을 발표하고 토론을 벌였다. 이들은 '메당 그룹', '메당파'로 불리며 문학 활동을 벌였고, 이때 발표한 소설들은 『메당 야화<sup>夜話, Les Soirées de Médan</sup>』라는 앤솔러지로 출간되었다. 사실주의 소설가 기 드 모파상이 이들 중 한 명으로, 이곳에서 발표한 『비곗덩어리』는 파리 문학계에서 크게 주목을 받아 일약 중요한 작가 반열에 올랐다. 이후, 새로운 문학 뉴스를 찾는 파리의 문학 기자들에게 이곳은 중요한 취재원으로 각광을 받았다.

메당에 도착하도록 비가 그치지 않았다. 시속 30킬로미터로 마을 깊숙이 진입하자, 삼거리가 나왔고, 고목 한 그루가 빗물이 스며든 메당 성벽

메당에 있는 에밀 졸라의 집(후면) 정경. 수수한 농가를 매입하여 소설이 성공을 거둘 때마다
정육각형과 정사각형 건물을 좌우 증축하여 저택의 규모를 갖추었다.
소설 주인공의 이름에서 제르미날의 탑과 나나의 탑으로 불린다.

에밀 졸라의 집 뒤뜰 정원

을 배경으로 붉은 열매를 가득 화환처럼 펼치고 서 있었다. 고목을 중심으로 빵집과 카페, 식당 등이 자리 잡고 있었다. 우선, 졸라의 집을 찾아가 보고, 센강 변으로 나갔다가 강물의 흐름을 살펴본 뒤, 그들 중 한 곳에서 붉은 열매 나무 고목을 바라보며, 점심 식사를 할 것이었다.

졸라의 집은 굳게 닫혀 있었다. 파리에서 에트르타까지 노르망디 센강을 따라 자리 잡은 작가들의 집 탐방로가 안내판으로 부착되어 있을 뿐, 안으로 들어갈 방도가 없었다. 그와 그의 아내가 그토록 정성을 들여 가꾼 저택은 현재 '졸라-드레퓌스 박물관'으로 전환되어 있었다. 졸라는 1878년부터 1902년 9월 28일, 62세로 세상을 떠나기 전날까지 이곳에서 살았다. 가스 중독으로 파리에서 숨을 거둔 그의 죽음은 역사의 미스터리로 남아 있다.

사회 고발 소설들로 인간의 참상을 불굴의 집필 작업으로 세상에 알리고, 센강 변의 조용한 마을에서 대작가의 삶을 영위하던 그를 다시 세상 속으로 뛰어들게 한 것이 드레퓌스 사건이다. 그는 창작으로 이룬 업적과 명예 전부를 걸고, 군부와 정권이 유대인 청년 대위 드레퓌스를 독일 스파이로 둔갑시켜 군적을 박탈하고 감옥으로 보낸 조작된 진실의 진위를 밝히기 위해, 오직 펜으로, 거짓된 권력과의 투쟁을 선언했다.

내가 바라는 것은 오직 한 가지, 오랫동안 고통받아왔으며 행복을 추구할 권리가 있는 인류의 이름으로 진실을 밝히는 것뿐입니다. 나의 열렬한 항의는 곧 내 영혼이 외치는 소리입니다.

—에밀 졸라, 「나는 고발한다! —공화국 대통령에게 보내는 편지」, 1898년 1월 13일

여명이라는 뜻의 『로로르 L'Aurore』지 1면 전체와 2면에 걸쳐 인쇄된 졸라의 이 선언문은 프랑스 혁명에 버금가는 엄청난 회오리를 일으켰고, 프랑스 국민은 드레퓌스파와 반드레퓌스파로 극심하게 갈라져 무섭게 싸웠다. 졸라가 펜을 든 것은 드레퓌스라는 한 청년 대위의 짓밟힌 인권과 명예 때문이 아니었다. 드레퓌스라는 인간을 넘어, 모든 인간에게 가해지는 부당함과 불의에 맞선 것이었다. 이때 졸라의 나이 58세, 문학인으로서의 최고 명예 훈장까지 받은 국민 작가였다. 이 선언문 이후 3년간, 졸라는 상대 진영으로부터 명예훼손으로 소송당해 법정에 서야 했고, 들끓는 여론을 뒤로하고 런던으로 망명길에 올라야 했다. 졸라는 "진실은 전진한다"고 믿었다. 그의 죽음은 드레퓌스의 진실 규명과 제자리 찾기의 3년 여정과 맞물린다. 드레퓌스는 누명을 벗었고, 그는 런던에서 돌아왔다. 그리고 그토록 소중히 영위하던 메당에서의 삶도 되찾아갔다. 그러나 무엇이 문제였을까. 파죽지세로 갈라져서 사납게 들끓던 마음들이 서로를 향해 돌아서서 마주 볼 수 있기까지는 얼마나 많은 시간이 필요했을까.

졸라의 집에서 센강 쪽으로 내려가는 길목에 기찻길이 지나가고 있었다. 파리 생라자르 역에서 모네의 집이 있는 지베르니로, 플로베르가 잠들어 있는 루앙으로, 사르트르가 교사 생활을 했던 르아브르 항구로, 그리고 코끼리 형상의 절벽으로 알려진 모파상의 에트르타 포구로 이어지는 철

파리 생라자르 역에서 출발하는 철도가 에밀 졸라의 집 정원 뒤를 지나가고,
이 철길을 건너면 센강이다.

에밀 졸라 거리.
졸라의 집 벽에는 1878년 매입하여 1902년 죽기 전날까지 살았다는 내용이 새겨져 있다.

에밀 졸라는 팡테옹에 빅토르 위고와 마주 보고 나란히 잠들어 있다.

길이었다. 자동차만 아니라면, 열차 역에 가서 제일 먼저 도착하는 열차에 탑승하고 싶은 충동이 일었다. 강가에 이르니 비는 그치고, 황토색 강물이 넘칠 듯 흘러가고 있었다.

　삼거리 식당에서 점심 식사를 마치고, 파리로 귀환했다. 그리고 곧바로 졸라가 의문의 가스 중독으로 세상을 떠난 몽마르트르 언덕의 브뤼셀 가에 있던 집을 거쳐, 센강 건너편 그가 잠들어 있는 팡테옹 언덕으로 향했다. 처음 그는 집 가까이에 있는 몽마르트르 묘지에 안장되었다가, 몇

파리 8구 브뤼셀 거리 비스 21번지. 에밀 졸라의 마지막 집.
몽마르트르로 이어지는 클리시 대로 지척에 있다. 현관에는 "1889년 이 집에 정착했다.
1898년 1월 12일 「나는 고발한다」를 여기에서 썼고,
1902년 9월 29일 여기에서 죽었다"라고 새겨져 있다.

년 뒤 팡테옹으로 이장되었다. 졸라의 장례식은 두 번 거행된 것이었다. 첫 장례식은 1902년 10월 5일. 브뤼셀가에서 몽마르트르 묘지로 이어지는 거리는 5만여 명의 인파가 몰렸다. 그 어느 작가와 장군, 지도자들과는 다른 풍경이 펼쳐졌다. 광부, 농부, 대장장이들이 작업복 차림 그대로 머리에 띠를 두르고, 붉은 리본을 매단 꽃다발을 들고 그를 따른 것이었다. 드레퓌스도 행렬의 맨 앞에 서서 걸었다. 몽마르트르 언덕에 영구차가 도착하자 그들은 일제히 외쳤다. "졸라 만세!" 두 번째 장례식은 1908년 6월 4일. 몽마르트르에서 프랑스 영웅들의 무덤인 팡테옹으로의 이장으로, 의회의 의결을 거쳐 진행된 국장이었다. 졸라보다 앞서 팡테옹에 묻힌 프랑스의 작가들은 볼테르와 루소, 빅토르 위고였다. 그리고 그의 뒤를 이어 팡테옹에 영면한 작가는 앙드레 말로이다. 졸라는 위대한 작가들의 24 묘역에 빅토르 위고와 함께 잠들어 있다.

팡테옹에서 나오자 가을 하늘은 쾌청했다. 졸라는 자신이 죽는다는 것을 전혀 예상하지 못한 채, 이 세상을 떠났다. 1902년 9월 28일, 메당에서 평온하게 휴식을 취하고 파리로 돌아온 다음 날인 29일 아침이었다. 사인은 벽난로 굴뚝이 막혀 조개탄 가스 유출로 인한 중독사였다. 그의 아내가 먼저 쓰러졌고, 그는 상한 음식을 먹은 탓이라고 아내를 달랬다. 그리고 마지막으로 이렇게 말했다.

"신선한 공기를 쐬면 좀 나아질 거요."

몽마르트르 묘지의 에밀 졸라 기념상

그가 들었던 펜의 힘으로, 드레퓌스의 결백과 진실은 만천하에 밝혀졌
지만, 그의 죽음은 여전히 베일에 가려진 채, 공공연한 비밀이 되어 헛된
의문을 남기고 있다.

팡테옹을 등 뒤에 두고 식물원 쪽으로 걸어 내려갔다. 파리에서 신선
한 공기가 있는 쪽으로, 나도 모르게 발길이 이어졌다. 행복이란 무엇일
까. 누군가는 사랑이라고, 누군가는 진실이라고, 그리하여 정의라고 말하
리라. 졸라처럼.

비 그친 하늘가에 파란빛이 감돌고 있었다.

메당에서의 한나절이 꿈결처럼 여겨졌다.

3

몽마르트르 묘지

붉은 장미
가슴에 묻고

# 파리의 하늘 밑, 한여름 낮의 꿈
## ―몽마르트르 묘지를 향하여

언덕에는 아직 손대지 않은 포도밭과 꽃 핀 장미 나무들이 있다. 언덕에는 게딱지처럼 작고 초라한 집들이 부조화한 채로 어깨를 맞대고 있고, 그 한켠에는 옛날 풍차가 멈추어 있다. 르누아르의 그림처럼 아름다운 풍차 옆을 마치 풍경 속의 내가 있는 것처럼 유유히 지나 구불구불한 골목길을 올라간다. 누군가 낡은 테라스 문을 열고 부를 것 같고, 저기 길모퉁이의 엉성한 사립문에서는 날쌘 토끼 한 마리 재빨리 튀어나와 깜짝 놀래키고 도망칠 것 같다. 토끼가 아니라면 검은 고양이 한 마리 어느 틈에 나타나 술과 가난에 찌든 창문을 보란 듯이 타 넘을 것이다. 노래는 흐른 지 이미 오래다. 저 목소리, 귓가에 들려오는 저 멜로디는 누구의 것인가. 에디트 피아프도 아니고, 줄리에트 그레코도 아니다. 꺼질 듯한 저 음성, 제인

몽마르트르의 상송 명소, 라팽 아질.
'날쌘 토끼'라는 뜻으로 피카소를 비롯한 예술가들의 단골 카바레

버킨이 아닌가, 그리고 뒤에 나타난 저 남자는 그녀의 파트너 세르주 갱스부르 아닌가. 지난번 몽파르나스 묘지에서 그를 보았었다. 베케트로부터 뒤라스에게 갈 때였던가, 보들레르에게서 베케트에게 갈 때였던가, 유난히 많은 꽃과 인형과 편지들이 묘석을 풍성하게 해주고 있었다. 그것을 사랑이라, 변덕스러운 대중에게 받는 최고의 지복이라, 잠시 생각했었다. 몽파르나스에서 몽마르트르로 향하는 언덕에서 그와 그녀의 노래를 만날 줄은 몰랐다. 몽파르나스에서의 그를 스쳐 지나간 것은 열흘 전의 일이 아닌가. 그들의 노래 같지 않은, 그렇다고 말 같지도 않은, 그렇다고 시 같지도 않은, 속삭이듯 중얼거리듯 흘러나오는 혼잣말이 노래가 되는, 단순하기 짝이 없는, 그러나 달콤하기 짝이 없는 멜로디가 파리의 하늘 밑에서는 이렇게 울려 퍼지기도 한다.

어제, 그래 언젠가 어느 날 하루, 다른 날과 다름없던 날, 혼자였는데, 또다시 혼자, 매일매일 슬픈 듯 같은 그 길을 지나지, 해는 나 없이도 져버리고, 내 그림자를 밟아온 누군가 불현듯 나에게 말을 걸지, 안녕하세요?라고.
—제인 버킨, &lt;Yesterday-yes a day&gt;

¶

마주치면 불현듯 안녕하세요? 인사할 수도 있으련만, 가파른 골목엔 토끼도 고양이도, 심지어 개미조차 그림자를 내비치지 않는다. 길을 잘못

사크레쾨르 대성당의 밤

들어섰나 보다, 멈춰 선다. 언덕에선 그런 일이 자주 일어난다. 언덕을 오르는 길은 하나가 아니기 때문이고, 매번 나는 다른 길을 갔기 때문이다. 파리 어디에서나 시선을 끄는 언덕의 백색 사원 사크레쾨르<sup>Sacré-Coeur, 聖心</sup> 대성당에 한시라도 빨리 닿고 싶을 땐 앙베르 전철역에서 내려 케이블카를 탔고, 사크레쾨르를 원경으로 두고 멀찍이에서 언덕 전체를 완상하려 할 때에도 앙베르 역에서 내려 등산하듯 천천히 언덕 계단을 밟았다. 그리고 거미줄처럼 얽혀 있는 언덕의 골목 풍경들을 순례하기 위해서는 피갈 역에서 내려서, 밤이면 환락가로 탈바꿈하는 붉은 풍차의 맨얼굴을 건너다보며 대로 벤치에 앉아 있다 가곤 했다. 그러나 이번에는 목적지가 웅장한 비잔틴 양식의 사크레쾨르 대성당도 아니고, 화가들의 노천 갤러리로 유명한 테르트르 광장도 아니고, 죽은 자들의 거처인 몽마르트르 묘지를 찾아가는 길인 만큼 나는 블랑슈 역이나 플라스 드 클리시 역에서 내릴 참이었다. 그러나 하나 아닌 길들을 거느린 언덕이란 얼마나 많은 변수를 품고 있는가. 느닷없는 소나기 속에 산비둘기를 만날 수도 있는 일.

쏟아지는 빗줄기에 그리도 많은 사물이 살아난다.
비 없는 햇빛이 장미꽃을 피워낼 수 없지 않은가.
연인들아! 그대들은 기다릴지어다.
무얼 그리 한탄하는가.
—마르셀린 데보르드 발모르, 「소녀와 산비둘기」

누가 몽마르트르 묘지로 가는 길을 물으면 블랑슈 역이나 플라스 드 클리시 역에서 내리라고 알려줄 것이면서도, 정작 나는 좀 더 언덕에 가까운 아베스 역에서 내리고 만다. 루브르 피라미드 역에서 파리 북부로 향하는 12번선 전철을 타고 가다가 오래전 달리 미술관에서 보았던 일그러진 시계가 떠올랐던 것이다. 그러자 시간의 마술에 이끌리듯 달리풍의 환각 속에 얼마간 언덕을 어슬렁거리고 싶은 충동에 사로잡혔다. 기마르가 설계한 아르누보 양식의 우아한 외양을 자랑하는 초록색의 전철역을 빠져나와 작고 아름다운 아베스 광장을 지나자 이러한 우회야말로 '그곳'에 닿기 위해 반드시 거쳐야 할 의식이라는 생각도 든다. 다행히 하늘은 잿빛이 아니다. 그 때문에 테르트르 광장 뒤, 파란 창공을 향해 웅장하게 서 있는 백색 대성당이 덜 위압적으로 보인다. 만약 하늘이 잿빛이 아닌 먹빛이라면 비잔틴 양식의 그 거대한 성소<sup>聖所</sup>는 파리를 송두리째 삼켜버리기라도 할 듯이, 아니 옥죄었다가 한숨에 파리를 풀어주기라도 할 듯이, 언덕 위에 우뚝 솟아 보일 것이다. 그러나 8월의 마지막 날, 정오의 언덕은 골목이란 골목, 광장이란 광장, 어디고 할 것 없이 햇빛으로 눈부시다. 그 햇빛 속에 대성당의 둥근 백색 지붕들은 이내 허공으로 증발해버리고, 보이는 것은 오직 목적지에 닿기까지 이어지면서 어긋나는 무수한 골목들, 그리고 그곳 사람들을 닮은 창문들이다.

예술가들치고 한때 몽마르트르를 거쳐 가지 않았던 사람이 있었던가. 하루종일 나른하게 언덕 구석에 누워 있다가도 해 질 녘이면 재빠르게 활기를 띠는 카바레 오 라팽 아질 <sup>Au Lapin Agile</sup>('날쌘 토끼'라는 뜻으로 앙드레 질이 간판

르 바토 라부아르

에 그린 토끼 그림에서 유래했다), 밤이면 명성대로 현란한 본색을 뽐내는 캉캉 클럽 물랭 루주 Moulin Rouge, 지금도 밟으면 심하게 삐걱거릴 듯한 르 바토 라 부아르 Le Bateau Lavoir (센강의 세탁선을 닮았다고 하여 붙여진 이름. 피카소를 비롯해 반 동겐, 후안 그리스, 모딜리아니 등이 거주하며 작업했던 곳). 19세기 예술가들은, 17세기 예술의 도시 로마의 핀초 언덕이 그러했던 것처럼, 험준한 피레네 산맥을 넘고, 사나운 대서양 물결을 건너 파리의 지붕(해발 약 130미터)으로 불리는 이곳 언덕으로 모여들었다. 그 밑에 둥지를 틀 땐 하나같이 무명이었지만 유

저물녘 몽마르트 언덕에서 내려다본 파리

명해지면 더 이상 머물 수 없는 곳. 꿈이 없는 사람들은 머물 수 없는 곳.
꿈이 꿈일 때까지만 잠자리를 허용하는 곳, 몽마르트르.

# 붉은 장미 가슴에 품고
## —마르셀린 데보르드 발모르

살바도르 달리의 시계는 언제나 12시 30분에 일그러져 멈춰 있다. 시계를 가두고 있는 사각 유리를 가만히 들여다보면, 그 앞에 선 사람들이 환영처럼 눈에 잡힌다. 세 사람이 일정한 간격을 두고 서 있다. 두 남녀는 일행이고 그들과 무관한 한 사람이 나다. 유리에 포착된 사람들, 그들을 바라보는 사람이나 찍는 사람이나 그 순간 자신들의 모습이 유리에 기록되고 있다는 사실을 깨닫지 못한다. 그야 어떻든 상관없다. 유리에는 다른 세상도 있기 때문이다. 골목의 오래된 포석과 어떻게 그곳까지 들어왔는지 모를 노란 소형 자동차와 멈춰진 그 바퀴, 맞은편 집의 지붕과 그 굴뚝, 그리고 골목의 금지 표지판들, 그건 그렇고 정작 유리 안의 시계를 들여다보니 시계는 고목의 밑동에 걸쳐져 있다. 드러난 뿌리에 잘린 가지. 그러

몽마르트르 갤러리 쇼윈도의 살바도르 달리 시계

나 새순이 돋아나고 있다. 천사가 시계를 옆에 두고 로댕의 남자처럼 생각 중이다. 다시 보니 청동 시계는 왕관을 쓰고 있다. 아니 왕관은 시간의 것 일 터이다. 시간을 당해낼 자, 무엇이겠는가. 청동조차 촛농처럼 흘러내리 고, 돋아나는 새싹의 상징만이 왕관의 의미를 되새겨줄 뿐. 나는 사진기를 거두고 내가 방금 렌즈에 담은 것은 시간의 청동 거울이라 착각한 채 서

둘러 언덕을 내려간다. 1인치 반이 넘지 않는 수염을 기르고 장난스럽게 눈을 부릅뜬 채 자신을 '성자 달리<sup>saint Dali</sup>'라 자칭했던 '신성한 괴물<sup>Monstre sacre</sup>(장 콕토 희곡명, 위대한 배우를 지칭)'의 일그러진 시간에 잡혀 있자니 그와는 대조적인 한 여인의 쓸쓸한 초상이 나비의 환각처럼 유리 위에 잠깐 오버랩되었기 때문이다. 시간은 12시 반에서 한참 지난 3시경, 언덕의 카페와 술집들은 이제야 문을 열고 테이블의 각을 맞추고 피아노 건반을 닦는다. 이제 그녀에게 갈 시간이다. 그녀는 너무 오래 혼자 있었다.


오늘 아침 장미꽃을 꺾어 당신에게 바치려 했어요.

하지만 꽉 낀 내 허리띠에 너무 많이 꽂아

매듭이 너무 꽉 조여서 장미꽃을 더는 지닐 수 없었어요.


매듭은 터지고, 장미꽃들은 바람에 날려

모두 바다로 가버렸어요.

물결을 따라 흘러가서는 영영 돌아오지 않았지요.

파도는 장미꽃으로 빨갛게 물들어 마치 불타는 듯했어요.

오늘 저녁, 내 옷은 장미 향기가 그윽하게 배었으니

들이마셔요 내 몸에서 향기로운 추억을.

ㅡ마르셀린 데보르드 발모르, 「사디의 장미」

¶

나는 기억한다, 그녀, 마르셀린 데보르드 발모르<sup>Marceline Desbordes-Valmore,</sup> <sup>1786~1859</sup>의 얼굴을. 차라리 보지 말았어야 할 것을. 그러나 나는 보고 말았다. 안 보아도 되었을 그녀의 '실제' 사진을. 나는 얼마나 그녀를 카메라로 찍은 나다르를 원망했던가(펠릭스 나다르, 〈마르셀린 데보르드 발모르〉, 1857). 나는 얼마나 나다르의 그녀 사진을 『밝은 방─사진에 관한 노트』(1980)에 넣은 바르트를 원망했던가. 바르트는 왕년의 여배우이자 시인이었던 노인의 사진을 보고 말한다.

> 마르셀린 데보르드 발모르, 그녀는 그녀 시의 약간 어리석은 듯한 선량함을 자신의 얼굴에 드러낸다.
> ─롤랑 바르트, 『밝은 방─사진에 관한 노트』

나는 평소와는 달리 바르트가 조금 거슬린다. 어쩌면, 그가 틀렸다. 그녀의 얼굴은 벌써 그녀만의 것이다. 그것은 이미 그녀 종족을 대신한 얼굴, 그러니까 여성을 대표하는 노인의 얼굴이다. 그래서 그것은 그녀만의 어리석음이나 선량함이 아니라, 인간의 세 가지 경우, 초년기와 중년기와 장년기 중 늙은 여자가 도달한 형질과 같은 것이다. 칠순을 넘긴 백 명 중 아흔아홉 명의 얼굴은 아마 그녀와 유사한 어리석고 선량한 성질을 띨 것이다. 등장인물마다 세밀화가처럼 얼굴에 대한 묘사를 적확하고도 인상적

몽마르트르 묘지 입구(사진 김태형)

으로 수행했던, 평생 잃어버린 시간을 찾기 위해 소설 쓰기에 헌신했던 프루스트는 이런 내 생각을 뒷받침한다.

　얼굴은 그 개인의 영혼에 앞서, 그의 가계<sup>家系</sup>의 얼굴로 남아 있었다.

　─마르셀 프루스트, 『잃어버린 시간을 찾아서』

죽기 2년 전, 마르셀린 데보르드 발모르는 그때까지 세상에 없었던 사진가라는 사람을 만나자 그가 가져온 검은 상자(카메라 옵스쿠라)가 무엇인지도 모르고 정성껏 성장을 하고 의자에 앉았으리라. 그리고 실연의 아픔과 자식을 앞세운 참척의 모진 세월을 거쳐 형성된 '선량하고 어리석은 듯한' 얼굴로 검은 상자를 지그시 바라보았을 것이다. 검은빛은 순간 환하게 터지고, 그녀는 영원히 살아남았다. 죽기 2년 전 얼굴로. 그러나 잊기로 한다. 그녀를 찾아가는 길, 죽기 2년 전 초상은 잊어버리기로 한다. 그리고 처음, 사디의 장미 시절로 돌아가기로 한다. 그녀를, 그녀의 심장을 꿈꾸었고, 만나자마자 쉽게 사랑해버렸던 처음으로. 그때 나는 그녀를 볼 수 없었기에, 그녀를 잘 알지 못했기에, 그래서 그녀를 알려준 그녀의 단 한 편의 시를 정인情人의 연서戀書인 양 가슴에 품고 오래 기다려왔다. 그리고 이제 그 연서를 지도 삼아 그녀를 찾아가는 길이다.


　　정원의 나뭇잎과 새들의 술렁거림.

　　저 조용한 소요는 곧 비가 올 거라고 말하네.

　　만물은 쏟아질 소나기를 느끼며 파르르 몸서리치네

　　이제 책도 읽을 수 없는 너는 책 위에 팔꿈치를 기댄 채

　　널 보러 올 수도 없는 연인을 그리워하네.

　　─마르셀린 데보르드 발모르, 「소녀와 산비둘기」


　에밀 졸라의 동상이 굽어보고 있는 몽마르트르 묘지 입구 원형 광장

펠릭스 나다르가 찍은 마르셀린 데보르드 발모르(1857년)

을 지나 묘원 깊숙한 곳, 삼손 대로 26구역에 그녀, 마르셀린 데보르드 발모르가 잠들어 있다. 그곳은 아무도 찾지 않는다는 듯, 도무지 인적이 잡히지 않고, 그럴 기미도 감지되지 않는다. 이 고요, 이 적막 앞에서의 슬픔은 무엇일까. 단 한 줄기 그녀의 시를 품고 그곳을 찾은 나는 녹슬어 형체를 일그러뜨린 그녀의 흉측한 청동 부조浮彫 앞에서 아연 가슴이 서늘해진다. 18세기에 태어나서 19세기에 재능을 꽃피웠던, 당시로서는 희귀했던 여인. 낭만주의 여성 문학의 대표 작가 조르주 상드보다 20년 일찍 문단과 예술계에 등장해서 당대의 보들레르와 베를렌, 이후 말라르메까지 사로잡았던 신비로운 누이. 그러나 그녀에겐 후사後嗣가 없었다. 유년기에 프랑스 혁명을 폭풍으로 겪었고, 두 번 결혼했고, 네 아이를 낳았으나 모두 조사早死했다. 그래서 그녀는 그토록 장미에 집착했던 것일까.

한 현인賢人이 황홀경에 빠져 있었다. 그가 정신을 차렸을 때, 그의 친구 한 명이, 농담으로, 그에게 물었다. "네가 있던 그 정원에서, 너는 우리에게 줄 무엇을 가져왔니?" 그가 대답했다. "장미화원에 도착했을 때, 나는 마음먹었네. 옷자락에 장미를 가득 채워 친구들에게 선물하리라고. 돌아오니, 장미 향기에 너무 취해서 옷자락이 내 손에서 빠져나갔네."

一사디, 『장미 화원』

붉은 장미꽃이 놓인 몽마르트르 묘지(사진 김태형)

¶

향기는 영원하지 않을뿐더러 순간적이다. 그래서 황홀<sup>恍惚</sup>하다. 향기는 황홀히 꿈을 꾸게 하기도 하지만 씁쓸히 꿈에서 깨어나게 하기도 한다. 꿈을 꿀 때와 꿈에서 깨어날 때 교차되는 만감<sup>萬感</sup>, 꿈속 향기를 더듬듯 그녀는 페르시아 시인 사디의 황홀경을 빌려 한 편의 애가<sup>哀歌</sup>를 낳았다. 그녀의 애처로운 생애가 끝났을 때, 당대 프랑스의 대표 시인이자 고답파<sup>高踏派</sup>의 선봉이었던 테오도르 드 방빌이 읊은 비가<sup>悲歌</sup>가 가슴을 친다.

고독하고 의지할 곳 없었던 마음이여!
그렇게도 상처받았던 희생자여!
이제는 잠든 사랑스러운 영혼이여!

당신은 지금 차가운 언덕 밑에서 잠들고 있는가. 이제 평온을 찾기를.

¶

프랑스 혈족임을 분명히 보여주는 높은 매부리코, 그 아래 굳게 닫힌 입술, 그리고 모든 것을 체념한 듯 지그시 내리감은 눈. 묘비에 보이는 반쪽 초상(프로필)만으로 그녀의 나머지 반쪽을 복원해본다. 그러면 나다르가 포착한 얼굴에 이르게 되는가. 아니다. 나는 그녀가 죽기 2년 전, 그래서

26구역 마르셀린 데보르드 발모르 묘 전경.
녹슬어 녹물이 흘러내리던 초상과 이끼로 뒤덮였던 묘석이 말끔하게 재단장되었다.

어디에서나 만날 수 있는 선량하고 조금은 어리석어 보이는 일흔두 살의 노인을 찾아온 것은 아니다. 촛농처럼 하얗게 흘러내려 얼룩이 지고 이끼가 낀 그녀의 옆얼굴에서 시선을 떼고 발걸음을 옮기려고 하는데, 머리 위에 자욱이 새겨진 글자들이 눈에 들어온다. 한 글자 한 글자, 겨우 읽어본다. 테오도르 드 방빌에 대한 화답인가. 나에 대한 인사인가.

나는 지나가는 사람들에게 아무것도 바라지 않네.
상처받은 가슴에는 약간의 소음과 약간의 공간이 필요한 법.
그리고 어떠한 흐느낌도 새어나오지 않는 나만의 깊숙한 둥지가 필요한 법.
나는 기다리네, 죽음 저편으로 세기가 흘러가는 것을.
—마르셀린 데보르드 발모르, 묘지에 새겨진 글에서

# 검은 양의 자서전
## —프랑수아 트뤼포

그는 베를리오즈와 지척에 대각선으로 누워 있다. 엑토르 베를리오즈 대로는 마르셀린 데보르드 발모르가 영면해 있는 삼손 대로와 이어져 있다. 같은 길이 반은 엑토르 베를리오즈 대로로, 반은 삼손 대로로 불린다. 삼손 대로에는 시인 마르셀린 데보르드 발모르가, 엑토르 베를리오즈 대로에는 누벨바그 영화감독 프랑수아 트뤼포François Truffaut, 1932~1984가 잠들어 있다. 데보르드 발모르(26구역)와 트뤼포(21구역)와 베를리오즈(20구역), 19세기 여성 시인과 20세기 영화감독과 19세기 음악가. 그들은 길 하나를 사이에 두고 긴 삼각형의 꼭짓점을 이루고 있다. 장르를 떠나서 둘은 낭만파로, 한 사람은 누벨바그(새로운 물결)의 기수로 통한다. 그들 사이의 연관점을 생각하는 동안 나는 어느덧 20세기 영화인의 검은 대리석 묘 앞에 이

엑토르 베를리오즈의 묘

르러 서 있다. 파니 아르당을 닮은 한 여인이 아니었으면, 나는 조금 전 에 밀 졸라(19구역, 그러나 그의 유해는 팡테옹으로 이장되었다)나 스탕달(30구역)처럼 다 음을 기약하며 그곳을 재빨리 지나쳤을 것이다. 그렇게 스쳐 지나간 사람 은 그들뿐이 아니다. 대학 시절 한동안 암송하고 다녔던 낭만파 시인 알 프레드 드 비니(13구역), 인상파 화가 드가(4구역), 파리의 독일인 하이네(27 구역), 공쿠르 형제, 그리고 무수한 익명들. 당신을 영원히 사랑할 거요. 당 신을 영원히 잊지 못할 거요. 곳곳에 새겨진 문구들. 당신. 영원. 사랑. '이 웃집 여자 La femme d'à côté'(파니 아르당 주연, 프랑수아 트뤼포 감독, 1981)를 닮은 은발 의 여인은 불멸할 것 같은 그 세 단어에 이끌려 오늘도 '야성의 아이 L'enfant sauvage'(프랑수아 트뤼포 시나리오 각색, 각본, 연출, 출연, 1970)를 찾아온 것인가.

> 아버지는 나를 찾아 학교에 다시 보냈고, 학교 당국에 내가 했던 모든 짓들을 말했다. 나는 검은 양이었다. (중략) 나는 다시 학교에 가지 않았다. 나는 시립 도서관에 가서 발자크를 탐독했다.
> ―프랑수아 트뤼포

서울의 프랑스 문화원이 사간동에 있던 시절. 지하에 마련된 영화관 르누아르실. 그 주, 그날의 영화가 계단과 이어지는 벽보에 게시되었다. 수동 타자기로 찍어낸 글자. 그 속에 〈쥘과 짐〉, 〈400번의 구타〉, 〈도둑맞은 키스〉 같은 누벨바그 영화들이 있었다. 그들은 보고 즐기고 소비하는 영화가 아니었고 '읽고 해석해야 하는 작품'이었다. 그들을 '읽는' 데 몇 해가 걸렸다. 그와 함께 장 뤽 고다르(〈네 멋대로 해라〉)를 '읽었고', 에릭 로메르(〈녹색광선〉)를 만났다. 그리고 무수한 실험들. 영화비평가라기보다 독설가라 불리는 작자가 영화를 만든다면 그는 자신의 영화를 어떻게 평가할 것인가. 전방위에서 쏟아질 '400번의 구타'를 각오해야 하는 것이 아닌가. 그러나 태어나자마자 유모에게 맡겨졌고, 할머니 집에서 여덟 살까지 살았고, 할머니가 죽자 부모가 '마지못해' 데려왔던 아이, 열한 살에 가출했고, 밥 먹듯이 학교를 빼먹었고, 대신 시립도서관에서 발자크를 읽던 아이. 점원, 창고지기, 용접공으로 일하며 혼자 먹고살아 남아야 했던 아이. 그 아이가 실험적인 그러나 가장 본질적인 자서전을 썼다. 그러니 무엇을 두려워할 것인가. 400번의 구타? 그 아이 이전에도 장 주네, 장 콕토와 같은 '무서운 아이들 Les enfants terribles' (소년 소녀의 위태롭고 극단적인 세계를 그린 장 콕토의 소설. 이후 세계적인 유행어가 되었다)이 있지 않았던가. 혼자 먹고살아야 하고, 400번의 구타보다 격렬한 슬픔을 감당해야 하는 '못된 아이들'에 대한 그의 첫 실험은 '원죄 이전의 인간'을 자전적으로 재구성하는 데서 출발한다. 자신의 전 존재를 거는 모험, 거기에 단 한순간도 놓지 않았던 자신의 불행했던 유년 시절에 대한 사랑, 실패할 까닭이 있겠는가.

일상의 도덕과는 무관한 도덕적 순수성, 하지만 시험과 시련에 놓인 더욱 혹독하고 영원한 청소년기의 사랑, 도취, 자부심, 그리고 자신을 사회의 '바깥'에 있다고 느끼는 슬픔.
— 프랑수아 트뤼포

¶

문제 아이에서(사실은 출생부터 문제적-사생아), 문제적인 영화감독이 되기까지, 트뤼포에게는, 영화광 시절이 있었다. 시네마테크로 불리는 극장이 있었고, 거기에는 환상 illusion 이라는 또 다른 세상이 있었다. 부모가 마지못해 거두는 아이, 어디에도 소속되지 못한 사회 '바깥에' 있다고 느끼는 아이에게 그곳만큼 완벽한 도피처는 없었다. 거기에서 그는 주저 없이 "영화관만이 소외된 아이들의 유일한 가정"이라고 외쳤다. 한 세기를 관류하는

21구역 프랑수아 트뤼포 묘.
검은 대리석 묘석 위에 비친 겨울의 나뭇가지들이 선명하다.
2023년 겨울 모습(김태형 사진)

동안 등장하는 걸출한 인물들에게는 우연적이면서도 필연적인 몇 개의 건널목이 있는데, 그에게는 결정적으로 영화광 시절에 만난 앙드레 바쟁이 그에 해당된다. '영화 중독자 모임Cercle Cinemane'을 이끌었던 트뤼포가 당시 유력한 시네 클럽을 이끌고 있던 바쟁을 당돌하게도 라이벌로 의식하고 찾아간 것. 훗날 영화 잡지 『카이에 뒤 시네마』의 편집인이 된 바쟁과 트뤼포와의 만남은 이날 이후 스승과 제자의 관계를 넘어선 정신적인 부자父子 관계로서 평생 지속되는데, 만약 그때 바쟁을 만나지 못했더라면 열다섯 살의 영화광 소년은 후세에 어떤 이름으로 기억될 것인가. 그것은 감화원을 빠져나와 바닷가를 달려가는 〈400번의 구타〉 마지막 장면의 소년의 행로처럼 불확실하다. 그러나 전후 맥락 없이 "나의 어머니는 급사할 것이다"(〈피아니스트를 쏴라〉, 1960)라는 외침처럼 돌연하지만 강렬할 것이다.

내 영화를 보고 설레지 않는 영화는 만들고 싶지 않다.
—프랑수아 트뤼포


파니 아르당을 닮은 노인이 방금 물을 주고 손질한 꽃들을 내려다본다. 늙은 여인은 나에게 프랑수아 트뤼포에 대해 말하고 싶어 한다. 그는 그녀의 오랜 숭배자이자, 남은 삶의 자랑이다. 나는 그녀가 누구인지 모른다. 다만 그녀가 다녀간 검은 대리석 위의 활짝 핀 꽃의 의미는 알겠다. 꽃이 생기롭고 눈부시다. 이탈리아 봉숭아. 오래전, 서울 삼각산 아래 진관사 근처 염상섭 선생 댁을 찾았을 때에 처음 그 꽃의 이름을 알았다. 노란 대문이 인상적이었던 그 집 담벼락에 연분홍 꽃들이 이슬비에 젖어 나비 날개처럼 파르르 떨고 있었다. 노년기에 접어든 안주인(염상섭 선생의 자부)의 배웅을 받으며 나서다가, 무얼까 나도 모르게 손끝으로 꽃잎을 만지려고 했었다. 그러자 안주인이 오래 돌본 생명을 어루듯이 꽃들을 바라보며 말했다. "이탈리아 봉숭아예요."

¶

그날 이후 나에게 이탈리아 봉숭아는 물기를 촉촉이 머금은 연하고 싱그러운 꽃으로 각인이 되었다. 어디에서건 이탈리아 봉숭아가 눈에 띄면 곁에 있는 사람에게 그날의 안주인이 내게 그랬던 것처럼, 이탈리아 봉숭아예요, 하고 일러준다. 그러면 하나같이 저 꽃이 봉숭아란 말이에요? 하고 다시 본다. 마치 봉숭아와 이탈리아와의 연관성을 굳이 찾아야 하는 사람처럼. 방금 거쳐 온 마르셀린 데보르드 발모르의 황폐한 묘석과는 달리 햇빛과 그늘과 바람이 마치 강물처럼 흐르는 프랑수아 트뤼포의 검은 대리석과 그 위의 활짝 핀 꽃을 보고 서 있자니 이상한 생각이 든다. 어쩌면 내가 바라보고 있는 저 꽃 이름은 이탈리아 봉숭아가 아닐지도 모른다. 그러면 무엇인가. 어린 시절부터 주욱 알아왔던 어떤 하찮은 사실이 진실이 아니라는 것을 깨닫게 될 때의 당혹스러움. 그러나 어느 날 문득 화원에 들러 그것이 이탈리아 봉숭아가 아니라는 말을 들어도 나는 영원히 그것을 이탈리아 봉숭아라고 부르고 옆사람에게도 일러줄 것이다. 그리고 슬

이탈리아 봉숭아라고 부르고 싶은 작고 싱그러운 꽃이
검은 대리석 위에 촉촉하게 물기를 머금고 있다.
프랑수아 트뤼포 묘. 2000년 여름 모습

그머니 그것의 본 이름도 말해줄 것이다, 사족처럼. 그러나 내가 여행을
끝내지 않는 한, 트뤼포의 검은 대리석을 환하게 해준 그 꽃은 여전히 이
탈리아 봉숭아이다.

# 붉거나 검거나, 장미의 진실
## ―스탕달

세월이 얼마나 흘렀든, 평생 벗어날 수 없는 소설들이 있다. 낯선 외국의 소설을 읽기 위해, 아니 읽어낼 수 있도록, 그 낯선 언어를 배우고, 외우고, 시험을 보던, 꿈조차 그 낯선 언어로 꾸곤 하던 스무 살 여름, 서늘한 강의실에서 만났던 낯선 언어의 원서들. 예를 들면, 『마담 보바리』 또는 『페스트』 또는 『적과 흑』과 같은 프랑스 소설들.

베리에르라는 소도시는 프랑슈콩테 지방에서 가장 아름다운 고장 중 하나로 여겨질 만하다. 붉은 기와를 얹은 뾰족한 지붕으로 덮인 하얀 집들이 기슭에 펼쳐져 있고, 울창한 밤나무 숲은 언덕의 굴곡을 드러내고 있다. 오래전 스페인 사람들이 지었고, 지금은 폐허가 된 요새 아래 까마득하게

스탕달의 고향 그르노블 전경. 알프스 산악 지대에 형성된 도시로
세계적으로 아름답기로 명성이 높다. 도시를 가로질러 이제르강이 흐른다.

두<sup>Douds</sup>강이 흐르고 있다.

—스탕달, 『적과 흑』

베리에르를 찾아다닌 적이 있다. 베리에르는 어디인가. 지도에는 없고
소설에는 있는, 브장송과 아주 유사한. 사실 『적과 흑』은 읽다가 만 소설이

었다. 대학 3학년 때 '고급 불소설' 교과목 교재가『적과 흑』이었고, 강독으로 진행된 한 학기 수업은 서두와 일부 정도 해독하다가 끝이 났다. 두툼한 데다가 펼치면 프랑스어가 깨알같이 박혀 있어서 숨이 막혔다. 한창 프랑스 시와 현대극에 경도되어 있었던 탓도 있지만, 쥘리앙 소렐이라는 청년의 욕망과 사랑에 공감하기에는 프랑스어 해독력과 인내력이 부족했다. 이 소설을 완독한 것은 졸업 직후, 그르노블에서 온 청년을 만나면서였다. 그의 이름은 가장 프랑스적인 프랑수아였고, 프랑스 대사관 문화과에 근무했다. 프랑스의 경우 군 복무를 외국의 대사관과 영사관의 다양한 보조 업무를 수행하도록 파견해왔는데, 그가 바로 문화과 어시스턴트였다. 그는 정치학 전공자였고, 나와 동년배라 곧 친구가 되었다. 자연스럽게 그르노블이라는 곳이 자주 대화에 올랐고, 그 흐름 속에『적과 흑』이 다시 내 삶 속으로 들어왔다. 당시의 나에게처럼 지금 한국인에게 그르노블은 낯선 도시라고 할 수 있다. 그러나 한국의 불문학자들 중 그르노블 3대학 출신이 제법 많다. 한국의 프랑스 문학 전공자들이 한때 파리를 제치고 이곳으로 몰려든 이유는 무엇일까. 팡테옹 언덕에 있는 법대를 중심으로 파리 시내에 퍼져 있던 대학들의 총칭인 소르본 대학교가 1970년대 개혁에 의해 해체되면서 일련번호로 단과대를 구분하게 된 것처럼 그르노블 대학교도 마찬가지. 문과대학인 그르노블 3대학은 스탕달 대학으로 불린다. 19세기 프랑스의 대표적인 소설가 스탕달<sup>Stendhal, 1783~1842</sup>이 바로 이곳 그르노블 출신이다.

그르노블 3대학.
인문대학으로 스탕달 대학으로 명명되어 있다.

프랑수아는 2년 간의 복무 기간을 마치고 그르노블로 돌아갔고, 나는 이듬해 파리에서 그와 재회했다. 파리에서 연출 활동을 하고 있던 엘렌의 초대로 아비뇽 연극제에 가는 길에 그르노블에 들렀다. 도착하자마자 곧장 알프스 산록의 눈이 녹아 흘러내리는 이제르강 변의 그르네트 광장을 찾았다. 광장 가 '유럽 호텔'에 체크인을 하고 창문을 열어젖히니 한여름

관광객들로 가득한 광장이 발아래 펼쳐졌다. 툭 트인 광장 너머 하늘을 바라보았다. 특유의 직각 산 능선과 뾰족한 봉우리가 보였다. 광장을 가로질러 가면 장 자크 루소 골목(당시에는 비외 제주이트 골목)이 나오고, 거기 14번지에는 앙리 베일이 1783년 태어났다는 내용이 돌로 만든 기념판에 새겨져 있었다. 앙리 베일은 평생 다양한 가명을 사용했던 스탕달의 본명이다. 광장 왼편 그랑드 거리를 통과하면, 『적과 흑』이 씌어지는 데 결정적인 모티브가 된 '베르테 사건'의 재판이 열렸던 최고재판소가 나온다.

> 중죄재판소의 한 평범한 사건을 가지고 스탕달은 역사적 심리와 역사철학에 관한 깊은 연구를 이루어놓았다. 대혁명이 형성해놓은 사회에서 행위의 은밀한 동기와 영혼의 내면적 성질에 대해 그는 『인간극』(100편 가까운 소설들로 구성된 발자크의 총체 소설-필자 주)전체와 맞먹는 것을 우리에게 가르쳐준다.
> ―귀스타브 랑송

문학사가 랑송이 지적한 '한 평범한 사건'이란 그르노블 인근 부랑그라는 인구 2만 명 정도의 소도시에서 실제 있었던 일. 1828년 2월 23일 그르네트 광장에서 신학생 앙투안 베르테가 처형되었다. 기사의 간략한 내용은 이렇다. 앙투안 베르테는 가난한 집안에서 태어났지만 출중한 재능을 사제에게 인정받아 신학교에 들어갔다가 몸이 약해 학업을 중단하고 사제의 알선으로 마을의 지주 미슈 씨 댁의 가정교사로 들어간다. 하지만

그르노블의 그르네트 광장.
소설 『적과 흑』의 무대이자 실화 사건의 무대

부인과의 연정으로 남편에게 해고되고, 우여곡절 끝에 그르노블의 코르동 씨 댁의 가정교사로 들어가지만 거기에서도 그 집 딸과 관계를 맺어 쫓겨나고 만다. 절망한 청년은 자신의 불행이 미슈 부인의 투서에 있다고 믿고, 부인이 다니는 교회로 달려가 미사를 보는 부인을 향해 권총으로 발포를 하고, 살인 미수로 체포된다.

신문 사회면에 실린 이 치정 사건을 읽은 그르노블의 유명한 변호사의 아들이었던 스탕달은 청년의 '격정'에 깊은 인상을 받게 된다. 이 이야기는 소설의 중요한 골격으로 수용되는데, 소설의 주인공 쥘리앵 소렐이 출세(신부가 되느냐 군인이 되느냐)를 위해 불태워야 했던 사랑 또는 욕망의 대상인 두 여인, 곧 레날 부인과 마틸드 중 레날 부인과의 관계로 표출된다. 작가는 소설 속에 이 사건을 변형시켜 스쳐 지나가듯 삽입하고 있다. "기도대 위에서 쥘리앵은 읽으라고 펼쳐놓은 듯한 인쇄된 종이 한 장을 눈여겨보았다." 쥘리앵은 이어서 다음 문장을 본다. "브장송에서 집행된 루이 장렐의 최후의 순간과 처형 상보詳報." 이 내용이 인쇄되어 있는 종이는 찢겨져 있다. 쥘리앵은 뒷면을 본다. 첫 단어가 눈에 들어온다. '첫걸음.' 그는 이 종이를 가져다 놓은 사람을 궁금해한다. 그러면서 '가엾고 불쌍한 사람'이 공교롭게도 자기의 성姓과 끝 자가 같다는 것을 발견하고는 한숨을 쉬며 종이를 구겨버린다.

베리에르 시장의 아내인 레날 부인과의 사랑이 순수하고 정적인 심리전이라면, 파리 라몰 후작의 외동딸 마틸드와의 사랑은 변덕스럽고 역동적인 심리전이라고 할 수 있는데, 이 이야기 역시 실제 있었던 치정 사건

그르노블 생탕드레 성당. 마치 줄리엥 소렐과 흡사한 젊은 사제가 뒤를 따르고 있다.

스탕달의 소설 『적과 흑』은 출세를 위한 군인과 신부의 두 세계를 의미한다.

생탕드레 성당과 법정 광장

을 모티브로 창작된 것이다. 일명 1829년에 일어난 '라 파르그 사건'. 라 파르그라는 가난한 가구세공사 청년이 질투로 변심한 애인의 목을 잘라 죽인 사건을 가리킨다. 라 파르그는 베르테처럼 처형되지 않고 5년 형을 언도받는데, 마르세유에서 이 기사를 접한 스탕달은 가난하지만 훌륭한 교육을 받고도 '무서운 정열'의 희생자가 된 라 파르그라는 청년에게 고무되어 일사천리로 소설의 초고를 써 내려간다. 레날 부인은 미슈 부인의 분신으로, 마틸드는 '베르테 사건'의 코르동 양과 '라 파르그 사건'의 여주인공, 그리고 당시 스탕달 주변에 출몰했던 파리 사교계의 정열적인 여인들이 투영되어 형상화된다. 쥘리앵 소렐과 레날 부인, 그리고 마틸드 양이 실제 모델을 가진, 남의 불행을 훔쳐보는 재미가 충만한 통속 연애소설로 읽기에 모자람이 없다. 그러나 정작 작가가 이들을 주인공으로 선택한 이유는 다른 데 있다. '1830년대의 연대기'라는 부제가 말해주듯, 그리고 서머싯 몸이 지적하듯, 가난하지만 우수한 두뇌, 강한 의지력, 대담한 용기를 품은 쥘리앵 소렐이라는 희대의 풍운아를 통해 작가는 '1830년대의 있는 그대로의 프랑스'를 그리는 데 목표가 있었다.

'우리는 소설에서만 진실(진리는 이미 존재하지 않는다)에 도달할 수 있을 뿐이다.' 요즘 나날이 확신을 더해가는데, 어디서든 소설 이외에서 그것을 찾는 것은 건방진 생각이다. 그러므로……(원문은 여기에서 중단된 것으로 기록되어 있다—인용자 주)
— 스탕달 소장본의 『적과 흑』 1페이지 기록에서

A HENRI BEYLE

(STENDHAL)

SES AMIS DE 1892

ARRIGO BEYLE

MILANESE

SCRISSE

AMO

VISSE

ANN. LIX M.II.

MORÌ IL XXIII MARZO

MDCCCXLII.

그러므로……. 스탕달은 '진실'을 향한 혁명가의 소명으로 소설을 써야만 했던 것. 절망과 한탄이 묻어 있는 작가의 이 고백은 대혁명이 남긴 열기와 그 후 이어지는 격변의 시간을 거치면서 진실은 더 이상 찾아볼 수 없게 된 것을 드러낸 것이다. 작가의 화두는 극심한 혼란기에 살아가는 인간들의 진실은 어디에 있는가와 그것에 다가가는 방법에 있었던 것. 변방 코르시카섬 출신의 나폴레옹이 장교가 되고 황제가 되기까지의 파란만장한 역정을 가슴 깊이 품고 출세의 야욕에 불타는 쥘리앵 소렐의 위선은 작가가 그토록 심혈을 기울여 도달하고 싶었던 진실의 역설인 셈. 정열과 진실의 추구, 그것은 궁극적으로 스탕달의 신념이었던 지고한 행복의 추구를 의미하는 것.

몽마르트르 묘지의 스탕달 묘(29구역)를 찾은 것은 두 번, 그르노블을 방문했던 그해 여름으로부터 8년이 지난 뒤, 그리고 그로부터 또 20여 년이 지난 뒤였다. 8년 후 나는 그르노블을 찾았다. 프랑수아는 더 이상 그르노블에 없었다. 첫 번째 방문은 오직 그의 초대로 간 것이었고, 이 두 번째는 스탕달과 그의 소설 현장을 돌아보기 위해서였다. 어느 순간부터 내 기억 속에 쥘리앵과 그가 함께 살아 있었다. 그리고 그르노블을 떠올릴 때면, 스탕달과 함께 그를 추억한다.

4

페르 라셰즈 묘지

# 돌에 새긴 이름,
# 영원의 노래

# 생의 다른 언덕
## ─페르 라셰즈를 향하여

돌아갈 날이 얼마 남지 않은 사람은 하루를 이틀처럼 산다. 그리고 돌아갈 날이 마침내 하루 남은 사람은 한 시간을 한나절로 산다. 이런 '돌아가야 할 날, 돌아가야 할 시간'에 직면하기 위해 나는 집을 떠나 멀리 온 것인가. 내 생애 수없이 반복된 그 순간들을 반추하며 나는 페르 라셰즈 Père Lachaise 묘지 건너 노천 카페에 앉아 신문을 뒤적이며 커피를 마신다. 누가 오려나, 카페 주인은 묘지 이외엔 특별한 볼거리가 없는 네거리 카페에 앉아 두 잔째 커피를 주문하는 동양인 여자의 맞은편 빈 의자를 흘깃 바라본다. 살날이 얼마 남지 않은 사람, 살날이 하루 남은 사람, 살 시간이 마침내 없는 사람들은, 그리하여 더는 돌아가야 할 날도, 더는 돌아올 시간도 기약할 수 없는 사람들의 시간은 어떨 것인가. 두 번째 커피가 당도하

페르 라셰즈 묘지. 비스듬한 언덕길을 산책하듯이 걸어 올라간다.

페르 라셰즈 묘지 약도. 다섯 개의 출입문이 있다.

고 나는 마지막 순간에 직면했던 사람들의 눈빛에서 비로소 놓여난다. 더없이 순한, 더없이 깊은 눈빛. 커피가 잔에서 넘칠 듯하다. 파리에서는 주문할 때 아메리칸 스타일이라 말하지 않으면 두 모금이면 바닥을 보이는 에스프레소 커피가 나온다. 커피는 언제나, 뜨거운 여름 한낮일지라도, 뜨겁고 씁쓸한 게 제맛이다. 넘칠 듯 에스프레소 잔을 꽉 채운 진한 커피. 주인에게 눈인사를 한다. 한 청년이 주인의 등 쪽에서 나타나 내 옆 테이블을 차지하고 앉는다. 얼핏 그는 엊그제 몽마르트르에서 지나쳤던 스탕달의 소설 『적과 흑』에 나오는 파리 사람과 닮아 보인다. 그에게 물으면 10

년 전 이곳에 왔을 때 짐 모리슨만 찾아보고, 미처 돌아보지 못했던 사람들——에디트 피아프, 쇼팽, 발자크, 프루스트, 폴 엘뤼아르와 파리 코뮌 병사들——의 묘에 보다 빨리 이르는 길을 알려줄 것 같다. 『적과 흑』의 쥘리앵 소렐이 페르 라셰즈 묘지에 갔을 때 친절한 말투로 안내했던 신사처럼.

> 자유주의자처럼 보이는 신사가 자진하여 쥘리앵을 네 원수의 묘에 안내해주겠다고 했다. (중략) 눈물을 글썽거리면서 쥘리앵을 얼싸안을 것 같던 자유주의자와 헤어지고 난 뒤 보니 시계가 없었다.
>
> ─스탕달, 『적과 흑』

무슨 일에건 마음을 움직이지 마라. 『적과 흑』의 피라르 사제가 쥘리앵에게 했던 충고가 귓전을 때린다. 시골뜨기 쥘리앵 소렐이 야심 하나만으로 귀족 행세를 하기 위해 파리에 입성해서 보니 보이는 것마다 대단하고, 만나는 사람마다 친절하다. 그는 무시무시한 생각을 하는가 하면, 이내 어린아이처럼 되어버리기도 한다. 이봐, 정신 좀 차려! 피라르 사제는 계속 충고하지만, 나는 쥘리앵의 기분을 이해한다. 사교계나 묘지나 들어갈 때는 약간의 알코올기처럼 약간은 유치한 감상도 치솟는 법. 그래서 칸트의 지적처럼 처음 혼자 그런 데 갔을 때는, "모든 착각을 거듭하고, 까닭 없이 본심을 털어놓기도 하"는 법. 그러나 "그즈음은 소심해서 무척 비참한 생각도 들지만, 아름다운 날은 참으로 아름다운" 법. 커피를 주문하고

메닐몽탕 거리의 중앙문이다.
이 문을 나서면 파리 도심 쪽과 마주한다.

청년은 조금 전의 나처럼 신문을 탐독한다. 그는 스탕달의 자유주의자가 아니라 발자크가 고리오 영감을 관찰하도록 만들어낸 법학도 라스티냐크를 연상시키기도 한다.

> 고리오의 유해는 영구차에 실려 있다. 레스토 백작 부인과 뉘싱겐 남작 부인의 마차 두 대는 그녀들을 태우지 않은 채 나타났고 페르 라셰즈 묘지까지 호송차 뒤를 따라갔다. 여섯 시, 고리오 영감의 시신은 묘 구덩이 속에 내려졌다.
> ─오노레 드 발자크, 『고리오 영감』

두 딸을 몹시 사랑했지만 짐승처럼 외롭고 비참하게 죽어간 아버지, 고리오. 백작 부인과 남작 부인이 된 딸들은 야회<sup>夜會</sup>에 가느라 아버지의 장례식에 불참하고 고리오 영감의 하관<sup>下棺</sup>을 지킨 것은 피 한 방울 섞이지 않은 완전한 타인, 라스티냐크였다. 라스티냐크는 누구인가. 자유주의자도 사회주의자도 아니다. 앙굴렘 근처에 사는 몰락 귀족의 적자<sup>嫡子</sup>로 청운의 뜻을 품고 법률 공부하러 파리에 왔다. 팡테옹 아래 하숙집에 기거하며 1년 동안 법학에 매진하던 도중, 같은 건물의 하숙생인 보트랭의 은밀하고 교활한 설교에 심경의 변화를 일으킨다. 가문을 일으키려고 하는 꿈과 노력이라는 것이 기껏해야 변호사가 되는 것, 귀족의 심부름꾼이 되는 것임을 깨달은 것이다. 그 와중에 만난 인물이 또 다른 하숙생 고리오 영감이다. 부성애의 불행한 말로<sup>末路</sup>를 온몸으로 웅변하는 고리오 영감과 대

메닐몽탕 거리의 묘지 문에서 나오면 파리 도심을 향한다.
멀리 몽파르나스 타워가 보인다.

면한 그는 타고난 명민함으로 출세를 꿈꾸는 야심가이나, 죽어가는 한 인
간의 비참함 앞에서 눈물을 흘린다. 이 눈물의 의미는 무엇인가. 평생 인
간 군상들의 전모를 탐구하고 소설 속에 등장시켰던 발자크<sup>Honoré de Balzac,</sup>
<sup>1799~1850</sup>이기에 이 대목이 눈길을 끈다. 고리오 영감을 묻고, 페르 라셰즈
묘지 언덕에 홀로 선 그의 눈앞에 영광과 비참의 도시 파리가 소용돌이치
고 있다.

혼자가 된 라스티냐크는 묘지 꼭대기를 향해 몇 걸음 걸었다. 그리고 그는 센강 양안兩岸 기슭을 따라 구불구불 누워 있는, 불이 켜지기 시작하는 파리를 내려다보았다. 그는 두 눈으로 방돔 광장의 기둥과 앵발리드의 돔 사이를 뚫어지게 바라보았다. 거기에는 그가 진입하고 싶었던 아름다운 사교계가 있었다. 그는 벌들이 윙윙거리는 벌집에서 꿀을 미리 빨아 먹은 것 같은 눈길을 던지면서 힘차게 외쳤다.

"이제부터 나와 파리의 대결이야!"

— 오노레 드 발자크, 『고리오 영감』

¶

뒤적이던 신문과 얼마간의 팁을 테이블 위에 놓고 자리에서 일어선다. 정작 페르 라셰즈 묘지의 문을 들어서면, 나는 몽파르나스 라스파유 대로 교차로에 서 있던 로댕의 발자크상을 지나다닐 때처럼, 그의 묘 앞을 느리게 지나갈지도 모른다. 오늘의 라스티냐크는 아직 커피를 기다리고 있는 중이다.

파리의 아름다운 사교계가 있는 방돔 광장과 탑.
프랑스 법무부와 리츠 파리 호텔, 보석상들과 명품 숍들이 광장을 따라 자리 잡고 있다.

## 광기, 그래도 사랑이라는
— 오노레 드 발자크

오늘은 센강에서, 노트르담 대성당에서 조금 멀어진다. 배낭에 일용할 하루의 양식, 사과 한 알과 바게트 샌드위치와 에비앙 생수를 넣고 전철을 탄다. 파리에서 파리로 여행을 떠난다. 파시라고 하는 강 건너 기슭으로 간다. 전철을 타고 요람처럼 기분 좋게 좌우로 흔들리는 의자에 앉아 떠나온 먼 곳, 그리운 사람들에게 엽서를 쓴다.

지금은 바야흐로 포도주 박물관에 가는 길, 당신에게 붉고 희고 장밋빛 영롱한 생명의 술을 선물하겠어요. 발자크 집에도 들러 반생의 연인 한스카 부인도 만나보겠어요. 베일 쓴 그녀의 초상 앞에서 세상의 모든 이루어지기 힘든 연인들의 세월을 내 것인 양 살펴보겠어요.

마레 지구 보주 광장에 위고의 집이 있다면, 파시 지구 레이누아르 거리에는 발자크<sup></sup>Honoré de Balzac, 1799~1850의 집이 있다. 파시Passy는 어디인가. 파리를 처음 방문한 여행자들에게 샤요궁 서남쪽 기슭에 위치한 파시는 그리 잘 알려진 지역이 아니다. 그러나 에펠탑까지, 그 맞은편, 파리 시내를 시원하게 내려다볼 수 있는 인류박물관의 샤요궁과 그 아래 트로카데로 광장 분수와 아름다운 공원을 둘러보았다면, 또 20세기 초 아방가르드 시인 아폴리네르의 유장한 시에 흘려 센강 서쪽 끝에 밋밋하게 놓여 있는 미라보 다리까지 물어물어 찾아가 보았다면, 발길을 조금만 옆으로 돌려 파시 기슭으로 향하라고 권하고 싶다. 그곳의 발자크 집과 포도주 박물관에 가보라고 속삭이고 싶다. 아니, 파시에 가려면, 그곳에서 발자크와 포도주의 내력을 음미하려면 오로지 하루를 준비할 것을 권하고 싶다.

¶

파시에 가기 위해서는 지하철 6번선을 탄다. 나는 파리의 지하를 거미줄처럼 복잡하게 연결하고 있는 14개의 전철 노선 가운데 6번선을 특히 좋아한다. 이 6번선은 8구 개선문이 있는 샹젤리제 대로 북쪽 끝 샤를 드골 에투알 역에서 11구 나시옹 역을 동서로 왕복하는데, 지상을 달리는 구간이 특히 많다. 56층의 초고층 몽파르나스 타워 빌딩을 중심으로 한 파리 남쪽 번화가 몽파르나스 지구 전후로 지하에서 빠져나오면 전철은 플라타너스 울울한 도로 위 고가를 달린다. 에펠탑을 지척에 둔 비르아켐 역에

레이누아르 거리에서 내려다본 발자크의 집과 파리시 안내판

정원에서 올려다본 입구. 현재는 새 입구를 신축해 문을 열고 있다.

서 센강을 건널 때는 정오의 태양이거나 늦은 오후의 석양이거나 차창 밖으로 펼쳐지는 파리 풍경에 마음이 홀린다. 시테섬에서 바라보는 센강 풍경과는 또 다른 생생한 장면을 가슴에 새기며 철교를 건너는 짧은 동안 전철의 흔들림 속에 먼 곳으로 떠나는 듯한 설렘에 잠시 빠져든다. 파리에서 파리로의 여행, 그 첫 길목에 포도주 박물관이 있다.

¶

규모로 보면 시골의 간이역을 연상시키지만 격조로 보면 붉은 벽돌의 단아함이 돋보이는 작고 아담한 파시 역을 빠져나오면 두 개의 푯말이 선뜻 눈에 띈다. 물의 거리, 포도주 박물관. 레이누아르 거리, 발자크의 집. 물의 거리라고? rue des eaux(뤼 데 오), 직역을 하면 그렇다. 그러나 이 경우 물의 거리보다는 '물길'이 더 적합하다. 가끔 서울의 거리들과 만날 때에도 그렇지만 파리의 수많은 길을 지도를 가지고 찾아다니다 막상 그곳에 당도해 서면 처음 가고자 했던 목적지는 뒤로하고 그 길의 본래 의미를 되새겨보게 된다. 길 또는 거리를 뜻하는 프랑스어에는 여러 가지가 있는데, 파리 지도에서 가장 많이 보이는 것이 바로 '뤼rue'이다. 뤼는 막다른 골목을 제외한 작은 규모의 길, 또는 거리를 뜻한다. 뤼보다 큰 거리로는 아브뉘avenue와 불바르boulevard가 있다. 대로大路, 즉 아브뉘는 19세기 파리 시장이었던 오스망 남작의 대대적인 파리 도로 정비 사업에 의해 탄생되었다. 그는 나폴레옹 3세의 진두지휘 아래, 파리의 1차 방어벽이었던 필리프

파시 포도주 박물관

오귀스트 시대(1180~1223)의 성벽을 기반으로 해서 여러 차례 파리시를 보호해온 이 방책을 걷어내고 두 줄로 플라타너스 가로수를 심어 현재의 시원하고 울창한 거리를 건설했다. 파리를 찾는 여행자라면 달팽이 모양으로 이어지는 파리의 20개 구區 못지않게 이 거리 개념을 파악하는 게 우선 필요한데, 이 크고 작은 거리를 경계로 광장이 펼쳐지고 작은 마을이 형성되어 있기 때문이다.

¶

　포도주 박물관 동굴 바에 앉아 포도주를 마시며 발자크의 총체 소설 '인간 희극' 중 한 편을 읽는다. 『나귀 가죽』이어도 좋고, 『고리오 영감』이어도 좋다. 96편의 단편, 중편, 장편으로 이루어진 방대한 19세기 풍속사인 '인간 희극'은 당시 파리와 파리 부르주아지들의 움직임을 마치 카메라로 찍어내듯 묘파한 것으로 정평이 나 있다. 세상과 등진 듯 동굴 속에 들어앉아 발자크가 재현한 한 편의 짧은 소설 같은 인생에 머물러본다. 혈관을 타고 도는 포도주 기운 탓인지 기분 좋게 겨드랑이를 스치는 바람 탓인지 레이누아르 거리로 옮기는 발길이 마냥 가볍다.

¶

　사람도 자동차도 뜸하게 지나갈 뿐 거리는 대낮 같지 않게 한적하다. 과거 파리 상류층의 파티가 열리곤 했던 호화 사저들과 외국 대사관저들이 즐비한 동네라 아파트 건물의 정문과 창문, 심지어 고미 다락방 창조차 멋스러우면서도 엄격한 외양을 내보인다. 정오를 벗어난 시간, 비로소 햇살이 퍼지고, 전날의 야회夜會를 말해주기라도 하듯 아파트 창문마다 커튼이 무겁게 드리워져 있다. 길가에 빈틈없이 세워놓은 자동차들만이 그곳에 사람이 살고 있음을 말해주는 듯하다. 어쩌다 앙증맞은 초소형 자동차를 만나면 어린아이 만난 것처럼 반갑고, 차 뒤에 가족 수대로 자전거를 매단 트래블 밴을 만나면 이 여름 대서양 또는 지중해, 아니면 영불해협 포구 어디론가 떠날 그들의 행선지를 점쳐보기도 한다.

¶

발자크의 집은 내가 지금 누구를 찾아가고 있는 것인가, 발길을 멈추고 생각해봐야 할 정도로 잠깐이지만 한눈을 파는 사이, 저 아래, 한 마리 커다란 비둘기가 앉아 있네,라고 환기시켜주듯 옆구리를 툭 치며 느닷없이 나타난다. 비둘기색 기와지붕에 민트색으로 실루엣을 마무리한 단층집이 한눈에 마음을 사로잡는데, 나폴레옹이 검으로 이루지 못한 것을 펜으로 이루겠다던 당시 발자크의 기세는 온데간데없고 내려다보이는 자태가 사뭇 소박하고 단아하다. 위치는 어떤가. 고급 저택들로 이어져 있다가 갑자기 옆이 푹 꺼지듯 뻥 뚫리고 녹색 철망이 건물 벽을 대신하고 있는 것이 그렇다. 가파른 경사지를 다져 정원을 만들었고 그 가운데에 집을 지었다. 아무리 봐도 집은 비둘기를 닮았다. 저 아래 한 마리 비둘기가 앉아 있는 듯한 그 집에 들어가기 위해서는 가파른 계단을 밟고 내려가야 한다.

그가 살던 집은 가파른 비탈에 위치하고 있어서, 꽤 단순한 건축 배치를 보였다. 사람들은 마치 포도주 병 안으로 들어가는 포도주처럼 약간만 거기로 들어가곤 했다.
  ―테오필 고티에, 「낭만파 작가와 예술가들」

발자크의 집. 현재는 발자크 박물관이다.

나폴레옹 숭배자로 그에 못지않은 야망을 문학에 불살랐던 발자크는 '인간 희극'이라는 세계를 평생 구상하고 창조하면서 그곳으로 통하는 문을 하나만 만들어놓지는 않았다. 그러니 이 집 또한 다른 문이 있을 것이다. 계단을 밟자 가파른 비탈에 높다랗게 자란 나무의 무성한 줄기들이 집을 감싸안을 듯 지붕 위로 넘실거린다.

나는 뜰과 정원이 있는 조용한 집을 원한다. 둥지이며 도피처, 내 삶을 감싸줄 그런 곳을.

이런 발자크의 꿈 탓인지 파시의 유서 깊은 동네 기슭에 위치한 이 집은 18세기 말에 전파된 '광기'에서 자유롭지 못했다. 1840년 10월 초하루 발자크는 빚쟁이들에 쫓겨 '무슈 드 브뢰뇰'이라는 가명으로 이곳에 숨어들어야 했던 것이다. 그때 그는 정원 있는 집의 방 다섯을 세내었다. 이후 7년 동안 발자크는 이 '임시 피난처'에 살았고, 나름대로 편리함을 터득하게 되었다. 급하면 베르통 골목으로 이어지는 후문으로 도망쳐서는, 파시의 개구멍을 통해 파리 도심으로 진출했다고 하니, 이 집이야말로 평생 빚더미 속에 짓눌려 살아야 했던 그에겐, 빚이 빚어낸 황금 같은 문학의 텃밭이었다고 할 수 있다.

오직, 내려가야만 했다. 우리는 골목의 작은 문을 알게 되었다. 그 길은 파시의 고지대와 붙어 있었다. 그 길에서 멀지 않은 곳에 그르넬 들이 있었

발자크의 집 뜰

라스파유 대로에 있는 로댕의 발자크 조각상

고, 백조섬과 샹드마르스가 있었다.

그곳에 가면 앞에 집은 없고, 하나의 벽, 하나의 초록색 문, 하나의 소네트
가 있었다.

—제라르 드 네르발, 『전집』, 플레이야드판, 제2권

작가의 집에 들어서기 전에 뜰을 거쳐 정원으로 나선다. 스핑크스와 발자크 조각상(E. 헷베르 작품)을 찾아 고개를 돌린다. 곳곳에 한 사람 혹은 서너 사람 둘러앉을 만한 벤치와 둥근 테이블이 놓여 있다. 정원은 맑고 푸르고 고요하고 아늑하다. 발자크 조각상이 보이지 않는다. 대신 그 자리에는 2층짜리 건물이 지어져, 안내데스크 겸 서점과 카페테리아가 문을 열고 있다. 멀찍이 떨어져 보면 중후하면서도 자상하게 웃고 있는 듯하고, 가까이 다가가 보면 머리에 이끼가 검버섯처럼 두텁게 끼어 회반죽으로 빚어진 살점은 단단하게 굳어 있었다. 이마와 눈과 입에 힘이 들어가 있는 모습이 내면의 응집된 힘과 결연한 의지로 보였었다. 발자크 조각상이 있던 자리를 바라보며, 몽파르나스 라스파유 대로 모퉁이에 서 있는 그의 육중한 조각상을 떠올린다. 이 조각상은 파리 로댕 박물관 뜰에 서 있는 작품을 복제한 것으로 뉴욕 현대미술관에도 도쿄 서양근대미술관에도 필라델피아 반즈 재단 미술관에도 서 있다. 발자크 숭배자였던 로댕이 남긴 마지막 대작이 바로 이 발자크 조각상이다.

¶

로댕이 완성한 발자크상을 보고 당시 파리 사람들은 경악을 금치 못했다. 채 다듬어지지 않은 듯한 거친 질감에 온몸을 두꺼운 망토로 휘감고 있는 발자크의 모습을 받아들이기에 파리 사람들은, 그들의 자랑인 로댕 못지않게, 여러 이름으로 언제나 생의 비상구를 마련해야 했던 이 불세출의 작가를 너무나 숭앙했던 것이다. 그러나 세월은 가고 로댕도 죽고 사람들은 조각가의 진실을, 나아가 작가의 진실을 깨닫는다.

발자크는 수많은 영혼들을 품고 있었고, 그 영혼들은 그의 육중한 몸을 아무것도 아닌 것처럼 짊어지고 있었다.
— 알퐁스 드 라마르틴

발자크 사후에 작품에 착수해야 했던 로댕은 발자크의 고향인 투르<sup>Tour</sup>와 투르 사람들<sup>Touraine</sup>의 골격까지 연구하고, 그의 소설에 등장하는 그곳 풍경들을 현장에 가서 보고, 그의 엄청난 편지들을 읽으면서, 그의 성장 배경과 그가 처했던 외적 현실, 그 모든 것을 통해 그의 내면을 간파하려고 했다. 그리고 거기에서 그치지 않고, 살아 있는 발자크의 모습과 거기에 깃든 영혼을 조각으로 표현해내기 위해 스무 점에 가까운 시제품<sup>試製品</sup>을 제작하는 광적인 열정을 보였다. 발자크의 체구와 비슷한 인물들을 모델로 세워 다양한 자세의 발자크를 누드로 일곱 점 완성하기도 했다(로댕,

파리 로댕 박물관 뜰의 발자크상과 2층 첫 번째 홀에 마련된 발자크의 방.
발자크 두상과 옷, 습작들이 전시되어 있다.

창작의 산실. 발자크의 집필실, 고향 투르 근처 사셰성 발자크 박물관

〈뚱뚱한 배의 발자크 누드 습작〉, 1893~1895, 참고). 발자크를 향한 이런 그의 과도한 몰입과 도취는, 로댕과 릴케, 로댕과 카미유 클로델의 숙명적 만남과는 또 다른 로댕 생애 마지막 장관이라 할 수 있다.

로댕의 환상은 형태에서 형태로 서서히 성장하였다. 그리하여 로댕은 마침내 보았다. 떨어지는 외투자락에 자신의 모든 무게를 잃어버리면서 풍채 좋고 당당하게 걷고 있는 형상을 본 것이다.

—라이너 마리아 릴케, 『릴케의 로댕』

로댕은 7년 동안 발자크상 제작에 몰두한 나머지 체력과 시력을 잃고 병이 깊어져 결국 죽음에 이르게 된다. 로댕은 발자크를 창조하면서 자신의 창조적 삶과 예술을 완성했다. 신의 손을 자임하는 천재 조각가가 도달한 최후 지점이 발자크라는 것이 작고 고요한 정원에 호젓이 서 있는 나에게 전율을 일으킨다. "예술의 목적은 자연을 모사模寫하는 것이 아니라 창조하는 것이다"라는 발자크의 위풍당당한 음성이 귓전을 때리는 듯하다. 발자크에게서 몸을 돌리자 아직 수수께끼가 풀리지 않았다는 듯 스핑크스가 슬그머니 내 쪽을 바라보고 있다. 스핑크스 옆으로 다가가 나도 같은 방향으로 눈을 돌린다. 스핑크스가 바라보고 있는 것은 의외로 발자크가 아니라 한 송이 장미꽃이다.

¶

발자크의 집 현관문은 오각五角의 반원형으로 건물 밖에 설치되어 있다. 화관 쓴 형태가 독특하게 섬세하고 아름답다. 누구의 구상인지 사뭇 궁금해진다. 발자크는 53세의 아버지와 20세의 어머니 사이에 태어나, 어린 시절

방돔 기숙학교에 보내져 성장했다. 애정 없는 결혼생활을 했던 어머니가 정부情夫 마르곤 백작과의 사이에 그의 의붓동생을 낳음으로써, 그는 6년 동안 한 번도 집으로 돌아오지 못했다. 발자크는 혹독했던 기숙학교 시절을 정신의 감옥기로 자전소설 『루이 랑베르』에 그려냈다. 철저한 모성 결핍 속에 성장한 그는 어머니와도 같은 귀부인들에게 연정을 느끼고, 평생 여러 귀부인들과 연인 관계로 삶을 지탱했다. 51년의 그의 생애 동안 정식 아내가 있었던 적은 죽기 직전 석 달간뿐이다. 스물두 살 연상 연인 베르니 부인과 폴란드 출신의 귀족 한스카 부인. 그의 많은 여성 편력 중 그를 지배했던 두 여인이다. 두 여인의 헌신적인 사랑이 없었다면, 발자크의 문학은 방대하나 향기로운 꽃은 피지 못했을지도 모른다.

그 키스를 아직 기억합니까? 그 키스가 내 일생을 지배하고, 내 일생에 깊은 금이 가게 한 것이었습니다. 당신 피의 뜨거움이 내 피의 뜨거움을 일깨워준 것이었습니다.

— 오노레 드 발자크, 『골짜기의 백합』

¶

발자크는 베르니 부인의 죽음으로 『골짜기의 백합』을 피워냈고, 한스카 부인과 18년 동안 편지로 사랑을 주고받은 끝에 결혼에 이르렀다. 베르니 부인 사후 발자크의 반생을 함께했던 한스카 부인의 초상이 이 집에 있

에브 한스카(사진 왼쪽 아래).
발자크와 여성들이라는 전시 코너가 마련될 정도로 그는 평생 여러 여성들과
애정 관계를 맺었다. 발자크는 생애 마지막 해 3월, 18년 동안 서신 왕래를 했던
에브 한스카와 우크라이나 오데사 근처 비에르츠브니아에서 결혼식을 올리고,
5월 파리 신혼 살림을 위해 함께 돌아온 뒤,
8월 그녀가 지켜보는 가운데 생을 마친다.

에브 한스카(홀츠 폰 소브젠 그림)

다. 흰 투명 베일을 검은 머리 뒤로 길게 늘어뜨리고 붉은 입술을 꼭 다물고 있는 검은 눈동자의 한스카 부인과 마주 선다. 빛을 뿜어낼 듯 눈부시게 새하얀 목을 가진 우크라이나 미인이다. 그녀를 바라보고 서 있자니 끝모를 안타까움과 회한이 가슴벽을 치받고 올라온다. 사랑이란, 작가에게 사랑이란 무엇인가. 스물두 살 연상의 베르니 부인의 애정 어린 보호와 이국의 한스카 부인과 18년 동안의 서신 왕래. 한스카 부인 방을 나서며 나도 모르게 눈가에 번져 있는 물기를 손등으로 훔친다. 그리고 아무렇지도 않게 창밖으로 눈을 돌린다. 이쪽은 더없이 서늘한 그늘, 저쪽은 더없이 찬란한 햇빛. 그러나 이쪽에도 빛이 하루 중 어느 순간에는 깊이 들어와 머물렀음을 나는 안다. 그리고 저쪽의 빛은 눈부시나 이미 스러지고 있음을, 그래서 덧없는 그늘을 향해 가고 있음을 나는 또한 안다. 발자크의 집계단을 오르다가 나는 힐끔 뒤돌아본다. 후문 쪽을 살핀다. 아무도 없다.

¶

발자크의 집은 이곳 파리의 파시와 그의 고향 투르 인근의 사셰성, 두곳에 있다. 파리에 체류할 때면, 나는 그가 잠들어 있는 페르 라셰즈의 묘보다 이 두 집을 더 자주 찾았다. 특히 에펠탑이 보이는 뜰의 벤치에 앉아 책을 읽으면 문학이 주는 지복인 심적 고요와 충일감을 얻곤 한다. 페르 라셰즈 묘지의 그는 혼자가 아니다. 그의 삶과 소설에 중요한 인물로 등

Honorè
de BALZAC

장하는 귀부인들, 여성들로부터 영향을 받아 『잃어버린 시간을 찾아서』에 귀부인들을 등장시킨 마르셀 프루스트가 부모와 동생과 함께 가족묘에 묻혀 있고, 프루스트로부터 영향을 받은 조르주 페렉이 봉안당 벽에 잠들어 있다. 소설가에서 소설가로, 소설에서 소설로. 발자크의 묘는 야망가의 모습 그대로 당당하게 청동 동상이 옆을 지키고 있다. 그 앞에는 당대 문우였던 시인 제라르 드 네르발이 잠들어 있다. 프루스트와 페렉, 네르발은 영원한 청년의 초상으로 남아 있다. 마치 고리오 영감을 페르 라셰즈 묘지에 묻어주고, "이제부터 나와 파리의 대결이야!"라고 외치며, 파리 중심을 향해 돌격하듯 문을 나서기 직전의 청년 라스티냐크처럼.

# 시간의 향기, 백장미 쪽으로
## —마르셀 프루스트

　3월에서 4월 사이, 일리에콩브레Illiers-Combray에 다녀온 뒤, 마들렌으로 외출을 했다. 파리에 체류할 때면 가끔 센강을 건너, 8구의 오페라 극장 근처에 가곤 하는데, 마들렌 사원 Eglise de La Madeleine 뒤편에 있는 홍차와 파티스리(간식과 디저트용 과자류) 전문점 포숑에 들르기 위해서이다. 집에서 버스를 이용하든 지하철을 타고 가든 10분이면 닿는 거리이다. 날씨가 좋으면 만보객 스타일로, 에펠탑과 센강과 샹젤리제와 콩코르드를 거쳐 천천히 걸어간다. 이번에 마들렌으로 외출한 것은 평소와는 다른 목적이 있다. 코린트 양식의 52개 기둥이 받치고 있는 마들렌 사원 옆 말셰르브 대로boulevard Malesherbes를 찾아가는 것이다.

파리 8구. 말셰르브 대로. 생오귀스탱 교회가 보인다.
그 교회 앞으로 오스망 대로가 좌우로 이어진다.

말셰르브 대로 9번지. 프루스트는 여기서 세 살부터 스물여덟 살까지 살았다.

아침에 울리는 새들의 지저귐도 프랑수아즈에게는 싱겁게만 들렸다. (중략) 우리가 살려고 온 집 마당 안쪽에는 우아하면서도 아직은 젊은 공작 부인이 살고 있었다. 게르망트 부인이었다.

— 마르셀 프루스트, 『잃어버린 시간을 찾아서 5-게르망트 쪽으로』

말셰르브 대로 9번지 건물 안쪽 뜰에 자리잡은 아파트 2층에 한 소년이 살았다. 부유한 유대인 증권 거래인 집안을 외가로 둔 소년은 아버지가 파리의 유명한 의사였지만 천식을 앓아 병약했고, 어머니의 극진한 보호 속에 그 아파트에서 28세까지 살았다. 청년은 밤이면 19세기 말 벨에포크 시절의 파리지앵답게 성장盛裝을 하고 한 손에 우아하게 지팡이를 잡고 문을 나섰다. 오른쪽에 우뚝 서 있는 마들렌 사원을 한번 바라보고 그 앞 루아얄 거리 rue Royale를 걸어갔다. 만약 청년이 사원 앞으로 가지 않고, 왼쪽으로 방향을 잡아 계속 길을 걸어갔다면, 침실 창문 밖으로 늘 돔이 보이던 생오귀스탱 교회를 지나 오스망 대로 boulevard Haussmann에 당도할 것이었다. 그곳에는 훗날 20세기 소설사에 청년의 이름을 올리는 소설을 집필하게 될 102번지 앞에 서게 될 것이었다. 그러나 당시 말셰르브 거리의 이 청년은 세상에 호기심이 많은 예술 애호가이자 소설가 지망생답게 문을 나서면 곧바로 오른쪽으로 방향을 잡아 사원 앞을 걸어갔을 것이다. 걸어가다가 어느 날에는 대로 중간에 있는 막심 카페의 문을 열고 들어가거나, 어느 다른 날에는 대로 끝 콩코르드 광장에서 사라질 것이었다. 육체적으로 섬약한 대신 문학적으로 집요했던 이 청년은 왼쪽 아니면 오른쪽으로 걸

루아얄 거리. 마들렌 사원과 콩코르드 광장을 잇는 도로.
왼편에 프루스트가 즐겨 드나들던 막심 카페가 있다.
막심에서 프루스트와 여인들을 주제로 전시회가 열리기도 한다.

오스망 대로 102번지.
프루스트는 1907년부터 1919년까지 이 집에서 살았고
『잃어버린 시간을 찾아서』를 집필하고 출간하기 시작했다.

음을 옮겼을 터, 왼쪽으로 방향을 잡으면 단골 호텔인 리츠 파리가 있는 방돔 광장에 이르렀을 것이고, 오른쪽으로 방향을 잡으면, 첫사랑의 혼란과 풋풋함과 간절함이 아로새겨진, 훗날 자신의 이름을 딴 프루스트 산책로 Allée Marcel Proust가 펼쳐지는 샹젤리제 Champs-Élysées로 접어들었을 것이다.

그녀가 다시 샹젤리제로 돌아올까? 다음 날 그곳에는 그녀가 없었지만 며칠 지나고 나서 나는 그녀를 보았다. 그녀는 친구들과 놀고 있었고 나는 그 주위를 계속 돌고 돌았다. (중략) 오직 우리 둘이, 오직 나 혼자 질베르트와 함께 있었던 그날은, 우리의 내밀한 관계가 시작된 날이었을 뿐 아니라 그녀도 마찬가지로—그녀가 오직 나를 위해 이런 날씨에도 와주기라도 한 듯—오후 모임 초대를 저버리고 나를 만나러 샹젤리제로 와주었던 날만큼이나 감동적으로 여겨졌다.

—마르셀 프루스트, 『잃어버린 시간을 찾아서 2—스완의 사랑』

¶

말셰르브 대로 9번지 집은 일리에콩브레나 몽소 공원, 파시의 라퐁텐 거리, 불로뉴 숲의 롱샹 경마장과 르 프레 카틀랑, 그리고 페르 라셰즈 묘지처럼 시간을 내어 찾아가지 않으면 안 되는 프루스트 Marcel Proust, 1871~1922의 장소들 중 하나이다. 작가에게 초점을 맞추고 연대기적으로 장소들을 찾아 나설 수도 있으나, 자유 연상 기법을 고안한 프루스트처럼 그의 스타

콩코르드에서 이어지는 샹젤리제 대로 옆 샹젤리제 정원 입구.
마르셀 프루스트 길이 정원을 가로지르고 있다. 정원 너머 엘리제궁이 자리 잡고 있다.

일에 따라 그날그날 발길이 이끄는 대로 몸을 맡겼다.

나는 늘 손 닿는 곳에 파리 지도를 두었다.
— 마르셀 프루스트, 『잃어버린 시간을 찾아서 2 — 스완의 사랑』

마들렌 광장에 도착하자 불안정하게 떠돌던 먹구름이 사원의 지붕을 누르고 있었다. 삼성 대리점을 지나 말셰르브 대로 9번지에 이르자 우박 섞인 소나기가 한바탕 쏟아졌다. 9번지 아파트의 문은 닫혀 있었다. 잠시 비를 피해 처마 밑에 들어선 낯모르는 사내와 소나기가 지나가기를 기다렸다. 곧 포석을 요란하게 두드리며 떨어지던 우박 소나기가 멎었고, 출입 코드 번호를 누르지 않았는데, 마음이 통했는지, 열려라 참깨! 하고 외치면 열리는 마법처럼, 등 뒤에서 문이 스르르 열렸다. 이어 서너 명의 잘 차려입은 젊은 파리지앵 청년들이 문밖으로 나왔다. 각자 개성적인 패션이 돋보였고, 다른 일행과의 약속을 확인하는지 크지 않은 목소리로, 그러나 쾌활하게 방금 소나기가 지나간 길가에 서서 대화하고 있었다. 그들이 대화하는 사이 문은 그대로 열려 있었고, 나는 열린 문틈으로 자유롭게 건물 안으로 들어갔다. 벽에 부착된 투명 아크릴판에 새겨진 거주자들 이름에 눈길을 주었다. 그리고 몇 걸음 걸어 통로 좌우에 난 계단을 바라보았다. 이어지는 안뜰로 나가 소년이 살았던 2층 창문을 올려다보았다. 계단은 고급스러웠고, 흰색 페인트칠이 되어 있는 창문은 단아했다. 뜰에 자라는 나무는 없었는데, 가까이에서 새소리가 청아하게 들렸다. 창문을 올려

말셰르브 대로 9번지. 공동 현관

마들렌 사원과 말셰르브 대로. 먹구름이 이내 빗방울을 뿌렸다.

다보고 서 있자니, 금방이라도 창문을 열고 누군가, "마르셀!" 하고 부르는 소리가 들려올 것 같았다. 소년의 이름은 마르셀, 파리 의과대학 교수인 아드리앵 프루스트 박사의 첫째 아들이었다. 아름다운 계단과 욕실이 있는, 말셰르브 대로 9번지의 이 새 아파트에서 마르셀 프루스트는 세 살부터 스물여덟 살까지 살았다. 그의 51년 생애 중 반을 이곳에서 보낸 셈이다. 그동안 그는 어머니의 저녁 키스를 절대적인 사랑의 징표로 성역화했고, 평생 지병인 천식 발작을 일으켰고, 명문 콩도르세 중·고등학교에서 시인 말라르메를 만났고, 문청의 열병을 앓았고, 첫사랑을 겪었고, 사교계 귀부인들이 베푸는 파티의 맛을 보았고, 그 자신 또한 파티를 주재하며 파티 전후의 미묘한 흥분과 피로감을 경험했으며, 작가를 꿈꾸었다.

뜰을 한 바퀴 돌아보았다. "안쪽 본채에는 어느 백작 부인이 살고 있"는 듯했다. "말 두 필이 끄는 사륜마차를 타고 문지기실에 딸린 작은 뜰에서 금방 꺾은 것처럼 보이는 한련화 몇 송이를 모자에 꽂고" 그녀, 게르망트 부인이 나타날 것만 같았다.

말셰르브 9번지 소년의 집에서 나와 길을 건넜다, 포숑에 들러 오후의 홍차와 마들렌을 주문했다. 나른한 봄날 오후를 위해 새롭게 준비한 것은 찌르듯 깊은 바이올렛과 달콤한 야생 산딸기 향의 조화. 홍차 한 잔에 마들렌 한 조각을 살짝 적셔 베어 물었다. 그러자 지난 3월, 비 내리는 어느 아침, 일리에콩브레의 생자크 성당(소설에서는 생틸레르 성당) 주임 신부님을 따라 종루에 올라 내려다보았던 마을의 재색 지붕들과 두 갈래의 산책길과 멀리에서 가까이에서 보였다가 안 보였다가 나타났다가 사라지던 마

말셰르브 대로 9번지. 내부 계단

말셰르브 대로 9번지 중정.
프루스트 가족은 일곱 개의 공간이 있는 대형 아파트에 살았고,
그중 하나는 의사인 아버지 프루스트 박사의 공간이었다.

르탱빌 종탑과 스완네 집 쪽의 비본 개울을 따라 서 있던 미루나무들과 나무들 끝에 울울하게 시작되던 르 프레 카틀랑Le Pré Catelan 정원이 눈앞에 보고 있는 듯 선명하게 떠올랐다. 이어 아미오 고모부가 동양풍을 가미해 꾸며놓은 영국식 정원을 마르셀이 이리저리 뛰어다니는 모습을 보는 듯했고, 생울타리 사이 어른거리는 산사나무 그늘 아래 서 있는 '붉은빛이 도는 금발머리 소녀'(스완 씨의 딸 질베르트)와 그녀를 황홀한 눈으로 바라보는 열서너 살의 마르셀을 보는 듯했다.

포숑 직원이 바이올렛과 야생 산딸기 향의 홍차와 마들렌이 담긴 박스를 건네주지 않았다면 나는 홍차에 적신 마들렌의 맛에 빠져 현실과 허구가 뒤섞인 채 이 장면에서 저 장면으로 끝없이 이어지는 프루스트의 세계에서 빠져나오지 못하고 있을 것이었다. 마들렌 사원을 바라보며 맛보는 마들렌의 맛이라니! 마들렌 사원을 등지고, 말셰르브 거리 9번지를 지나 생오귀스탱 교회 쪽으로 내처 걸어 내려갔다. 문득 25년 동안 마들렌 사원 옆에 살았던 프루스트와 방금 내가 홍차에 적셔 음미했던 조가비 모양의 마들렌 과자 간에 모종의 관계가 있을 것이라는 의문이 생겼다. 그가 마들렌 옆에 살지 않았어도, 『잃어버린 시간을 찾아서』를 작동시키는 결정적인 매개체인 마들렌 과자가 등장할 수 있었을까. 마르셀 프루스트 추종자, 일명 프루스티앵proustien들이 제일 먼저 찾는 곳은 일리에콩브레일 것이다. 단적으로 퐁피두 도서관의 프루스트 서가에 꽂혀 있는 수많은 프루스트 관련 서적들 중 『잃어버린 시간을 찾아서』를 대상으로 한 사진 기행서들

포숑. 마들렌 본점. 프랑스 티와 디저트 명가

의 첫 장이 한결같이 일리에콩브레가 차지하는 데서 이유를 찾을 수 있고, 결정적으로는 7장으로 이루어진 『잃어버린 시간을 찾아서』에서 가장 인상적인 장면인 '마들렌 효과'의 추억담이 비롯되는 장소가 일리에콩브레이기 때문이다.

마들렌 효과란 작은 마들렌 한 조각이 과거 어느 시점의 기억을 불러내어 복원시키는 마술 같은, 그러나 동시에 자연스러운 현상을 가리킨다. E. M. 포스터에 따르면, 작가들마다 소설 속에 시간을 다루는 고유 운용법이 있는데, 마르셀 프루스트의 경우는 가까이 또는 멀리 끊임없이 시계의 분침을 뒤로 돌리는 형국이다. 작가가 시간을 뒤로 돌릴 때마다 이야기가 생성되는 회상의 서사이기 때문에 독자는 속독을 자제해야 한다. 『잃어버

일리에콩브레 부근 산책길. 멀리 성당 첨탑이 보인다.

레오니 고모댁이었던 마르셀 프루스트 박물관 파란 대문과 뜰. 일리에콩브레

레오니 고모 방에 재현되어 있는 마들렌과 홍차 잔

린 시간을 찾아서』에는 하나의 회상에서 다른 회상으로 넘어가는 사이사이 무수히 많은 시간의 주름이 접혀 있다. 겨울날 외출에서 돌아온 화자에게 어머니가 건네준 조가비 모양의 마들렌 과자를 홍차에 적셔 맛보면서 콩브레에서의 유년 시절 삽화로 자연스럽게 넘어가듯이, 주름이 펼쳐질 때마다 이야기꽃이 피어난다.

『잃어버린 시간을 찾아서』의 주인공은 마르셀 프루스트로 짐작되는 작가 지망생이다. 따라서 이 소설 주인공의 동선을 따라가는 것은 작가에

어린 화자에게
기다림의 고통과 황홀을 안겨준 계단

게 각인된 중요한 생$^±$의 장소들을 찾아가는 것과 다르지 않다. 프루스트를 둘러싼 중요한 생애 공간들은 두 갈래 산책길이 있는 일리에콩브레와 파리, 그리고 노르망디 해변가로 나누어볼 수 있다. 좀 더 세분해보자면, 태생지인 파리 근교 오퇴유 라퐁텐 거리 96번지(한국어로 출간된 프루스트 번역서에 이렇게 기재되어왔으나, 현재는 파리시에 편입되어 16구 파시 지역이다. 마르셀 프루스트 거리도 조성되어 있다), 라퐁텐 거리 이후 스물여덟 살까지 살았던 말셰르브 거리 9번지, 여섯 살부터 아홉 살까지 부활절과 여름방학 때마다 머물렀던 아버지의 고향 일리에콩브레(프루스트가 창조한 소설의 지명은 콩브레이고, 일리에는 프루스트 유년기의 행정 지명, 둘이 합쳐져 일리에콩브레라는 행정명으로 공식적으로 개명되어 오늘에 이른다), 『잃어버린 시간을 찾아서』에 묘사된 사교계인 파리 상류 부르주아 저택들로 이루어진 쿠르셀 거리 46번지$^{rue\ de\ Courcelles}$와 그 앞 몽소 공원, 본격적으로 사교계에 드나들던 청년기의 샹젤리제와 콩코르드, 불로뉴 숲, 어머니의 갑작스러운 죽음 이후 칩거에 들어가 『잃어버

마르셀의 침대. 옆 탁자에 조르주 상드의 『프랑수아 르 샹피』가 놓여 있다.

린 시간을 찾아서』 대부분을 집필한 중년기의 오스망 대로 96번지, 집필을 위해 체류했던 노르망디 카부르 해변의 그랑 오텔Grand Hotel과 파리의 리츠 파리Ritz Paris 호텔, 그리고 작가가 영면해 있는 페르 라셰즈 묘지가 그것이다.

마르셀 프루스트의 『잃어버린 시간을 찾아서』의 진정한 독법은 시간의 주름마다 꽃처럼 피어나는 여담에 빠져 '시간을 잃어버리는 과정'에 있다. 파리 4구 마레 지구에 있는 카르나발레 박물관에는 프루스트가 마지

오스망 대로의 백화점

막으로 거주했던 16구 아미랄 아믈랭 거리 rue de l'Amiral Hamelin의 작가 방이 유품으로 재현되어 있다. 처음에는 박물관의 맨 끝에 마련되었다가, 2022년 프루스트 사후 100주년을 기념해 실재의 모습 그대로 조명을 어둡게 맞추고, 창문 틈을 막았던 코르크와 외투, 어머니와 아버지의 초상, 중국 병풍과 푸른 실크 침대 시트와 스탠드, 단장과 회중시계 등 소품들까지 충실하게 갖추어 일반에 공개되었는데, 주목할 부분은 벨에포크 시대와 연계해서 프루스트의 세계에 이르도록 배치한 점이다. 이는 노르망디 카부르(소

마르셀 프루스트가 태어난 집. 옛 파리 근교 오퇴유 라퐁텐 거리 96번지.
현재는 파리 16구 파시 구역이다.

카르나발레 박물관.
프루스트의 유품들과 그가 마지막으로 살았던 방이 재현되어 있다.

설에서의 발베크)의 해변 호텔 그랑 오텔의 내외부에 조성하여 기리던 프루스트의 동상을 근처에 새롭게 문을 연 라 빌라 뒤 탕 르트루베 박물관<sup>Musée La Villa du temps retrouvé</sup>, 일명 벨에포크 박물관 정원으로 옮기고, 박물관의 전시 내용을 프루스트를 중심으로 구성하고 있는 것과 동일한 맥락이다. 카르나발레 박물관 프루스트의 방에 있는 중국 병풍은 이 벨에포크 박물관에도 전시되어 있다. 프루스트의 자료와 유품들은 일리에콩브레의 마르셀 프루스트 박물관, 파리의 카르나발레 박물관, 그리고 카부르의 벨에포크 박물관에 나누어 전시되고 있는 셈이다. 카르나발레 박물관의 프루스트의 방을 나오면서 페르 라셰즈 묘지 85구역에 있는 그의 묘를 생각했다. 검은 대리석 묘석 위에는 시든 흰 장미 두 송이가 놓여 있었다. 그리고 누가 켜놓았는지, 아니 누가 매일 켜놓고 가는지, 심장 모양으로 모아놓은 작은 초들이 미약한 불꽃이나마 꺼지지 않고 계속 타고 있었다. 오랜 세월 글을 쓰고 싶은 열망에 시달리면서도, 글쓰기 재능에 대한 회의와 절망으로 생을 소모시킨 끝에야 세상의 빛을 본 『잃어버린 시간을 찾아서』. 아카시아 흰 꽃잎이 눈송이처럼 떨어진 묘지의 포석을 밟고 내려오는 길, 프루스트가 전생을 바쳐 마침표를 찍은 『잃어버린 시간을 찾아서』의 마지막 구절이 귓가에 맴돌았다.

진정한 삶, 마침내 발견되고 밝혀진 삶, 그러므로 우리가 진실로 체험하는 유일한 삶은 바로 문학이다.
— 마르셀 프루스트, 『잃어버린 시간을 찾아서』

파리 생활사 박물관인 카르나발레 박물관의 프루스트 방.
2022년, 프루스트 사후 100주년에 맞추어 재단장하면서 고증에 따라 조명을 어둡게 재현했다.

내일은 튀일리 정원을 가로질러 루브르로 페르메이르의 그림을 보러 가야겠다. 페르메이르 전시회에 가기 위해 상기된 얼굴로 생애 마지막 외출을 했던 프루스트처럼.

페르메이르 전시회에 가기 위해 성장을 하고 단장을 짚고 설레는 표정으로 튀일리 공원 입구에 서 있는 모습이 프루스트의 마지막 외출 사진 장면으로 기록된다. 1년 뒤, 프루스트는 영원히 눈을 감는데, 이 모습 또한 만 레이의 사진과 폴 세자르 엘뢰, 앙드레 뒤노이에의 크로키 초상화로 전

프루스트의 방 창문 틈새를 막았던 코르크와 외투가 전시되어 눈길을 끈다.

한다. 프루스트의 모습은 유년기부터 영면에 드는 순간까지 다양한 시각 매체를 통해 기록되었다. 어떤 형태로 전해지든, 그의 외모와 외양은 한번 보면 뇌리에 박힐 정도로 강렬하면서도 섬세하다. 그중 대표적인 것이 자크 에밀 블랑슈가 그린, 가운데에 가르마를 타 빗어 넘긴 헤어 스타일에 콧수염을 기르고 가슴에 커다란 카스티야 꽃을 꽂은 25세의 〈프루스트의 초상〉(1892)이다.

만 레이가 찍은 마르셀 프루스트는 눈 감은 영면 모습이다. 그가 '위대

카부르의 그랑 오텔 전경.
프루스트의 삶과 소설에게 파리, 일리에콩브레와 함께 가장 중요한 공간이다.
소설에서 카부르를 발베크로 호명하면서 곳곳에 발베크라는 이름이 눈에 띈다.

한 사람들'이라는 주제로 작업한 것 중 하나로 마르셀 프루스트가 그의 침대에서 영면한 장면이다. 동생 로베르 프루스트가 만 레이에게 요청해 매장날인 1922년 11월 22일에 이루어진 것이다. 그에 앞서 프루스트의 친구 폴 세자르 엘뢰가 회화로 그렸고, 앙드레 뒤노이에는 크로키화로 남겼다.

자크 에밀 블랑슈의 프루스트 초상화와 만 레이의 그것의 편차는 회화

카부르, 소설에서의 발베크에 2022년 프루스트 사후 100년을 기념하여
라 빌라 뒤 탕 르트루베 박물관, 일명 벨에포크 박물관이 개관했다.
그랑 오텔 정원에 있던 프루스트 동상을 이곳으로 옮겨 관람객들을 맞이하고 있다.

와 사진의 이질성만큼이나 크다. 초기 사진 작업은 회화적인 속성을 최대
한 담으려고 했다. 세상에 단 하나뿐인 원본(진품)에 대한 경의인데, 복제술
이라는 놀라운 기능을 예술로 인정하기 전의 과도기적인 혼란에서 나온
결과였다.

　　나는 회화와 사진으로 부활할 프루스트의 초상화들을 동시에 앞에 두
고 행복감에 젖곤 한다. 스탕달의 전언, 곧 인간은 기본적으로 행복을 추

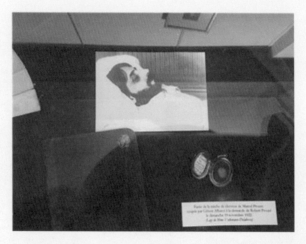

만 레이가 찍은 마르셀 프루스트 영면 장면. 일리에콩브레 마르셀 프루스트 박물관 사진 기록실

노르망디에서 만났던 화가 폴 세자르 엘뢰가 그린 프루스트의 영면 장면.
일리에콩브레 마르셀 프루스트 박물관 사진 기록실

프루스트 가족묘. 마르셀 프루스트는 아버지와 어머니,
동생 부부와 함께 영면해 있다.

구하는 동물이라는 것, 그것은 곧 미적 체험<sup>美感</sup>에서 충족된다는 예술론을 굳이 상기할 필요는 없다. 다만 내 마음을 크게 동요시킨 것은 만 레이와 프루스트의 마지막 만남에서 또 다른 장면을 떠올리게 된 것이다. 마치 프루스트의 『잃어버린 시간을 찾아서』에서 마들렌 한 조각이 잃어버린 수많은 시간들을 되찾아가는 모티브를 제공하고 있듯이.

거리마다 길모퉁이에서 은방울꽃을 파는 5월 1일 아침, 미라보 다리를 건너 파시 기슭 모차르트 거리로 향했다. 프루스트의 생가를 찾아가는 것이었다. 그가 태어날 당시에는 파리 교외 오퇴유 지역이었으나 현재는 파리시로 수용되어 16구 파시 라퐁텐 거리 96번지에 가면 그가 태어났다는 기록이 아파트 벽에 새겨져 있다. 그의 집에서 멀지 않은 레이누아르 거리에 발자크의 집이 있다. 프루스트의 소설에 등장하는 파리 사교계 여인들은 발자크와 그의 소설에서 배운 것이다. 내친 김에 발자크의 집에 들렀다가 전철을 타고 페르 라셰즈로 향한다. 이번에는 발자크의 묘를 먼저 들르고 프루스트 가족묘 쪽으로 발걸음을 옮긴다. 검은 대리석 묘석 양옆에는 아버지와 어머니, 그리고 동생의 이름이 새겨져 있고, 가문을 대표하듯이 그의 이름, 마르셀 프루스트의 이름이 정면에 새겨져 있다. 검은 묘석 중앙에는 백장미 몇 송이가 놓여 있다. 시들어가는 장미를 바라보며 시간의 향기를 느낀다. 프루스트에게는 백장미가 어울린다.

# 공간 기록자의 벽에 깃든 생生
## ─조르주 페렉

파리에 도착해 두 달 가까이 체류하는 동안 책상에서든 거리에서든 페렉Georges Perec, 1936~1982의 소설들을 끼고 살다가, 마침내 20구에 있는 빌랭 거리를 찾아갔다. 비가 지나간 뒤였고, 하늘에는 먹구름이 넓게 퍼져 있었다. 파리시의 거리 기록 자료에는 언뜻 '막다른 길처럼 보이는 200미터의 포석이 깔린 길'이라고 설명되어 있는데, 정작 가보니 채 100미터가 되지 않아 보였고 포석은 거리와 이어진 벨빌 공원의 산책로에 깔려 있었다. 이 장소는 폴란드 이주 노동자의 아들로 태어나 네 살에 전쟁에서 아버지를 여의고, 여섯 살에 아우슈비츠에서 유태인 어머니를 잃은 페렉이 유년기를 보낸 곳이다. 『W 또는 유년의 기억』이라는 그의 자전소설의 무대이기도 하다. 페렉은 이 거리가 사라지는 것을 보면서 '기록'할 생각을 했고,

파리 20구 벨빌의 빌랭 거리. 이민자들이 모여 사는 동네이다.

그것을 소설과 영상으로 남겼다.

그는 『W 또는 유년의 기억』에서 유년기에 대한 기억이 없음을 밝히고
있다. 네 살 때 아버지를, 여섯 살엔 어머니마저 잃은 고아로, 열두 살까지
의 이력은 단 두 줄뿐. 뭉텅뭉텅 사라진 생의 역사에서 "불확실한 기억이
나마 되살려내기 위해서" 그는 "빛바랜 사진, 몇몇 증언, 보잘것없는 서류
조각"에 의지할 수밖에 없다. 그러한 것들은 모두 현재에는 존재하지 않

는, '과거의 것'들이다. 신기루처럼 붙잡을 수는 없어도, 존재하기 위해서는, 있도록 환기하려고 애써야 하는 것들.

조르주 페렉의 소설 『사물들 – 1960년대 이야기』를 읽다 보면, 자동적으로, 떠오르는 이름이 있다. 김승옥과 그의 단편 「서울 1964년 겨울」. 페렉이 '대모험 La grande aventure'이라는 제목으로 소설을 쓰기 시작한 것은 1964년, 이것을 '사물들'로 제목을 바꾸고 '1960년대 이야기'라는 부제를 달아 출간한 것은 이듬해 1965년. 이는 김승옥의 「서울 1964년 겨울」의 행보와 궤를 같이한다. 20세기 세계문학의 중심이었던 당시 프랑스 문단과 감수성의 혁명이라 불리는 새로운 미학을 경험하던 한국 문단, 파리와 서울의 1960년대 중반 소설적 공기空氣가 사뭇 흥미로워진다.

"김형, 우리는 분명 스물다섯 살짜리죠." "나는 분명히 그렇습니다." "나도 그건 분명합니다." 그는 고개를 한번 기웃했다. "두려워집니다." "뭐가요?" 내가 물었다. "그 뭔가가, 그러니까……"
—김승옥, 「서울 1964년 겨울」

그들은 어긋나 있었다. 그들은 자기 자신을 잃어가고 있었다. 이미 돌아설 수도 없고, 끝도 알 수 없는 길에 들어서 끌려다닌다고 느끼기 시작했다. 두려움이 밀려왔다. 하지만 대개는 조바심을 낼 뿐이었다.
—조르주 페렉, 『사물들』

페렉이 유년기를 보냈던 빌랭 거리와 쿠론 아브뉘.
페르 라셰즈 묘지가 가까이 있다.

　　이러한 둘의 공명共鳴이 자연스럽다고 해야 할까. 그곳이 어디든, 그 시
대, 1960년대에는. 아니다. 두 작가에게 공통적으로 부여되는 '도시적 감
수성'이라는 수식어 앞에 굳이 '1960년대식'을 첨언할 필요는 없다. 그 시
기 태어난 내가, 철들 무렵 그들을 처음 읽었던 20세기 후반이나, 세월이
흘러 21세기에 들어서도 20년이 훌쩍 지난 지금 다시 읽어도 그들 소설이
거느린 '도시적 감수성'은 전혀 늙어버렸거나 낡지 않았으니. 그러므로 청
춘들에게는 이미 고전이 되어버렸을지언정, 나만은 이들 작품에 굳이 '살

파리 5구 팡테옹 언덕 소르본 대학 지구에 있는 리네 거리 13번지. 페렉이 살았던 아파트.
길 건너 지척에 식물원이 있다.

아 있는' 또는 '현대의'라는 접두사를 붙이고 싶지 않은 것이다. 그들, 서울의 스물다섯 살짜리들이나 파리의 제롬과 실비는 지금 이곳 88만 원 세대의 공기空氣 속에 그대로 살아 숨 쉬고 있으니.

파리에서 35제곱미터는 보통 두 공간2 pièces으로 나뉜 작은 아파트인데, 소설에서는 "조그만 현관과 절반은 세면실이 차지하는 턱없이 비좁은 부엌, 작은 침실, 그리고 서재이자 거실이며 작업실, 손님방인, 모든 것을 해결해야 하는 방, 뭐라 딱히 이름 붙이지 못할 구석으로 이루어져 있다"라고 묘사하고 있다. 현재의 나처럼 일시적으로 체류하는 연구자나, 소설 주인공인 제롬과 실비처럼 젊은 동거 커플이 세 들어 사는 공간으로 통한다. 1990년대 말부터 파리에 체류할 때마다 나는 팡테옹 아래 리네 거리 11번지의 아파트에 머물곤 했다. 놀랍게도, 바로 옆 13번지에 페렉이 한때 살았고, 그의 소설 속 공간은 대부분 이곳 또는 이곳과 유사한 크기의 아파트들이다. 위의 인용에서 언뜻 볼 수 있듯이 페렉은 20세기 중·후반 프랑스 현대소설사에서 소설을 매개로 공간 탐구에 열정적이었던 작가이다. 그의 소설의 특장으로 평가되는 '도시적 감수성'은 사물에 투영된 공간에 대한 작가의 예민하고도 투명한 감각과 자의식에서 비롯된다. 그런데 이 공간이라는 것은 시간과 불가분의 관계가 있고, 시공간 속 인간의 삶이란 인생人生이자 관습慣習인 동시에 법法이다. 이때 관습이란 긍정적인 의미로 일상에서 걸러지고 축적된 지혜의 산물이고, 견고하면서도 유려한 일상의 체계system이다. 이러한 맥락에서 페렉의 데뷔작이자 출세작인 『사물들』

페렉이 살았던 리네 거리 13번지 옆 11번지 공동 현관.
이러한 입구와 계단은 소설의 실비와 제롬의 거처인 35제곱미터,
두 공간으로 나누어진 작은 아파트의 전형을 보여준다.

(1965) 출간 이후 10여 년 뒤 발표된 『인생사용법』(1978)은 인간의 삶을 둘러싼 사물들을 각각의 시공간 속에서 벼려내어 조각조각 페렉식으로 창조하고 재구성한 방대한 퍼즐 작품이다.

> 계단은, 각 층마다 얽혀 있는 하나의 추억을, 하나의 감동을, 이제는 낡고 감지할 수 없는 어떤 것을, 그러나 그의 기억의 희미한 빛 속 어디에선가 고동치고 있는 그 무엇을 간직하고 있는 곳이었다.
>
> ―조르주 페렉, 『인생사용법』

『인생사용법』은 가스통 바슐라르의 『공간의 시학』을 방불케 할 정도로 공간들을 세밀하게 분류하고 중첩시키고 있다. 이는 문학사적 의미를 부여하자면 울리포 OuLiPo(Ouvroir de Littérature Potentielle)라는 당시 문학 실험 전위 그룹의 핵심이었던 페렉의 서사적 실험의 총화인 셈이다. 그리고 이 총화의 형상은 퍼즐의 형태를 띠고 있는데, 완성된 퍼즐은 시몽크뤼벨리에 거리 11번지 아파트의 입주자들에 대한 99개 장으로 이루어져 있다. 페렉의 『사물들』과 『인생사용법』을 읽은 독자라면, 그들과 함께 파리에 오래 산 것처럼 거리와 골목, 계단과 문, 벽과 천장, 창문과 창문 밖 풍경까지 세밀하게 알고 있는 듯한 친밀감을 느끼게 된다.

그들은 정원에 면한 천장이 낮은, 작고 아담한 아파트에 살고 있었다. (중략) 어느 가을날, 비라도 내리고 나면 땅으로부터 올라오는 낙엽 냄새, 두

서기로서 파리의 공간을 기록하려던 페렉이
온종일 지나가는 사람과 장면들을 관찰했던 카페 드 라 메리

프랑스 중서부 투르 인근 쇼몽성에서 열린 '2018 세계 정원 박람회'에 조성된 조르주 페렉 정원.
페렉이 주도한 문학 실험 그룹 울리포의 실험을 형상화했다.

페르 라셰즈 묘지 봉안당 콜롬바리움

엄, 진한 숲의 향기를 맡을 수 있는 파리의 몇 안 되는 곳이었다.

— 조르주 페렉, 『사물들』

이렇듯 공간에 대한 남다른 애착을 보인 페렉은 파리의 장소들을 기록
하는 '서기<sup>書記</sup>로서의 소설가'를 자처하고, 소설뿐 아니라 영상으로 파리의

조르주 페렉이 잠들어 있는 봉안 벽

곳곳을 기록하는 영화 제작에도 관여하기에 이른다. 45세에 요절하기까지, 그가 기획한 마지막 프로젝트(『장소들Lieux』)는 12년에 걸쳐 파리의 열두 곳을 기록하는 것이었다(『사물들』, 김명숙 '옮긴이 해설' 참고). 그는 왜 파리의 서기를 자처하며 장소들의 뿌리를 뽑듯이 낱낱이 기록하려고 했던 것일까.

우리는 언제나 시간을 알고자 하지만(이제 누가 태양의 위치를 보고 시간을 추측할 수 있겠는가?), 자신이 어디에 있는지는 결코 궁금해하지 않는다.

— 조르주 페렉, 『공간의 종류들』

  페렉은 페르 라셰즈 묘지 콜룸바리움<sup>Columbarium</sup>(봉안당) 벽에 잠들어 있다. 프루스트 가까이. 프루스트가 잃어버린 시간을 찾아서, 파리와 콩브레와 발베크와 베네치아를 부르고, 걷고, 추억하고, 썼듯이, 프루스트로부터 시작된 그의 소설 쓰기 역시 줄기차게 잃어버린 유년, 잃어버린 공간, 잃어버린 파리를 찾는 여정이다. 프루스트가 아버지와 어머니, 그리고 그토록 자신을 아껴주었던 동생 로베르와 함께 가족묘에 묻혀 있어서인지, 죽음의 고독조차 따뜻하게 느껴지던 것과 달리, 페렉의 유골이 잠들어 있는 벽 앞에 서자, 홀홀 단신 고아로 세상과 맞서야 했던 그의 유년 시절이 어른거려 마음이 스산해졌다. "가장 평범한 것, 가장 눈에 띄지 않는 것을 적기 위해 노력하기"(『공간의 종류들』). 내가 나를 두 팔로 감아 앉으며 그의 이름이 새겨진 벽을 오래 바라보았다.

# 언덕 위의 두 시인
## ─짐 모리슨, 폴 엘뤼아르

이제 망설일 수 있는 시간도 끝이 나고
진창에 빠져 허우적거릴 시간도 없다.
이제 남은 건 잃을 것뿐이어도 한번 해보자.
우리들 사랑은 화장<sup>火葬</sup>용 장작더미일 뿐.

─도어스, <Light my fire>


    파리 20구, 페르 라셰즈 역 오거리, 메닐몽탕 대로를 건넌다. 청년은
신문을 내려놓고 건너편 묘지의 문을 바라보고 있다. 처음 짐 모리슨<sup>Jim
Morrison, 본명 James Douglas Morrison, 1943~1971</sup>을 찾아 이곳에 왔을 때 나는 이 길을 건
너지 않았었다. 몽마르트르 언덕과 그 묘지를 연결하는 지하철 2번선을

타면 페르 라셰즈 역에 직통이라는 것을 알고 있었지만, 역시 묘지와 인접한 강베타 역에서 내릴 생각으로 생라자르 역과 오페라 역을 연결하는 3번선을 탔었다. 페르 라셰즈 묘역은 그러니까 북쪽으로는 강베타 도로와 서쪽으로는 메닐몽탕 대로에 길게 위치하고 있는데, 당시 나는 파트리크 모디아노의 소설들에 등장하는 파리의 신비로운 거리 이름들에 홀려 있던 터라 강베타라는 지명을 그냥 지나칠 수 없었다. 오거리의 주도로인 만큼 메닐몽탕 대로는 교통량이 많고 소음 역시 자자한데 강베타 도로는 꽃을 파는 가게들과 장례용품 가게들이 눈에 띌 뿐 비교적 조용했다. 파리에 있는 공원과 20개의 묘지(파리 시내 몽마르트르와 몽파르나스 포함 14개, 파리 시외 6개의 묘지) 중에 가장 규모가 크고(2023년 현재, 매년 장례식 1만 회) 세계 도처에서 매년 300만 명 이상의 방문객이 찾아오는 묘지 근방의 풍경 또한 흥미롭다. 아직 피지 않은 붉은 꽃 한 송이 사들고 묘지로 들어선다. 길게 이어지는 담벼락. 드물게 파란 하늘. 푸른 숲. 누군가, 좋아하는 사람을 만나러 가듯 발걸음이 가볍다. 랭보가 시새워 장난질 치며 따라오는 것만 같다.

나는 말하지 않으리, 아무 생각 하지 않으리라.
하지만 무한한 사랑 내 영혼 속에 차오르리라.
하지만 나는 가리라 멀리, 아주 멀리, 방랑자처럼,
**자연** 속으로, 여자와 함께인 듯이, 행복하게.
— 아르튀르 랭보, 「감각」

파리 20구 페르 라셰즈 묘지 역 거리 카페

20대 때 처음 짐 모리슨의 묘지(6구역)에 갔을 때, 나는 20대였고, 내 또래와 그보다 어린 10대로 보이는 젊은 팬들이 그를 둘러싸고 있었다. 마치 묘석 아래, 지하 깊숙이에서 흘러나오는 듯, 몽환적이면서도 사이키델릭한 사운드가 아득하게 흐르고 있었다. 그들은 마치 묘지가 짐의 몸인 양 겹겹이 둘러싼 채 표정 없는 얼굴로 움직일 줄 몰랐다. 매년 페르 라셰즈를 찾는 수많은 발길 중에서 그를 만나러 오는 젊은이들이 가장 많다. 묘지 관리원에 따르면, 짐 모리슨의 무덤을 찾아오는 세계 각국의 젊은이들은 1년에 1만 7000명쯤 되는 것으로 파악된다. 여름이면 그들은 아예 소형 카세트를 가져와 최면에 걸린 듯 하루종일 도어스를 틀어놓고 묘를 에워싸다 못해 걸터앉아 짐의 목소리를 들으며 죽치고 있었다. 〈사람들은 낯설다 People are strange〉, 〈해를 기다리며 Waiting for the sun〉, 〈노래가 끝이 날 때 When the music's over〉까지……. 짐의 묘지 현장 사진을 찍으려고 틈이 나기를 기다려보아도 그들은 물러설 기미가 없었다. 사진기를 꺼낼 엄두도 못 내고, 아니 사진기를 꺼내더라도 찰칵, 소리를 낸다는 것이 짐과 그들에게 매우 불경스러운 실수를 저지르는 것처럼 조심스러웠다. 그저 묵묵히 낯선 그들과 동족이 되어 카세트에서 흘러나오는 짐의 허스키한 외침을 듣다가 발길을 돌릴 뿐.

세월이 흐르고, 몇 차례 더 찾아갔는데, 짐의 팬들도 어느덧 나이가 들어, 중년의 모습이었다. 어디에서도 사이키델릭한 사운드는 들리지 않고, 싱그러운 신록 속에 새소리가 청아할 뿐이다.

페르 라셰즈 묘지의 파리 안내판

파리 20구 페르 라셰즈 묘지 담을 따라 노상들이 줄지어 있다.

깊은 잠에 빠지기 전,

나는 듣고 싶다.

나비의 비명<sup>悲鳴</sup>을.

—짐 모리슨

¶

완만한 언덕길을 걸어 올라간다. 동쪽으로 동쪽으로. 벽 가까이. 또 온다고 약속할 수 있을까. 등뒤에서 짐은 나비의 절규로 〈끝<sup>The end</sup>〉을 노래하고, 나는 동쪽 담벼락을 타고 그 끝을 향해 걸어간다. 그곳을 언덕이라 불러서 그런가 보다 했는데, 걸어보니 끝없이 푸른 산책길만은 아니다. 가파른 언덕이다. 6구역에서 멀어지긴 했으나 묘지의 마지막 97구역까지, 그 맞은편 파리 코뮌 병사들의 벽까지는 얼마나 먼가, 아득하다. 잠시 벤치에 앉아 숨고르기를 하며 파리의 일곱 언덕을 상기한다. 몽마르트르와 몽파르나스, 몽수리와 메닐몽탕(혹은 메스닐-몽탕), 그로 카유 언덕(현재는 샤요 언덕)과 뷔트 오 카유, 그리고 샹 레베크. 이중 메닐몽탕 가까이 샹 레베크 언덕이 현재의 페르 라셰즈이다. 이 언덕은 중세기에 파리 시민들에게 포도와 채소, 잡곡류를 공급하는 경작지로 쓰였다. 포도밭은 일명 '몽토비뉴'로 불리기도 했다. 루이 14세의 고해 신부 드 라셰즈<sup>De Lachaise</sup>의 소유지였다가 시 바깥의 묘지를 계획하고 있던 나폴레옹에게 양도되었고, 여러 차례 시대 변천을 거쳐 19세기에 페르 라셰즈 묘지로 바뀌었는데, 그때까지 행정

적인 명칭은 파리 '동부 묘지 Cimetière de l'Est였다. 건축가 브롱니아르가 해발 0.42킬로미터의 구릉에 영국식 정원 개념으로 페르 라셰즈를 정비하면서 파리는 세계 최고의 근대식 공원 묘지를 갖게 되었고, 이를 계기로 파리는 물론 유럽 도시마다 공원처럼 아늑하고 아름다운 묘지가 형성되기 시작했다. 그러나 아무리 아름답다 해도 묘지는 묘지, 그 한 가지 명목만으로 매년 200만 명의 여행자를 끌어들일 수는 없다. 프랑스 묘지 전문 인터넷 사이트에서 물었다. "당신에게 묘지는 어떤 곳인가?" 응답 결과, 공원(72.2퍼센트), 박물관(26.4퍼센트), 기도하는 곳(25퍼센트), 산책하는 곳(20.8퍼센트), 죽음(33.7퍼센트), 이 중 박물관 부분을 주목할 필요가 있다. 사실 페르 라셰즈는 43헥타르(약 13만 평)에 이르는 파리에서 가장 넓은 녹지이고, 이곳에는 13종의 나무 4300여 그루가 뒤덮고 있어, 새들과 고양이들의 천국이다. 무엇보다 당대의 건축가와 조각가들이 다양한 스타일로 기념문과 기념비, 묘석들을 장식하고 있어서, 화려한 고딕식과 오스만식, 웅장한 고대식, 단순한 묘지석, 희귀한 대리석, 철제 조형물까지 거대한 야외 전시장을 방불케 한다. 에펠탑과 노트르담 대성당, 개선문과 함께 페르 라셰즈는 파리에서 가장 많은 방문객들이 찾는 곳으로 알려져 있고, 문화재로 지정이 되어 있어 파리 여행서에는 박물관과 마찬가지로 중요하게 안내되어 있다. 그러나 무엇보다 파리를 비롯한 유럽인들에게 죽음이 그들의 일상 속에서 함께 숨 쉬고 있다는 것이 방문객들의 수치를 떠나 이들의 현실을 보여준다.

페르 라셰즈 묘지에서 가장 사랑받는 프레데리크 쇼팽 묘

어떤 인간도 사라지지 않고

어떤 인간도 잊혀지지 않고

어떤 어둠도 투명하지 않다.


오직 나밖에 없는 곳에서 많은 사람들을 본다

내 근심은 가벼운 웃음들로 산산이 조각나고

내 무거운 목소리에 섞여 들려오는 부드러운 말들

내 눈은 순수한 시선의 그물을 떠받쳐준다.


우리는 험한 산과 바다를 지난다.

광포한 나무들이 맹세한 내 손을 막아서고

길 잃은 짐승들은 제 생명을 조각조각 헐어 내게 바친다.

무슨 상관인가 자연과 거울이 흐려지는 것이

무슨 상관인가 하늘이 비어 있는 것이.

난 혼자가 아닌데.

— 폴 엘뤼아르, 「이곳에 살기 위하여」


¶


길은 하염없다. 그래도 멈춰 서면 그 길로 끝일 것 같다. 이 땅에 살기 위하여, 그 땅을 잘 밟아보기 위하여, 시인 폴 엘뤼아르 Paul Eluard, 1895~1952. 본명

폴 엘뤼아르 묘

Eugène Emil Paul Grindel는 두 개의 불타는 나무로 두 눈을 채운다. 산다는 것, 본다는 것이 차마 끔찍한 경우라면, 그것은 사랑하는 사람의 다른 사랑을 볼 때, 그 사랑으로부터 내 사랑이 분리될 때가 아닐까. 시인은 "하늘이 비어 있는 것이 무슨 상관"이냐고 노래했지만 정작 그의 묘 앞에 서면 하늘이 비어 있는 것이, 그 묘에 맨흙이 드러나 있는 것이, 묘틀이 나무 베듯 돌을 쓱삭 잘라 맞춰놓은 듯 간단한 것이 기묘한 공허감을 자아낸다.

세상을 바꾸고자 맹렬했던 초현실주의자, 다다이스트였기에 폴 엘뤼아르라는 이름과 생몰 연대에 눈길이 간다. 저편 몽마르트르 언덕의 '신성한 괴물' 달리의 시계가 떠오른다. 그리고 러시아 여인 갈라. 달리의 시계는 여전히 12시 30분에서 일그러진 채 멈춰져 있을 것이다. 시인의 아내였던 갈라가 화가의 아내가 되어도 시계는 변함없는 시간을 가리키고 있을 것이다. 화가는 시인의 초상을 그리고 시인은 아내의 화가와의 사랑을 인정한다. 그리고 셋은 자유를 얻었나? 자유란 얼마나 많은 다른 얼굴을 가졌는가, 사랑처럼, 오직 하나의 이름으로.

파괴된 내 피난처 위에
무너진 내 전조등 위에
내 권태의 벽 위에
너의 이름을 쓴다

욕망 없는 부재 위에

벌거벗은 고독 위에

죽음의 문턱 위에

너의 이름을 쓴다.

— 폴 엘뤼아르, 「자유」

# 그들은 왜, 거기에
## ─페르 라셰즈에서 한국 소설을 만나다

돌아서야 한다. 그와 같은 구역에 만나볼 사람이 있다. 그러나 무엇이 발길을 가로막는지, 나는 옆으로 옆으로 게걸음으로 옆으로 간다. 조금 나아가자 청동 조각상들이 나온다. 그들은 춤을 추듯, 저항하듯, 경쾌하게, 있는 힘을 다해 두 발로 혹은 한 발로 서 있다. 그들의 무용을 온전히 바라보는 것은 내가 아니라 길 건너 수풀 우거진 벽이다. 동쪽의 벽, 벽 이외에 아무것도 증명하지 않는, 그러나 벽으로 역사를 쓰고 있는 현장, 파리 코뮌 병사들의 벽.

아버지는 보시던 법국 안내서의 한귀퉁이를 펼치셨다. (중략) 정문에서부터 동쪽 끄트머리에 위치하고 있는 '코뮌병사들의 벽'을 향해서 걸었다.
　　─최윤, 「아버지 감시」

파리 코뮌 희생자들의 벽으로 가는 길

발자크의 소설에서 각인된 페르 라셰즈 묘지를 한국 소설에서 목격하는 것은 기묘한 감정을 불러일으킨다. 최윤의 「아버지 감시」(1990)와 고종석의 「제망매」(1994)는 파리 코뮌 Commune de Paris 의 역사 공간이라는 파리의 장소성을 서사의 중심으로 삼은 소설이다. 두 작품의 주인공은 파리에 유학 중인 남성 화자라는 공통점이 있고, 육친(아버지)의 돌발적인 등장과 근

파리 코뮌 무명 희생자들을 위한 몸짓들

친(이종사촌 누이동생)의 죽음 소식으로부터 출발한다. 아버지와의 재회와 죽은 누이에 대한 회상과 추모의 내용이 소설의 근간을 이루는데, 공교롭게도 두 작품의 서사적 귀결처로 파리 코뮌들이 잠들어 있는 페르 라셰즈 묘지가 제시된다.

하늘은 말갛게 개 있었다. (중략) 나는 프레데릭 쇼팽과 오귀스트 콩트와 콜레트와 짐 모리슨과 폴 엘뤼아르의 묘를 거쳐서 코뮌 전사들의 벽에 이르렀다.

—고종석, 『제망매』

"공산주의권 여행자들이 파리에서 빠트리지 않고 방문하는 상징적인 성소처럼 되어버린 곳". 1871년 5월, 몽마르트르 저쪽 언덕에서 시작된 민중 봉기가 이쪽 언덕 벽에서 피로써 마감되었고, 당시 희생자 수는 147명. 이후 1879년 혁명까지 산발적으로 전투는 계속되었고, 희생자 수는 2만을 헤아렸다. 그들의 넋을 위로하기에는 구리판 묘비가 너무 간단하고 얄팍하다. 그러나 무엇이 더 필요하랴. 그 옆 위령탑 앞에 가 선다. 고개를 숙이며 비로소 나는 오랜만에 하나의 이름을 불러본다. 자유여!

# 불타버린 사랑, 불후의 노래
## ─ 에디트 피아프

지난 겨울, 아침 신문에서 그녀에 대한 글을 읽었다. 글은 한 편의 시와 함께 시작되었다. 시는 가수가 적었다. 시는 노래가 되었는데, 노래 이전에 수만 리 떨어져 있는 연인에게 보내는 편지글 속에 있었다. 심장에서 곧바로 튀어나온 고백이 불후의 노래가 되었다. 에디트 피아프<sup>Edith Piaf,</sup> <sub>1915~1963</sub>, 〈사랑의 찬가<sup>Hymne à l'amour</sup>〉를 기억하는가. 세계 챔피언 복서 마르셀 세르당과의 열애. 그들의 사랑은 대서양도 가로막지 못할 것 같았다. 샤를 아즈나부르, 이브 몽탕, 조르주 무스타키, 에디 콩스탕틴. 얼마나 많은 남성들이 그녀의 가슴을 불태웠던가. 그녀가 가고 까마득히 세월이 흘렀지만 프랑스인들은 아직도 "피아프 이전에 피아프 없고 피아프 이후에 피아프 없다"라며 그녀를 잊지 못하고 있다.

에디트 피아프 박물관으로 가는 크레스팽 뒤 가스트 거리 입구

에디트 피아프 박물관이 있는 아파트 뜰에서 올려다본 하늘

하늘이 무너져버리고, 땅이 꺼져버린다 해도 상관없어요. 당신이 날 사랑한다면…… 이 세상 끝까지라도 가겠어요. 당신이 원한다면 조국을 버리겠어요. 친구도 버리겠어요. 어떤 죄인들 못 지을까요. 어느 날 삶이 우리를 갈라놓고, 당신이 죽어버린다 해도 상관없어요. 나도 곧 따라갈 테니까요.

─에디트 피아프, <사랑의 찬가>


사랑은 영원하지 않다. 그러니 사랑의 말은 말해 무엇하랴. 그래도 사랑은 역시 위대하다. 사랑이 아니면 생각지도 않던 말을 하고, 사랑이 아니면 생각지도 못한 약속을 하지 않는가. 그녀가 죽기 직전 한 기자가 그녀에게 물었다.

"당신에게 사랑은 무엇입니까?"

그러자, 147센티미터의 단구短軀이나 써렁써렁 혼魂의 외침을 내지르던 그녀는 대답했다.

"사랑은 경이롭고 신비하고 비극적인 것. 사랑은 노래를 하게 만드는 힘. 나에게 노래 없는 사랑은 존재하지 않고 사랑이 없는 노래 또한 존재하지 않습니다."

정작 위대한 것은 세월이다. 그토록 강력한 사랑의 말과 약속도 세월의 바다, 세월의 폭풍 앞에서는 한갓 백사장의 모래알 같은 것. 사랑이 지나간 바닷가엔 얼마나 많은 가벼움이 우리의 가슴을 속였던가. 무심한 파도만이 사랑의 흔적을 적시고 지울 뿐. 파도 소리는 같은 언덕, 지척에 잠

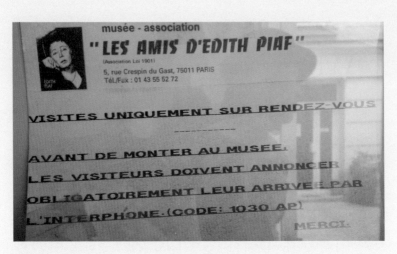

에디트 피아프 박물관 예약제 및 방문 안내가 아파트 1층에 게시되어 있다.

에디트 피아프 박물관의 푸른 문. 피아프를 사랑하는 사람들이 예약제로 운영하고 있다.

든 한 남자의 음성을 부르고 지운다. 이브 몽탕<sup>Yves Montand, 1921~1991</sup>(44구역 시몬 시뇨레와 합장되어 있다). 한때 그녀의 연인이었던 그도 사랑 노래의 명인이었다. 언덕을 내려가는 길, 자크 프레베르의 「고엽<sup>枯葉</sup>」을 겨울 낙엽의 속삭임으로 부르는 그의 쓸쓸한 저음이 귓전에 맴돈다.

> 그것은 우리를 닮은 노래이지
> 너는 나를 사랑했고 난 너를 사랑했지
> 우리는 둘이 그렇게 함께 살았는데
> 날 사랑했던 너 너를 사랑했던 나
> 그런데 삶은 소리도 없이 살며시
> 사랑하는 사람들을 갈라놓고
> 바다는 모래 위에 새겨져 있던
> 헤어진 연인들의 발자국을 지워버리네
> —자크 프레베르, 「고엽」

콜룸바리움을 지나 사람들이 오가는 대로 쪽으로 향하는 문을 바라본다. 아벨라르와 엘로이즈(7구역), 들어갈 때 보이지 않던 중세의 연인들이 작별의 시간을 거두어 간다. 손에는 피아프를 주려고 샀으나 차마 내려놓지 못한 장미꽃이 들려 있다. 해바라기꽃처럼 시커멓게 타버린 속을 보고도 장밋빛 인생을 꿈꾸는가. 이내 단호한 목소리가 귓청을 때린다.

에디트 피아프는 가족묘에 영면해 있다.
〈사랑의 찬가〉의 마지막 구절,
'신은 사랑하는 사람들을 다시 만나게 해준다.'

난 아무것도 후회하지 않아요.

내게 좋았던 것도 내게 좋지 않았던 것도,

그게 그거!

—에디트 피아프, <난 아무것도 후회하지 않아요>


노래는 영원히 길을 따라 흐른다. 언덕이 끝나는 지점에서 뒤돌아 장미꽃을 던진다. 에디트 피아프의 묘석에 누군가 꽂아놓은 〈사랑의 찬가〉 결구가 영원의 고백처럼 혀끝에 맴돈다.


신은 사랑하는 사람들을 다시 만나게 해준다.

5

오베르쉬르우아즈에서
세트까지

정오의 태양 아래
깃드는 고독

# 휘몰아치는 외로움과 광휘의 여정

―반 고흐를 따라 암스테르담에서 아를, 파리, 오베르쉬르우아즈까지

### 〈해바라기〉, 밤을 다해 열렬히 암스테르담으로

겨울의 암스테르담 하늘은 무겁고 어두웠다. 비행기가 스키폴 공항에 착륙하기 위해 속도를 급격히 줄여가는 동안 기내 창을 통해 '낮은 땅의 나라'를 내려다보았다. 바다와 길과 운하가 손바닥 금처럼 펼쳐졌다. 대지로 혹은 운하로 내려앉는 검은 어둠 사이사이 별무리처럼 생명의 불빛들이 터지고 있었다. 그것들은 나에게 렘브란트의 온화한 불빛으로 보이기도 했고, 반 고흐의 소용돌이치는 별무리로 보이기도 했다. 공항 밖으로 나서자 차고 축축한 공기가 옷 속으로 파고들었다. 여러 차례 이 도시를 드나들었지만 겨울의 음습한 공기는 처음이었다.

긴 겨울 여행의 끝을 암스테르담으로 결정한 것은 반 고흐를 비롯해

몇몇 그곳 출신 화가들의 족적을 밟아보기 위해서였다. 20대의 끝을 향해 가던 어느 여름밤 나는 파리에서 반 고흐 <sup>Vincent Willem van Gogh, 1853~1890</sup>의 〈해바라기〉(1889)를 보기 위해 야간열차를 탔었다. 파리-암스테르담 간 열차의 밝아오는 여명 속에서 나는 무엇이 나를 이토록 밤이 다하도록 열렬하게 달려가도록 만드는 것인지 생각에 생각을 거듭했었다. 달려가고자 결심하는 순간마다 '바로 그것!'이었던, 그러나 정작 달려가면서, 또 달려가 마주서서는 '진정 그것!'인가를 회의하던 청춘 시절의 일이었다. 그날 〈해바라기〉는 나에게 무엇이었던가. 단지 나는 반 고흐의 〈해바라기〉를 보았다는 것일 뿐, 그것 말고는 어떤 것도 의미가 없었다. 단지 그것을 위해서 거금을 들여서 야간열차를 타고 하루 이틀을 바친단 말인가. 때로 떠났던 곳으로 돌아오는 길에는 타인들에게서 간혹 거북하게 느꼈던 지적인 허영이나 무모함이 오히려 나 자신에게서 더 크게 발휘된 결과는 아니었는지 씁쓸하게 반추하곤 했다. 그러나 시간이 흐르면서 그 한때의 지적인 허영과 무모함 또한 내 지난 삶의 소중한 자산이어서, 치열하고도 숭고한 순간으로 되살아나는 것이었다. 반 고흐는 〈해바라기〉를 지속적으로 그렸고, 암스테르담 이후 나는 파리, 런던, 뉴욕, 뮌헨 등 발길 닿는 데마다 그의 〈해바라기〉를 찾았다. 무수히 떠나기를 꿈꾸면서 겪었던 마음의 황홀한 떨림, 〈해바라기〉를 향해 달려가던 그 뜨거웠던 여름 이후, 나는 시간만 나면, 아니 어떻게 해서라도 시간을 내어 전 세계를 떠도는 이방인이 되었다.

빈센트 반 고흐, 〈해바라기〉, 1889년, 반 고흐 미술관, 암스테르담

빈센트 반 고흐, 〈꽃 핀 편도나무 가지〉, 1890년, 반 고흐 미술관, 암스테르담

## 〈꽃 핀 편도나무 가지〉, 극렬한 불안 사이 피어난 봄의 환희

세월이 위대한 것은 미칠 것 같은 질주와 열애의 순간조차 강 건너 불빛처럼 아득하게 만든다는 것. 아니 손가락 사이로 빠져나간 모래알처럼 아예 흔적도 없이 만들어버린다는 것. 16년 만에 반 고흐 미술관을 다시 찾은 나는 청춘 시절 나를 그토록 질주하게 만들었던 그 뜨거웠던 여름날의 〈해바라기〉 앞을 스치듯 지나갔다. 내 눈은 〈해바라기〉에서 몇 걸음 떨어져 있는 그의 또 다른 꽃 그림에 가 있었다. 〈꽃 핀 편도나무 가지〉.

반 고흐의 〈꽃 핀 편도나무 가지〉(1890)는 그가 그린 수많은 그림들 중에 아마 최초이자 유일한 봄에 대한 환희의 표현일 것이다. 귀 잘린 자화상의 화가, 극도의 불안과 정신 질환으로 짧은 생애를 살다가 자살한 천재 화가로 알려진 것처럼 그가 그린 인간과 자연의 그림들은 격렬한 소용돌이 속에 폭발하는 광기의 표출이었다. 그런데 이번에 찾은 〈꽃 핀 편도나무 가지〉에는 그의 전 생애를 잠식했던 무서운 광기의 힘보다는 매서운 겨울을 이겨낸 봄 나무의 새싹과 꽃몽오리가 고요한 가운데 분출하는 생명의 힘으로 가득했다. 그것은 한 편의 그림이자 음악. 동생 테오의 아기가 태어난 기쁨의 헌사였다. 예술을 기리는 마음은 다른 데 있지 않다. 절망 속에서도 끝내 틔우고야 마는 새싹과 꽃. 암스테르담을 떠나는 내 귓전에 〈꽃 핀 편도나무 가지〉에서 뻗어 나오는 생명의 노래가 들리는 듯했다.

## 〈낮잠〉, 지고의 사랑과 안식의 희구

언젠가부터 파리 오르세 미술관에 가면 제일 먼저 찾는 그림이 있다.

빈센트 반 고흐, 〈낮잠〉, 1890년, 오르세 미술관, 파리

황금빛 밀밭의 오후, 수확 중에 찾아온 달콤한 낮잠에 혼<sup>魂</sup>을 내맡긴 남편과 아내를 그린 반 고흐의 〈낮잠〉이다. 나에게 이 그림은 반 고흐가 그린 그 어떤 매혹적인 꽃들이나 사이프러스나무들, 별들보다 아름답다. 이 그림 앞에 서면 암스테르담 반 고흐 미술관의 〈해바라기〉, 〈까마귀 떼 나는 밀밭〉이나 뉴욕 현대미술관의 〈별이 빛나는 밤〉과는 또 다른 전율에 휩싸인다. 보라, 이들이 잠들자 들판은 죽음처럼 고요하다. 죽음보다 깊은 잠, 벗어놓은 구두와 한 쌍의 낫, 겨드랑이 아래 다소곳이 잠든 아내……. 아내라는 단어가 뇌리에 스치자 가슴에 작은 파문이 인다. 한 번도 아내를 가져본 적이 없는 가엾은 사내, 반 고흐. 만약 그에게, 클림트처럼, 또 에곤 실레처럼, 아니 피카소나 달리처럼, 아내 또는 '그녀'들이 있었다면, 그의 그림은, 그리하여 그의 삶은 어떻게 펼쳐졌을까?

1853년 3월 30일 네덜란드 브라반트에서 태어난 천재 화가 빈센트 빌럼 반 고흐에게 여인과의 사랑은 짝사랑에 그치거나 불발되기 일쑤였고, 평생 적요했다. 1873년, 스무 살 청년 반 고흐의 가슴을 사로잡은 첫사랑은 런던의 우르술라 로이어. 네덜란드의 대표적인 화상<sup>畵商</sup>을 숙부로 둔 반 고흐는 구필 화랑의 런던 지점 직원으로 파견되면서 그녀를 만난다. 성직자의 품격도, 화가의 재능도 아직 온전하게 드러나지 않았던 스무 살의 낯선 숫총각에게 선뜻 생<sup>生</sup>을 내맡길 여자는 드문 법. 우르술라는 젊은 이방인의 구애를 거부하고, 청년은 실연의 아픔을 안고 파리로 떠난다.

파리와 런던, 네덜란드의 에텐과 암스테르담을 오가며 화랑과 서점의 직원으로 일하면서 밀레와 렘브란트의 그림에 깊이 매료되는 한편, 성직

자의 꿈을 품고 신학대학 시험을 준비하며 광부들과 농민들에게 복음 전도와 선교에 몰두하던 중 반 고흐는 암스테르담에서 생애 두 번째 사랑을 만난다. 사촌 키<sup>Kee</sup>. 첫사랑의 실연으로부터 8년이 흘렀고, 안톤 마우베로부터 물감 사용법을 배웠으며, 화랑의 직원이 아닌 성경과 그림에 대한 자각과 열정에 헌신하던 시기였다. 스무 살 풋사내로 어설프게 첫사랑을 경험했다면, 이제 스물여덟 살의 어엿한 사내로 키에게 당당히 사랑을 구하고 가정을 이루고 싶었다. 그러나 이번에도 그의 사랑은 일방적인 열중으로 서글프게 끝난다. 사촌을 향한 사랑을 반 고흐의 아버지는 용납하지 않았고, 상심한 청년은 붙잡을 수 없는 마음과 아버지와의 불화를 뒤로한 채 눈보라 몰아치는 언 땅을 밟고 헤이그로 떠난다.

1882년 1월 헤이그에 도착한 반 고흐는 수채화와 석판화를 시작한다. 이때의 작업 중에 검은 분필로 투박하게 스케치한 나체 데생이 눈에 띈다. 벌거벗은 채 두 무릎 사이에 얼굴을 푹 파묻고 울고 있는 여인을 그린 뒤 반 고흐는 〈슬픔〉(1882)이라 명명하고, 그림 아래에 이런 문구를 적어놓고 있다.

"어찌하여 이 땅 위에 한 여인이 홀로 버려진 채 있는가?"

프랑스의 문학사가 미슐레의 글에서 따온 이 문장은 그림의 모델이었던 시엔이라는 여자에게 바쳐진 반 고흐의 애틋한 헌사다. 런던의 우르술라, 암스테르담의 사촌 키에게 받은 실연의 상처를 깊이 안고 있던 반 고흐는 헤이그에서 세 살 연상의 크리스티네 클라시나 마리아 호르니크<sup>1850~1904</sup>, 일명 시엔이라 불리는 거리의 여자를 만난다. 어린 딸을 거느린

빈센트 반 고흐, 〈슬픔〉, 1882, 월솔 뉴 아트 갤러리, 영국 월솔

빈센트 반 고흐, 〈시엔〉, 1882, 크뢸러 뮐러 미술관, 네덜란드 오테를로

시엔은 임신 중인 매춘부였다. 젊지도 예쁘지도 않았지만 그녀는 반 고흐에게 단아하고 매력적인, 유일한 여자였다. 그녀야말로 반 고흐에게 최초로 가정을 느끼게 해준 여자, 곧 아내 격이었다. 반 고흐는 그녀를 진정으로 사랑했고, 그녀와 안정된 삶을 꿈꾸었다. 젊은 시절부터 희생정신으로 충만한 성직자의 길을 꿈꾸던 반 고흐에게 시엔은 지고의 사랑이자 시련, 구원의 상징이었을지도 모른다. 가족의 결사반대에 부딪혀 결혼에는 실패하지만, 반 고흐는 그녀와 동거하며, 그녀의 어린 딸과 갓난아기와 더불어 부부처럼 살았다. 시엔은 화가에게 절실한 비서 겸 모델 노릇을 해주며 헌신적으로 내조했으나, 안타깝게도 반 고흐의 그림은 그녀와의 생계를 책임질 수 있는 형편이 못 되었고, 그녀는 다시 거리로 나가야 했다. 1883년 시엔의 곁을 떠난 이후 1890년 권총 자살을 할 때까지 반 고흐의 삶에서 여인의 손길은 찾아보기 힘들다.

### 〈별이 빛나는 밤〉, 론강 변 아를에 새겨진 반 고흐의 발길

엑상프로방스에서 아를로 향하는 아침 제일 먼저 머릿속에 떠오른 것은 카뮈의 아름다운 산문 「알제의 여름」의 첫 문장이다.

우리가 어떤 도시와 주고받는 사랑은 흔히 은밀한 사랑이다.

어떤 도시, 카뮈는 파리나 프라하, 피렌체 같은 도시들을 어떤 도시로 예를 들었는데, 나는 파리나 프라하, 피렌체 같은 예술의 성소聖所들의 목록에 아를을 포함시키기를 좋아한다. 세상 사람들에게 아를은 화가 반 고흐의 공간으로 잘 알려져 있지만, 조금 더 문학적으로 들여다보면 아를은 알퐁스 도데의 소설 무대로도 유명하다. 공교롭게도 반 고흐와 도데는 동명의 작품을 남겼는데, '아를의 여인'이 그것이다. 그런데 동명의 이 두 작품은 '아를'이라는 이름을 제외하고 내용은 서로 관계가 없다. 반 고흐 그림의 주인공은 단골 카페의 중년 여주인이고, 도데 소설의 여인은 주인공 장이 상사병으로 죽게 만드는 치명적인 존재, 집시이다. 이 집시 여인은 정작 소설에는 단 한 번도 직접 등장하지 않는 그저 풍문으로만 전하는데, 과거 고대 로마에 이어 아를을 지배했던 스페인의 전통이 문맥 속에 스며들어 있음을 알 수 있다. '아를의 여인'이라는 제목의 작품이 하나 더 있는데, 도데의 소설을 각색한 조르주 비제의 오페라가 그것이다. 아를은 도대체 어떤 곳이기에 이토록 사랑을 받는 것일까.

방앗간에서 마을로 내려가려면 길가에, 팽나무를 심은 넓은 뜰 안쪽의 농가 앞을 지나가게 됩니다.

이것은 도데의 소설 「아를의 여인 L'Arlésienne」의 첫 문장이다. 가을 학기가 시작되면, 나는 소설가를 꿈꾸는 문학도들에게 도데의 아름다운 단편 「아를의 여인」을 천천히 낭독해주곤 한다. 한 문장 한 문장 공명하면서 청자가 집중하는 것은 장이라는 청년이 떠돌이 집시 여자에 대한 상사병으로 죽는 '사건'의 서사적 맥락이지만, 그와 더불어 음미하는 것은 이야기

밤의 론강.
반 고흐의 〈별이 빛나는 밤〉 아를 현장

를 전하는 세부적인 묘사에 등장하는 프로방스 스타일의 마을 구성과 가옥 구조, 즉 인간과 환경이 빚어내는 '정경情景'이다.

　독자는 이 짧은 단편에서 아를의 정체성, 나아가 소설이 하나의 예술 작품이라는 것을 확인할 수 있다. 팽나무, 빨간 기와지붕, 바람개비, 활차滑車, 건초, 그리고 포석 깐 마당……. 아를에 머무는 1년 동안 아를과 아를 사람들을 화폭에 담은 반 고흐 덕분에, 아를은 가보지 않고도 누구에게나 정겹게 다가온다. 반 고흐의 시선에 포착되고 구현된 색과 선과 형상들에 매혹된 영혼이라면, 알퐁스 도데의 짧은 단편들에 묘사된 아를을 깊이 있게 경험할 수 있다. 그리하여 어느 날에는 배낭을 메고 훌쩍 그곳으로 떠나기까지 한다. 프로방스의 파란 하늘과 태양, 사방에 흐르는 향초들의 향기를 폐부 깊숙이 들이마시게 되면, 피터 메일이란 영국의 잘나가는 광고쟁이의 경우처럼, 아예 그곳 농가를 구입해 1년을 살아보는 짜릿한 용기를 내기도 한다(피터 메일의 경험을 담은 『프로방스에서 보낸 1년』은 전 세계적으로 베스트셀러가 되었다).


　세잔의 고장 엑상프로방스에서 반 고흐의 공간 아를까지 자동차로 50분, 시내로 진입하자 오래전 아를에 처음 왔던 어느 여름이 떠올랐다. 그때 나는 아비뇽 세계 연극 축제에 파리의 연극쟁이들과 어울려 밤낮없이 연극을 보다가 지중해안의 세트라는 작은 항구로 향하면서, 그사이 일주일 가까운 남프랑스 여행 계획을 세웠는데 거기에 아를은 끼어 있지 않았다. 그런데 아를은 아를이었다. 어떻게 아를을 그냥 지나친단 말인가. 일

반 고흐가 머물렀던 아를의 시립병원. 현재는 반 고흐 문화센터이다.

찍이 작은 로마로 불리며 프로방스의 보석처럼 빛나는 작으나 고고하고
아름다운 아를을. 기차가 론강을 건너 아를 역에 정차하자, 무심코 창밖
을 내다보던 나는 서둘러 짐을 챙겨 내리고 말았다. 아를이라는 푯말에 적
힌 알파벳과 작고 단아한 아를 역의 모습에 홀린 것인가. 기차는 떠나고,
덩그러니 아를 역의 플랫홈에 남은 나는 그제야 그날 도착해야 했던 목적
지 생각이 났다. 떠난 기차를 다시 붙잡을 수는 없는 법, 나는 천천히 아를

의 역 광장으로 발걸음을 옮겼다. 그리고 아를에서의 이틀이 꿈같이 펼쳐졌다.

역에서 곧바로 이어지는 라마르틴 광장 가의 카발르리 문을 통해 도심으로 들어서자마자 무거운 짐을 부려놓을 숙소를 찾았다. 성수기라 빈 숙소가 없었고, 원형극장(아레나) 옆 골목골목 발품을 판 뒤 '오텔 뒤 뮈제(박물관 호텔)'의 2층 방을 잡았다. 체류하던 파리나, 잠시잠시 떠나곤 했던 마드리드, 암스테르담, 피렌체 등지에서 여행의 중심이 박물관이었던 시절이었다. 반 고흐라는 표상을 한 꺼풀 벗겨내면 아를은 로마의 통치를 받던 곳이자 훗날 잠시 스페인의 지배 아래 있었던 탓에 고대 로마의 유적과 스페인의 풍습이 그대로 사람들의 삶 속에 깊이 뿌리내리고 있었다. 도심 한복판에 자리 잡고 있는 원형극장과 4월이면 대대적으로 열리는 투우 축제가 그것이었다. 그러고 보니 아를은 나와 매우 긴밀한 곳이기도 했다. 떠나오기 전 나는 아를에 있는 악트쉬드 Actesud 출판사에서 발행한 레몽 장의 베스트셀러 『책 읽어주는 여자 La lectrice 』의 한국 편집자였다. 반 고흐도 고흐려니와 뜻밖의 아를 여행에서 나를 감동시킨 것은 론강 옆에 있는 악트쉬드 출판사를 예기치 않게 방문한 것이었다. 악트쉬드는 예술의 고도古都답게 사진과 문학, 미학 책들을 전문으로 발행하는 종합출판사로 1층엔 서점, 그 위는 출판사의 형태를 띠고 있었다. 악트쉬드에서 나는 그 여름 프랑스 전역을 뜨겁게 달궜던 아니 에르노의 소설 『단순한 열정』을 구입했고, 그것은 이후 지중해 여행 내내 나와 동행했다.

아를의 반 고흐 기념상

론강 변의 아를에서는 어디를 가나 반 고흐의 행적과 만난다. 암스테르담에 반 고흐 미술관이 있지만, 그리고 세계 유수의 미술관에 그의 걸작들이 전시되고 있지만, 이곳 아를은 도시 전체가 '살아 있는 반 고흐 박물관'으로 불러도 될 만큼 그의 흔적이 별처럼 박혀 있다.

### 〈까마귀 떼 나는 밀밭〉, 흰 구름 오솔길 끝으로 가면

오솔길 모퉁이를 돌자 눈앞에 뜻밖의 풍경이 펼쳐졌다. 파란 하늘 아래 흰구름이 마치 춤을 추듯 떠 있었고, 그 아래 오솔길이 곧게 뻗어 있었다. 길 양편으로 잔풀들이 바람에 흔들리고 있었고, 길 끝에는 나지막한 벽돌담이 T자형으로 나 있었다. 마을에서 라부 여인숙과 식당을 돌아보고, 반 고흐 교회라 불리는 '오베르 교회'에 다녀오는 길이었다.

오베르 교회의 모습은 그림과 같았다. 그림에서처럼 출입구가 보이지 않았다. 안으로 들어가기 위해서는 오른쪽으로든 왼쪽으로든 천천히 걸어야 했다. 5월의 파란 하늘과 햇살이 아니었다면 교회는 고목처럼 칙칙해 보였을 것이었다. 반 고흐가 그린 대상들은 현장에서 마주할 때 더욱 신비롭게 살아났다. 〈오베르 교회〉 역시 그러했다. 소장처인 오르세 미술관에서나 화집으로 보고 익힌 대상과 실재 사이의 괴리감이 발생하는 것이었다. 진짜는 그림 속에 있고, 실재는 모형 같은 아이러니. 반 고흐가 5월 16일 남프랑스 생레미를 떠나 파리에 도착해 동생네에서 3일을 보내고, 오베르 마을로 와서 7월 22일 권총으로 생을 마감하기까지 머문 기간은 2개월 남짓, 그사이 그는 광휘에 휩싸여 70여 점의 그림을 그렸다. 그중에서

고흐가 머물렀던 라부 여인숙 2층 방 열쇠. 1890년 5월 20일~7월 29일

고흐의 마지막 거처.
오베르쉬르우아즈의 라부 여인숙

도 이러한 아이러니를 유발하는 장면이 〈오베르 교회〉(1890)와 〈까마귀 떼나는 밀밭〉(1890)이다.

반 고흐의 생애 마지막 체류지였던 오베르 마을은 파리 근교(일드프랑스)로 노르망디 방향으로 27킬로미터 거리에 위치해 있다. 센강 지류인 우아즈강이 흘러서 마을 이름이 오베르쉬르우아즈이다. 인상파 로드의 출발점인 파리 생라자르 역에서 모네의 정원이 있는 지베르니까지 하루 동안 돌아볼 수도 있고, 노르망디 포구들이나 프랑스 북동부 도시와 국가들로 떠났다가 귀환하는 길에 들를 수도 있다. 거리와 광장, 들판 곳곳에 반 고흐의 그림 현장 게시물들이 설치되어 있어서, 어느 방향을 잡든 화가를 따라가게 된다. 아를에서처럼.

반 고흐는 남프랑스 생레미에서부터 파리 북부로 옮겨 오기를 열망했고, 노르망디로 이어지는 이 고장에 와서 드넓은 밀밭과 언덕, 정원과 교회 등 마을 곳곳을 그렸다. 그는 추종했던 화가 밀레의 교회 그림(〈그레빌 교회〉, 1871~1874, 오르세 미술관 소장)을 참조하면서도 자유롭고 야심차게 오베르 교회를 화폭에 표출했다. "진한 코발트 블루의 짙고 단조로운 하늘을 배경으로 우뚝 서 있는 교회 건물." 그는 여동생 빌레민에게 교회를 그리는 과정과 소감을 편지로 썼는데, 그의 묘사에 따르면, 보랏빛을 띠는 교회 건물과 군청색으로 푸르게 얼룩져 보이는 유리창, 보라색 지붕, 부분적으로는 오렌지색이지만 햇빛을 받으면 분홍색으로 반짝이는 풀과 나무, 모래를 떠올려볼 수 있다.

여름의 오베르 교회는 파란 하늘과 태양, 커다란 이파리를 거느린 고

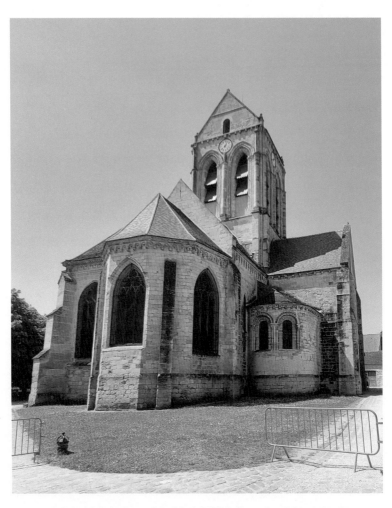

오베르 교회 후면. 반 고흐의 그림이 알려지면서 반 고흐의 교회라고도 부른다.

목의 초록색과 어울려 생기를 찾지만, 겨울이나 초봄에 가서 같은 위치에서 보면, 13세기 초에 건축된 이 고딕식 석조 건물은 예배당의 녹슨 창틀과 컴컴한 유리로 인해 배타적인 인상을 준다. 그림에 재현된 교회는 사실 건축의 북서쪽 후면에 해당된다. 화면의 두 갈래 길에서 왼쪽으로든 오른쪽으로든 방향을 선택해 걸으면 교회의 퍼사드와 마주한다. 아래에서 위로 시선을 옮기며 하늘까지 충분히 바라본다. 퍼사드는 간결하고 소박하면서도 꽃 모양의 스테인레스 창을 거느려 준수하다. 여름날 햇빛 찬란한 오후, 전쟁에도 파괴되지 않고 천 년 가까이 버티고 서 있는 석조 건물 내부의 묵직한 어둠과 스테인레스 창의 찬연한 여운을 뒤로하고 마을 밖으로 향한다.

오솔길 오르막을 지나 공동묘지 앞 주차장에 차를 세워놓고 벽을 따라 걷는다. 아무도 없다. 언젠가 5월에 왔을 때에는 한국인인지 일본인인지 진지한 표정의 청년이 등에는 삭은 배낭을 메고, 손에는 반 고흐 팸플릿을 든 채 조용히 곁을 지나갔었다. 서로 몇 마디 나눌 수도 있었으나, 아무 말도 하지 않았다. 그 마음을 알 것 같았다. 충만한 고독을 향유하는 여정. 오래전 내가 그랬던 것처럼.

낮고 긴 벽돌담. 교회에서처럼 왼쪽으로 방향을 잡아 걸을 수도 있고, 오른쪽으로 걸을 수도 있다. 교회에서는 왼쪽이든 오른쪽이든 교회 퍼사드에 이르는데, 이 벽의 경우는 다른 장면에 닿게 된다. 오른쪽으로 방향을 잡아 담을 따라 걷는다. 너머에 반 고흐가 즐겨 그리던 사이프러스나무가 인사하듯 고개를 내밀고 있다. 몇 걸음 더 걸어 벤치에 닿는다. 흰색 페인트 칠이 된 긴 나무 벤치이다. 벤치에 잠시 앉는다. 누굴, 아니 무얼 기다리지? 내가 방금 지나온 오솔길을 본다. 교회와 마을은 보이지 않는다. 벤치에서 일어나 몇 걸음 더 걸어 공동묘지 입구로 들어선다. 익숙하다. 어느 방향으로 가야 할지 안다. 해바라기 꽃이 놓여 있을 것이다. 또는 장미. 중앙 통로에서 왼쪽으로 끝까지, 벽에 이르도록 걷는다. 벽을 배경으로 형제가 나란히 잠들어 있다. 형제의 묘를 번갈아 본다. 그리고 익숙한 노래의 후렴구처럼 되뇌어본다.

빈센트 반 고흐 여기 잠들다. 1853~1890
빈센트 반 테오 여기 잠들다. 1857~1891


역시 이번에도 해바라기이다. 눈으로 세어 보니 네 송이. 그가 그린 〈네 송이의 해바라기〉를 떠올려본다. 그리고 암스테르담(반 고흐 미술관), 뉴욕(메트로폴리탄 미술관), 런던(내셔널 갤러리), 파리(오르세 미술관)에서 만났던 해바라기들을 연달아 떠올려본다. 그는 해바라기를 두 송이, 네 송이, 화분 가득 열다섯 송이까지 그렸다. 그는 파리에 도착해서부터 꽃을 그렸다. 모델을 구할 비용이 없던 그에게 꽃은 무한한 신비와 경이의 대상이었다. 장미, 아이리스를 많이 그렸는데, 반 고흐가 특히 애정을 바친 대상이 해바라기이다. 그는 테오에게 보내는 편지에 자신을 해바라기 화가라고 쓸 정도로 해바라기와 노란색에 매혹되었다. 그가 해바라기를 그리기 시작한 것은 죽기 4년 전 1886년부터이고, 파리와 프로방스에서 지속적으로 그

오베르쉬르우아즈 공동묘지 진입로

오베르 교회에서 오베르 공동묘지 가는 길

ZADKINE   A JAN   GOGH

오베르쉬르우아즈 공동묘지의 담과 벤치.
최근 새로 단장했다.

렸다. 해바라기 연작은 프로방스 지방에 대한 그의 찬양의 표시였다.

　하나의 예외도 없이 해바라기는 모두 고흐 쪽으로 향하고 있다. 해바라기든 장미든 반 고흐를 위해 바쳐진 것을 나는 매번 확인해왔다. 꽃을 들고 온 누군가, 너무 무심한 사람인 걸까. 동생 테오의 묘는 적적하기만 하다. 형 빈센트가 7월 세상을 떠난 뒤, 동생 테오는 이듬해 1월 요양원에서 형의 뒤를 이어 세상을 떠났다. 형은 37세, 동생은 33세, 너무 젊은 죽음들이었다. 파리에 먼저 정착해 형이 화가가 될 수 있도록 돕고, 화가가 된 형이 그림을 그릴 수 있도록 심적인 지지와 경제적인 지원을 보냈던 동

반 고흐 형제, 빈센트와 테오의 묘,
그리고 네 송이 해바라기

생이었지만, 형이 그린 800여 점의 그림들 중 단 한 점도 팔지 못했다. 여기에는 무엇이 개입되어 있는 것일까. 단지 그 시대 세상이 빈센트의 그림을 몰라보았을 뿐일까. 누가 테오를 빈센트 옆에 나란히 묻어주었을까. 형도 동생도 그렇게 되기를 바랐을까.

빈센트는 테오의 아들이 태어나자 환희에 차서 〈꽃 핀 편도나무 가지〉를 그린다. 그의 춥고 외로웠던 생애에서 몇 안 되는 환한 장면이다. 테오를 형의 옆으로 이장한 것은 그의 아내 요한나이다. 요한나는 테오가 세상을 떠난 뒤 화가가 되어 활동하다가 재혼했고, 재혼한 남편마저 사망한 뒤, 테오를 오베르쉬르우아즈의 형 곁으로 이장한다. 테오가 죽은 지 13년 뒤, 1914년의 일이다.

형제의 마지막처럼 안타깝고 막막한 심정으로 발길을 돌리다가 벽에 바짝 붙어 자라고 있는 장미 나무에 눈길이 닿는다. 의숭화도 웃자라 하늘거리며 담을 넘어 꽃을 피우고 있다. 여름은 여름, 이끼 낀 벽돌담에 기대어 꽃은 피었다가 시들고, 시들면서 살아 있다. 다행이다.

가벼운 발걸음으로 들판으로 나갔다. 지평선이 펼쳐졌다. 오솔길의 끝이 보이지 않았다. 들꽃을 꺾어 들고 오솔길을 걸었다. 잔풀들이 바람에 미세하게 흔들리고 있을 뿐, 아무 소리도 들리지 않았다. 반 고흐가 보았던 까마귀는 보이지 않았다. 멀리 그가 이젤을 세워놓고 화폭에 밀밭과 하늘과 까마귀들을 그렸던 표지가 아스라이 보일 뿐이었다. 폭풍처럼 휘몰

빈센트 반 고흐, 〈까마귀 떼 나는 밀밭〉, 1890년, 반 고흐 미술관, 암스테르담

빈센트 반 고흐, 〈구름 낀 하늘 아래 밀밭 풍경〉, 1890년, 반 고흐 미술관, 암스테르담

〈까마귀 떼 나는 밀밭〉 현장, 2023년 5월

아쳤던 광휘와 인생의 드라마는 외로움, 그 이상도 그 이하도 아니었다. 그리고 슬픔. 어쩌면, 그토록 갈망하는 희망, 아니 행복이라는 것도 그 안에 있을 뿐이었다.

# 레오나르도 다빈치의 생애 두 장면
## ─빈치 마을 올리브나무 과수원 오두막과 앙부아즈성 예배당

거리에는 마로니에 꽃이 하얗게 피어 있었다. 바야흐로 5월이었다. 파리에서 이틀간의 짧은 여행을 계획하고, 프랑스 중서부 투르 지방으로 방향을 잡았다. 루아르강이 흐르는 투르 지방은 파리에서 열차든 자동차든 하루 여행이 가능한 거리여서 여러 차례 이 지방을 방문하거나 지나가곤 했다. 루아르강을 따라 크고 작은 고성古城들이 그림처럼 자리 잡고 있었다. 성과 마을 인근에는 포도주를 저장하는 동굴들cave이 에워싸고 있었고, 동굴들이 끝나는 지점부터는 포도밭이 펼쳐졌다.

같은 공간을 두세 번 가는 행위는 특별한 추억을 되밟는 향수鄕愁의 여정이거나 그때 미처 몰랐던 사실, 또는 어쩌다 놓쳤던 장면을 새로 발견한 경우에 해당된다. 앙부아즈는 세 번째 방문이었다. 이번에는 이탈리아 출

앙부아즈성에서 내려다본 앙부아즈 마을과 루아르강

신 천재 화가의 마지막 생(生)의 공간을 확인하기 위해서였다. 그것은 한 장의 그림에서 촉발되었다. 앵그르 작품으로 백발의 노인이 국왕의 팔에 안겨 죽어가는 장면이었다.

투르 지역의 소읍인 앙부아즈는 블루아와 소뮈르, 아제이 르 리도처럼 루아르강을 따라 형성된 중세 마을이었다. 강변 고지대 언덕에 성이 우

장 오귀스트 도미니크 앵그르, 〈레오나르도 다빈치의 죽음〉, 1818년,
프티 팔레 미술관, 파리

뚝 솟아 있어서 사방 멀리에서 제일 먼저 눈에 들어왔다. 앙부아즈성 지척
에 클로 뤼세라는 성관城館이 위치해 있었다. 레오나르도 다빈치Leonardo da Vinci,
1452-1519가 거처하면서 예술가이자 발명가로서 평생 품었던 상상력을 전방
위로 펼친 현장이었다. 노화가는 생애 마지막 3년을 그곳에서 보냈고, 성
의 예배당에 묻혔다. 이탈리아 토스카나 지방 출신으로 르네상스 회화의
정점인 레오나르도 다빈치가 르네상스의 수도인 피렌체도 아니고 성도聖都

루아르강 기슭 이등변 삼각형 모양의 비탈진 지형에 축조된 앙부아즈성.
왼쪽에 예배당이 보인다.

레오나르도 다빈치가 잠들어 있는 앙부아즈성 예배당.
성 입구 오르막 왼쪽에 자리 잡고 있다.

레오나르도 다빈치 묘

로마도 아닌 한갓 프랑스의 시골 마을 앙부아즈에 묻혀 있는 이유가 무엇일까.

화가의 방에는 앵그르의 그림에서 본 붉은 침대가 놓여 있었다. 방에서 나와 전시실로 들어서자 눈 돌리는 데마다 시대를 앞선 놀라운 발명품들이 눈에 띄었다. 그중 내 눈을 사로잡은 것은 전시실 구석에 나 있는 동굴이었다. 인공으로 판 지하 터널로, 앙부아즈성으로 이어지는 비밀 통로였다. 당시 국왕이었던 프랑수아 1세는 르네상스 예술과 정신을 숭배한 대군大君으로 예술은 물론 수학, 과학, 음악, 의학, 건축학, 군사학 등에 깊은 지식과 아이디어를 가진 레오나르도 다빈치를 가까이 모시고 언제든 찾아 조언을 듣고, 그의 생각을 후원했다. 노예술가를 발견한 국왕의 혜안과 노예술가의 상상과 조언, 이 둘의 아름다운 결합은 루아르 지방을 넘어 세계를 창조적으로 풍요롭게 만들었다.

클로 뤼세 성관(城館)
프랑수아 1세의 앙부아즈성과 700미터 거리에 있다.

레오나르도 다빈치 침실

¶

소설이 소설을 낳듯, 여행이 여행을 부른다. 앙부아즈성에 다녀온 몇
달 뒤, 이탈리아 여행길에 올라 레오나르도 다빈치의 고향 마을로 향했다.
여행이 끝나자 비로소 길이 시작된다는, 또는 길이 끝나자 비로소 여행이
시작된다는 길의 섭리, 곧 여행의 법칙이 작동되는 순간이었다. 만약 5월
어느 날 앙부아즈성의 예배당에 있는 레오나르도 다빈치의 무덤 앞에 서
있지 않았다면, 굳이 하루에 몇 번 다니지 않는 마을버스와 완행열차, 그
리고 택시까지 잡아타고 토스카나의 시골 마을 빈치를 찾아가지 않았을

토스카나 피렌체 근처 빈치 마을.
레오나르도 다빈치 박물관

것이었다.

언덕에는 올리브나무들이 끝없이 펼쳐져 있었다. 빈치 마을은 올리브나무 밭 사이의 완만한 언덕으로 중앙에 성당이 있었고, 성당 옆에 레오나르도 다빈치 박물관 본관과 분관이 문을 열고 있었다. 레오나르도 다빈치는 '빈치 마을에서 태어난 레오나르도'라는 뜻이다. 내가 빈치 마을에 간 이유는 이름이 가리키는 대로, 그가 태어난 현장에 서 보고 싶었기 때문이었다. 생가는 마을에서 지름길로 2킬로미터가량 떨어진 올리브나무 밭 기슭에 있었다. 버스 시간표를 확인했다. 시간이 없었다. 박물관을 튀어나와 올리브나무 밭 사이로 난 자갈길을 걸어 올라갔다. 발밑에서 부딪치는 흙

레오나르도 다빈치 생가 오두막으로 이어지는 올리브나무 과수원 오솔길

레오나르도 다빈치 생가

과 자갈 소리와 거칠게 몰아쉬는 숨소리, 휘익 날아가는 새의 날갯소리와
모여 앉아 지저귀는 새소리.

여행을 떠나 낯선 길을 가다 보면 어느 길목에서 흔들리는 순간이 온
다. 지금 가고 있는 길이 맞는지, 혹시 다른 길을 가고 있는지. 레오나르도
는 빈치에서 사생아로 태어났다. 지금 내가 가고 있는 이 길은 그가 태어

레오나르도 다빈치 생가 오두막 내부. 유품 없이 관련 책들을 비치하고 있다.

났다고 추정되는 집으로 이어질 뿐이었다. 빈치를 찾아온 이방인들 대부분은 마을 성당 옆 레오나르도 다빈치의 박물관을 돌아보고 간다. 피렌체나 시에나 또는 피사에서 하루 여행으로 찾아왔다면, 올리브나무 밭 언덕을 넘고 넘어야 있다는 생가로 추정되는 곳까지 돌아보기에는 시간이 부족할 수 있었다. 게다가 앙부아즈의 레오나르도 방에 놓여 있는 붉은 침대와 성안 예배당 바닥의 묘석에 새겨진 레오나르도 다빈치라는 글자만큼 확실하지 않았다. 그러나 그 모든 것이 그의 생의 첫 지점, 올리브나무 밭 기슭의 오두막집에서 비롯된 것은 확실했다.

숨이 차서 더는 걸을 수 없을 때마다 뒤를 돌아보았다. 가까이 또 멀리 시야에 닿는 세계는 황홀경, 레오나르도 다빈치의 화폭 이외에 아무것도 아니었다. 그 순간 깨달았다. 제일 좋은 것은 바로 이 순간, 레오나르도 다빈치 여행의 맨 뒤에 온다는 것을.

# 삶 이후 영원의 풍경들
— 샤갈과 생폴드방스

지난겨울 생폴드방스<sup>Saint-Paul-de-Vence</sup>라는 남프랑스의 작은 마을에 머물렀을 때의 일이다. 동틀 무렵이면 마치 새벽 약속이라도 있는 사람처럼 홀연히 문을 열고 밖으로 나가곤 했다. 이 마을은 해발 180미터에 성을 쌓아 요새로 만들었던 중세기 모습 그대로였다. 성 안쪽 길들은 마치 미로처럼 좁은 골목들이 사방으로 나 있었다. 나는 마을 가장자리, 그러니까 성벽을 따라 난 길의 3층짜리 돌집 1층에 여장을 풀었다. 이 숙소는 여러모로 나를 아찔하게 했다. 처음엔 곤란해서 아찔했고, 나중엔 황홀해서 아찔했다.

내가 이 마을에 당도한 것은 자정이 넘은 야심한 시각이었다. 이곳에서 단기 체류를 하게 된 것은 작업하던 번역 일과 그곳에서 생활했던 문

생폴드방스. 매그 재단 가는 길에 뒤돌아본 장면. 멀리 남프랑스 지중해가 펼쳐져 있다.

학예술인의 흔적을 답사하고 글을 쓰기 위해서였다. 그곳의 숙소를 선택한 기준은 니스 공항에서 차로 15분으로 가깝고, 자정 전까지 체크인이 가능하고, 취사가 가능한 부엌이 있고, 그리고 주차 가능한 곳이었기 때문이다. 결과적으로는 모든 것이 충족되었다. 그런데 마을에 가까워질 때부터, 그리고 마을 입구에 도착한 순간, 마치 몇백 년 전 외계의 오지에 뚝 떨어진 듯 당혹감에 휩싸였다. 유럽 여행 경력 30년 차의 나에게는 예상과는 다른 돌발적인 상황에 처한 경험이 무수히 많았다. 그럼에도 불구하고, 한겨울, 자정을 넘긴 시각, 이 마을과의 첫 만남에는 새로운 대처 능력과 인

생폴드방스 성벽에서 바라본 알프마리팀 마을들.
산기슭 요새 도시 방스에 마티스가 아틀리에를 열었다.

내를 요구하는 아찔함이 있었다.

　왜 그 먼 거리까지 고단한 삶을 이끌고 가야만 했던가. 설 명절 음식을
차리고, 차례를 지내자마자 공항으로 숨 가쁘게 달려가 프랑크푸르트를
경유해 니스에 내려 깜깜한 밤길을 더듬듯 겨우 도착한 목적지에는 육중
한 성문이 굳게 닫혀 있었다. 내가 이틀에 걸쳐 지치고 지친 몸을 이끌고
도착해 여장을 풀 숙소는 성안에 있었다. 가로등 불빛만이 환하게 성벽과
그 앞 광장을 비추고 있을 뿐 어디에도 사람의 자취를 느낄 수 없었다. 공

니스의 샤갈 미술관.
구약성서의 이야기들을 담은 성화들을 중심으로 많은 작품이 소장되어 있다.

항에서 출발할 때부터 마치 서로 암호문을 주고받듯 문자로 소통하던 마크라는 집주인은 정작 도착하는 순간부터 연락이 닿지 않았다. 매번 그런 식이었다. 다 왔다고 생각할 때, 새로운 시련이 도사리고 있었다. 스마트한 구글 지도를 손바닥에 놓고 작동시켜보아도 어느 쪽이 동쪽이고 서쪽

생폴드방스 공동묘지에 있는 마르크 샤갈의 묘석.
아내 바바와 그녀의 남동생 미셸 브로드스키가 합장되어 있다.

인지 방향을 가늠할 수가 없었다.

카페도 가게도 모두 문을 닫았고, 창마다 불이 꺼져 누구를 소리쳐 부를 수도 없었다. 유럽의 중세 요새형 고도<sup>古都</sup>들, 예를 들면 세비야라든가,

톨레도 같은 곳에서는 21세기의 그 어떤 첨단 스마트폰도 길잡이가 되어 주기는커녕 오히려 점점 더 미로 속에 빠뜨려 헤어 나오기까지 진땀을 뺐던 경험이 떠올랐다.

한겨울, 자정의 광장에서 10여 분을 기다린 뒤에야 나는 마크 씨를 만났다. 그는 내가 예상한 성문 쪽이 아니라 마을 입구 쪽 비탈길에서 불빛을 등에 지고 휘적휘적 걸어 내려왔다. 나는 마치 오래전부터 알아온 친구와 재회하듯 반갑게 그를 향해 돌아섰고, 그 역시 내게 손을 내밀어 악수를 청했다. 그는 내가 끌고 온 차를 쓱 보더니, 야릇한 미소를 지었다. 그러고는 조수석에 올라타서는 길잡이 노릇을 했다. 마치 열려라 참깨!를 외치면 한 세계가 열리는 『아라비안나이트』에서와 같이 그의 신호에 따라 바닥에 솟아 있던 진입 금지 기둥들이 납작하게 엎드렸고, 굳게 닫혀 있던 성문이 스르르 열렸다. 그러나 그것으로 시련이 끝난 것은 아니었다. 미지의 낯선 곳에 가면, 상상과 실제 현장과의 괴리가 큰 곳이 있고, 거의 없는 곳이 있는데, 앞으로 내가 가야 할 길은 당연히 전자에 속했다. 성벽 길은 소형 중에서도 미로에 적합한 2인용 차가 드나들 수 있을 정도로 좁은 통로 같았다. 그런데 내가 니스 공항에서 받은 차는 늦은 시각에 도착하는 바람에 단 한 대 남은, 내가 한 번도 원한 적이 없던 중형에 가까운 육중한 디자인의 르노 자동차였다. 두 사람이 걸어가기에도 몸을 옹송그려야 하는 길을 렌터카로 들고나는 것은 아무리 조심을 한다 하더라도 상처를 낼 수밖에 없는 매우 심란한 일이었다. 내가 겁먹은 사슴처럼 진행을 못 하자

마르크 샤갈 묘 전경

마크는 괜찮다고 계속 나아가라고 재촉했다. 거처까지 실질적인 거리는 400미터 정도였으나, 심리적인 거리는 2킬로미터 이상이었다.

날이 밝았고, 나는 늘 그래왔듯이 일상과 똑같이 그곳에서의 삶을 시작했다. 끼니때가 되면 부엌에서 밥을 짓고, 책상에 앉아 일을 하고, 가까이 멀리 답사를 갔다. 평소와는 조금 다른 생활이라면, 새벽마다 홀연히 일어나 밖으로 나간 것이었다. 누군가 내 뒤를 쫓았다면, 신비롭다 못해 기이한 발걸음으로 생각할 만큼 일반적인 행로<sup>行路</sup>는 아니었다.

거기에는 새가 한 마리 새겨져 있었다. 새는 마치 날개를 펄럭이며 금세 창공을 향해 자유롭게 날아갈 것처럼 햇살을 받아 생기롭게 살아나고 있었다. 내 삶의 주인은 나임에도 내가 이 세상에 태어나고 떠나는 결정적인 순간만큼은 내가 모르는 채 진행된다. 그래서일까. 나는 30년째 문학 예술인들의 삶 이후의 현장들, 그들의 영면처를 찾아다녔다. 내 아버지 어머니라도 되는 듯이. 여명의 어스름 속에 성벽 길을 걸어 내가 찾아간 곳은 러시아 비테스크에서 태어나 파리에서 화업<sup>畵業</sup>을 일구고 고국으로 돌아갔다가 다시 짐을 꾸려 이곳 남쪽 바닷가 언덕 마을로 터전을 옮긴 샤갈 Marc Chagall, 1887~1985의 묘였다. 그는 15년을 그곳에서 그곳의 하늘과 바람과 이슬과 풀, 그리고 마을과 마을 사람들을 그렸다. 해발 180미터 요새 마을에는 산 사람이 살 만한 땅 한 뙈기도 부족하다. 그럼에도 불구하고, 가만히 들여다보면 있을 것은 다 있다. 그곳에서 나고 살다 죽은 이들이 묻힌 공동묘지까지, 더불어 샤갈과 같은 이방의 예술가 묘까지. 마을 떠날 때,

생폴드방스 공동묘지 입구

마르크 샤갈 묘석에 새겨진 한 마리 큰 새

돌부리에 긁힌 상처들이 자동차 옆구리 여기저기에 눈에 띄었다. 그러나 그것은 아무 문제가 되지 않았다. 아침 햇살 속에 샤갈과 함께 하루를 열 수 있었으니.

# 정오의 태양 아래 깃드는 고독
## ─알베르 카뮈의 영면처 루르마랭

프랑스에서 해마다 20만 명의 독자가 생성되는 소설이 있다. 원고지 500장 분량, 200쪽이 조금 넘는 얄팍한 소설책이다. 이 소설이 세상에 나온 것은 독일군 점령하의 1942년 5월, 작가 나이 스물아홉 살 때였다. 작가의 첫 소설이었고, 그는 프랑스 본토가 아닌 북아프리카 프랑스령 알제리 출신이었다. 작가의 이름은 알베르 카뮈<sup>Albert Camus, 1913~1960</sup>, 소설의 첫 문장은 이렇게 시작된다. "오늘 엄마가 죽었다."

소설사에서 이 첫 문장의 위력에 대적할 만한 작품은 흔치 않다. 이 첫 문장만으로 독자들은 소설의 제목이 『이방인』이고 주인공이 뫼르소라는 것을 자동적으로 떠올린다. 어미의 장례를 치르고 난 다음 날 여자와 자고, 태양이 내리쬐는 바닷가에서 아랍인 청년을 권총으로 쏴 죽이고, 재

정오의 루르마랭 공동묘지 사이프러스나무

판정에서 살인 동기를 묻자 '태양' 때문이라고 대답하고, 사형이 선고되자 사형날 많은 사람이 구경 와서 자신을 심하게 야유해주기를 바라는 사내가 뫼르소이다. 표면적인 줄거리만 보면, 뫼르소는 영락없는 성격파탄자(사이코패스)이다. 그러나 소설의 심층, 곧 작품의 주제인 세계의 부조리와 인간의 반항에 초점을 맞추면 뫼르소의 의식과 행동에 동참하게 된다. 이때 뫼르소는 성격파탄자가 아니라 부조리한 인간 조건을 자각한 최초의 이방인으로 탈바꿈된다.

알베르 카뮈는 1913년 프랑스 식민지 알제리에 이주한 프랑스인 아버지와 스페인인 어머니 사이에 태어났다. 이듬해 아버지가 제1차 세계대전에 징집되어 전사하고, 홀어머니 슬하의 극빈 가정에서 자랐다. 가진 것이라고는 몸뚱이밖에 없는 극도로 헐벗은 가정환경은 북아프리카 지중해안의 강렬한 태양빛과 형형색색 흐드러진 향초들과 대비를 이루며 카뮈의 문학 언어를 형성한다. 카뮈에게 태양은 본능이자 혼(魂)의 영역이다. 뫼르소라는 이방인의 존재를 전무후무하게 만든 것도 바로 이 '태양'이다.

카뮈를 한 사람의 작가로 성장시킨 것은 어머니와 장서가인 외삼촌, 초등학교 선생님과 고등학교 은사이자 평생 문우인 장 그르니에이다. 『이방인』의 출판 과정에는 앙드레 말로의 열광적인 평가가 있었다. 극빈자 출신의 변방인 카뮈의 출현은 파리의 문학 지성계를 전율시켰다. 카뮈는 『이방인』의 작가 이전에 대학 교수를 지망하는 철학도였고, 본국과 현지의 신문과 잡지에 기사와 서평을 쓰는 기자였고, 『안과 겉』, 『결혼·여름』의 산

아침 햇살 속의 루르마랭성. 마을과 분리되어 자리 잡고 있다.
성 앞을 지나 오른쪽은 마을, 왼쪽은 공동묘지이다.

루르마랭성 앞에서 바라본 마을 전경.
알프스 산자락의 뤼베롱산이 병풍처럼 에워싸고 있는 고원 마을이다.

루르마랭의 플라타너스 길.
알베르 카뮈 공간으로 카뮈의 족적을 따라가는 안내 팸플릿이 마련되어 있다.

문집을 낸 에세이스트였으며, 희곡을 쓰고 그것을 무대에 올리는 연출가이자 배우였다. 한마디로 카뮈는 전방위 지식인이자 예술가였다. 파리 고등사범학교 출신에다가 지성계의 중심에 있던 부르주아 출신의 사르트르와는 근본은 달랐으나 『이방인』 한 편으로 문학적으로 어깨를 겨누는 문우가 되었고, 실존주의와 다른 노선의 '부조리와 반항'을 독자적으로 표방하며 사상적인 라이벌이 되었다.

변방인 카뮈가 태생지의 태양을 앞세워 중심으로 돌격했지만, 뒤에 남는 문제들이 있었다. 어머니와 프랑스령 지지자와 독립파 사이로 반분된 태생지 알제리, 그리고 17세에 발병해 주기적으로 재발하는 폐결핵이었

카뮈 단골 식당 앵솔리트

다. 문맹자로 귀가 안 들리고 말도 거의 못하는 어머니는 평생을 침묵 속에 살았다. 『이방인』의 평이한 듯 극도로 절제된 문체는 어릴 적부터 어머니로부터 익힌 침묵의 심연을 행간마다 거느리고 있다. 알제리에 대해 카뮈는 식민 상태도 독립도 아닌 두 가지를 절충한 연방제를 지지했다. 유럽은 전후, 숙청 문제, 사형제도, 좌우 이데올로기의 시험대를 거치고 있었고, 작가들의 사회 참여와 발언이 대세였으며, 정치적 입장을 강요하던 때였다. 어머니의 죽음에도 놀랄 만큼 초연하고, 주변 환경에도 비현실적으로 무관심하며, 어떠한 선택도 적극적으로 취하지 않는 애매한 태도의 뫼르소라는 인간은 당시 시대 정서로는 받아들일 수 없는 이단적인 존재였다.

카뮈는 44세의 나이에 최연소로 노벨문학상을 수상했다. 문단도 언론도 수상 소식에 호의적이지 않았다. 카뮈는 기쁨보다는 우울과 절필할지도 모른다는 불안감에 시달렸다. 그는 싸움꾼과 적들로 변한 문단과 파리를 떠나 남프랑스의 루르마랭에 둥지를 틀었고, 절필의 불안감과 싸우며 초심으로 돌아가 자전적 소설인 『최초의 인간』에 몰두했다. 루르마랭은 태양빛으로 찬란하고 온갖 분출하는 꽃들로 향기로웠던 알제의 자연과 닮은 곳이었고, 어머니와 함께 살고 싶은 마을이었다. 작가의 삶이 작품만큼이나 극적인 경우가 있는데, 카뮈의 마지막이 그러하다. 그는 기차를 타고 가려고 예매했던 티켓을 주머니에 넣고 친구의 자동차로 파리로 올라가던 중 교통사고로 즉사했다. 당시 그의 나이 47세였다.

¶

알베르 카뮈의 『이방인』은 하나가 아니다. 그 말은, 『이방인』처럼, 만나기만 하면 한 번 이상, 심지어는 나의 경우처럼, 세기를 달리하며, 줄기차게 만나는 소설은 드물다는 것이다. 나는 카뮈, 특히 『이방인』 전공자가 아니다. 그럼에도 불구하고, 어쩌다가 알제리 출신의 프랑스 작가가 쓴 『이방인』을 만난 스무 살 이후, 다양한 방식으로 만남을 거듭해왔다.

루르마랭 한가운데 있는 마을 성당.
마을 입구에서 보았던 풍경 속의 인디언 블루 지붕이 눈에 띈다.

엊그제 나는 『이방인』을 다시 만났다. 이 소설은 천의 얼굴을 가지고 있어서, 언제 어디에서 만나느냐에 따라 내용과 형식이 달라진다. 몇 번째 만남인지 헤아려보는 일 따위는 더 이상 의미가 없다. 카뮈가 묻혀 있는 남프랑스 고원 마을 루르마랭에 다녀온 뒤, 뫼르소가 소설에서 늘 중얼거리듯, '그런 건 아무 의미가 없다'는 것을 홀연히 깨달았다. 그러나, 그럼에도 불구하고, 뫼르소라는 낯선 사내를 처음 만나는 새로운 독자, 미래의 독자를 위해 『이방인』과의 지독한 만남을 횟수로 밝혀야 한다면, 백한 번째, 아니 천 하루 밤 이야기(천일야화)를 본떠, 천한 번째라고 치자. 이렇게 말하는 나는 영락없는 카뮈족이자 이방인족임을 자백하는 형국이다.

세상사 모든 것이 시시해지고, 무의미하게 느껴지는 순간이 있다. 나를 중심으로 돌아가던 세상이 어느 순간 나와 분리된 채 아무렇지도 않게 돌아가고, 나는 그저 구경꾼인 양 나와 세계 속에 낯설게 놓여 있음을, 심지어 내 삶조차 내가 주인이 아니라는 사실을 섬뜩하게 깨닫는 순간이 있다. 이런 '말도 안 되는', 부조리한 인간 조건을 최초로 자각한 사람이 『이방인』(1942)의 주인공 뫼르소이다. 소설 본연의 임무는 새로운 인간형의 창조에 있다. 그런 의미에서 카뮈는 인류 역사상 한 번도 본 적 없는 뫼르소라는 새로운 인간을 빚어낸 창조자이다. 뫼르소의 출현은 문학, 심리학, 사회학, 정신분석학계는 물론 전 세계 언론과 독자들을 동요시켰다. 흥미로운 것은 단순히 줄거리만으로 볼 때에는 가히 성격파탄자라고 불릴 만한 뫼르소가 부조리의 반항자로 세기를 넘어 불멸의 생명력을 획득하고 있다는 점이다.

그해 겨울 아침, 잠에서 깨어나 돌연 남프랑스 뤼베롱 산간의 고원 마을 루르마랭을 찾아간 것은 불멸의 창조자를 두 눈으로 확인해보고 싶은 거부할 수 없는 충동 때문이었다. 나는 내비게이션의 안내를 마다하고, 오로지 지도가 일러주는 대로 2차선 시골 국도를 천천히 달려 루르마랭에

사이프러스나무 너머 알베르 카뮈와 그의 아내 프랑신 카뮈가 잠들어 있다.

닿았다. 사이프러스나무가 고요히 옆을 지키고 서 있는 카뮈의 무덤 앞에
서 나는 뫼르소처럼 "이런 행동은 아무 의미가 없다"라고 중얼거렸다. 그
러면서도 누군가가 저만치 놓고 간 붉은 열매를 꽃다발인 양 묘석 아래
깊숙이 꽂고 있었다. 화강암을 깎아 만든 네모난 묘석 위, 정오의 태양이
ALBERT CAMUS라는 글자에 내리쬐고 있었다.

알베르 카뮈 묘.
옆자리 뒤쪽에 프랑신 카뮈의 비석이 보인다.
루르마랭 공동 묘지

# 아르토 가까이, 잔혹하게 가까이
## —잔혹극의 창시자 앙토냉 아르토의 마르세유에 가다


　　남프랑스 향수의 고장 그라스에서 프랑스 제1의 항구 도시 마르세유로 향한 것은 2020년 1월 30일 아침이었다. 마르세유는 알프스 마리팀 권역의 프로방스 지방 주도이고, 무엇보다도 프랑스 국가로 불리는 '라 마르세예즈(마르세유 군단의 행진가)'의 출발점이다. 지중해를 사이에 두고 아프리카와 아랍은 물론, 유럽의 다양한 문화적·민족적·역사적 물결이 뒤섞여 다채로운 양상을 품고 있는데, 내 발길은 번번이 이곳을 빗겨 가곤 했다. 인근의 엑상프로방스나 칸, 니스 등은 여러 차례 방문을 하고 짧게 체류도 했으나 가까이에 위치한 이곳 마르세유에 닿는 데에는 유독 오랜 세월이 걸렸다. 프랑스의 다른 항구들, 서쪽 대서양의 보르도나 라로셸, 북쪽 노르망디 영불해협의 르아브르나 도빌, 브르타뉴의 생말로 등과는 달리, 마

마르세유 가는 길

르세유행을 뒤로 미루어온 것은 항구 특유의 혼종성이 과격할 정도로 난
맥상을 보이는 곳이라는 선입견이 작용한 결과였다.

마르세유에는 가지 않았지만, 남프랑스를 여행할 때면, 선원들의 허기
진 배를 따뜻하게 채워주던 부야베스를 찾아 맛보곤 했고, 어디에서나 마
르세유라는 글자가 새겨진 비누로 세안을 하곤 했다. 그리고 앙토냉 아르
토Antonin Artaud, 1896~1948라는 낯설고 기이한 문학인을 알게 된 뒤로는 그가 태
어나고, 묻혀 있는 마르세유 쪽으로 급격하게 마음이 발동했다.

앙토냉 아르토는 누구인가. 그는 한마디로 잔혹극의 창시자라 불린다.
브레히트의 서사극과 베케트의 부조리극(반연극)과 함께 20세기 초·중반

마르세유 구항구. 프랑스 제1의 항구이자 지중해 무역 중심 항이다.
항구 건너 언덕에 노트르담 드 라 가르드 대성당이 보인다.

에 세상에 나타난 연극의 한 양식이자, 예술 사상이다. 이 세 가지 연극 양식은 기존의 전통 연극과 대립되는 형식과 양상을 보이는 새로운 실험극들이다. 아르토의 잔혹극은 '잔혹'이라는 말에서 떠올리는 잔인하고 참혹한 장면들을 가리키는 것이 아니다. '잔혹성'이라는 개념을 아르토는 '절대적인 1회성'으로 설명한다. 유한한 존재인 인간이 창조해낸 예술도, 매 순간 숨을 쉬며 살아가는 우리의 삶도, 단 한 번뿐이라는 것, 그 한 번을 되풀이하는 순간 변질, 변형되고 만다는 것이다. 그렇기 때문에 세상에 씌어진 책들, 인류의 걸작품들은 불결하며, 그들과 모두 결별해야 한다는 외침이 잔혹성의 핵심이다. 그는 우리에게 매 순간 '자아의 배우'가 되어 삶이라는 연극, 살아가는 현장이 무대인 '리빙 시어터Living Theater'의 주체가 되어야 한다고 주장했다.

내가 이 기이한 잔혹극의 창시자에 사로잡혀, 파리로, 아일랜드로, 로데즈라는 프랑스 중부 신간으로 그의 족적을 쫓은 지가 15년이 되었다. 그 사이 그를 매개로 『내 남자의 책』이라는 장편소설도 썼고, 대학에서 강의를 통해 많은 학생들에게 그를 소개해왔다. 그를 쓰고, 그를 소개해온 것은 비단 나만이 아니다. 내가 기려온 책들의 저자들, 그러니까 모리스 블랑쇼, 질 들뢰즈, 수전 손택과 같은 문학자와 철학자들이 아르토라는 존재를 화두로 읽고, 쓰고, 알려왔다. 아르토는 누구이고, 그의 어떤 점이 이들 20세기의 걸출한 문학·철학자들을 사로잡았고, 21세기에 이르러 새로운 독자들, 미래의 독자들에게 반향을 일으키고 있는가.

앙토냉 아르토는 마르세유에서 선원의 아들로 태어났다. 아버지는 마르세유 출신이고, 어머니는 터키 스미르나(현, 이즈미르) 출신이었다. 그리스·로마 신화 조각상처럼 이목구비가 완벽한 모습으로 태어났으나 안타깝게도 그는 선천적으로 두 가지 불치의 병, 매독과 신경질환을 안고 태어났다. 육체(매독)와 정신(신경질환)이라는 선천성 병으로 인해, 그는 10대 후반부터 발작을 일으켜 온전한 일상생활을 이어나가기 어려운 상태에 빠지지만, 천재적인 예술 정신과 의지로 부단히 자신을 쓰고, 외침으로써 초현실주의 문학인들의 선두가 되기도 하고, 초기 무성영화에 배우로 출연해 활약하기도 한다. 그러나 그는 일생의 대부분을 정신병원에 감금되어 보내야 했고, 전기 충격 치료의 초기 단계에서 육체가 파괴되기도 했다.

참혹한 육체와 정신 환경 속에서 아르토가 포기하지 않고 지속해온 사유와 그 속에서 뽑아낸, 그러나 논리를 갖추지 못한 파편적인 글들은 온전하게 연구하고 쓰던 당대 최고의 지성인들을 충격에 빠뜨리고, 반성하게 할 만큼 강렬하고 강력했다. 철학자, 시인, 정신분석가(의사), 문학 연구자들이 그가 있는 프랑스 중부 산간 정신병원으로 찾아오는가 하면, 그를 파리 근교로 데려오도록 서명운동이 벌어지기도 했다. 급기야 파리 남쪽 교외 이브리 정신병원으로 옮겨 온 그를 파리 한복판에 초청해 특강을 요청했고, 그의 연설이 열리는 날이면 파리에서 가장 영향력 있는 문학인들이 운집해 초만원을 이루었다. 특히 앙드레 브르통과 같은 초현실주의 시인이자 의사는 그의 연설에 맞춰 비행기를 타고 미국에서 귀국을 할 정도였다.

아르토는 이 의자에 앉은 채 생을 마감했다.

　문학사에서 유례를 찾아보기 힘든 희귀한 사례인 아르토는 사후 시인
(언어의 망상가) 아르토, 자아의 배우(연극인) 아르토, 환상가(여행자) 아르토, 광
인 아르토로 불린다. 그는 선천적인 신경질환으로 평생 정신병원에서 정
신과 의사들에게 혹독한 치료를 받으며 육체적으로 정신적으로 극단적인
고통을 겪었다. 아르토가 남긴 글은 일반 독자들이 읽어갈 수 없을 정도로
파편적이고, 비약이 심하고, 난해하다. 그런 그를 오늘의 우리에게 이어주
는 존재가 화가 빈센트 반 고흐이다. 평생 800여 점의 그림을 그렸으나,

단 한 작품을 팔았을 뿐인 반 고흐. 그의 회고전을 관람하고 온 뒤, 폭풍처럼 써낸 것이 「나는 반 고흐의 자연을 다시 본다−사회의 타살자 반 고흐」이고, 이 단 한 편의 글이 프랑스 최고의 문학비평상을 수상함으로써, 그가 남긴 모든 글편들이 전집으로 묶여 출간되는 극적인 평가와 복원이 이루어지게 된다. '사회의 타살자'라는 말은 아르토가 명명한 것으로, 반 고흐를 광인으로 몰아가 죽음에 이르게 한 것은 바로 정신과 의사들, 그리고 그들로 대변되는 세상을 가리킨다. 반 고흐와 같은 고통과 외로움, 슬픔 속에 생을 이어온 그만이 진정한 천재의 진실을 증언하고, 고발할 수 있었던 것이다. 앙토냉 아르토는 1948년 파리 남쪽 이브리 정신병원에서 의자에 앉은 채, 한 손에 구두 한 짝을 들고 숨을 거둔다. 그리고 1975년 마르세유 생피에르 공동묘지 가족묘에 이장되어 영면해 있다.

마르세유에 가는 길은 나에게 곧 아르토에게 가는 길이었다. 내가 머물던 그라스의 올리브 정원 집에서 아르토가 묻혀 있는 마르세유 생피에르 공동묘지까지는 200킬로미터 거리. 코트다쥐르(쪽빛 해안)라 불리는 남프랑스의 아름다운 풍경을 감상하며, 아르토도 찾아가고, 구항구(舊港口) 선창가 식당에 앉아 끼룩끼룩 나는 갈매기들과 출항을 준비 중인 배의 고동소리를 들으며 간절히 원해서, 마음을 다해 찾아가는 곳들이 있다. 그러나 정작 지척에 이르러서는 그곳이 잘 눈에 띄지 않거나, 앞에 두고도 잘 보이지 않는 경우가 있다. 본질이란 그런 것일지도 모른다. 찾아야 하고, 찾고 싶어서, 집착하면 할수록 멀어지고, 숨어버리는 것.

마르세유 생피에르 묘지 입구

마르세유 생피에르 공동묘지에서 내려다본 도시 전경

생피에르 공동묘지는 파리의 페르 라셰즈 공동묘지처럼 출입구가 동서남북 나 있을 만큼 규모가 엄청나게 컸다. 마르세유 여행자가 아르토라는 잔혹극의 창시자, 또는 광인으로 불리던 예술가를 찾아 공동묘지를 찾는 일은 없을 것이다. 그러므로 그가 묻혀 있는 주소는 어디에서도 찾을 수가 없을 것이었다. 그러니까 200킬로미터를 달려온 나는 무모한 여행자였고, 그를 찾을 수 없다 한들, 이상한 것도 아니었다. 도시 외곽에 펼쳐지는, 허름하고 심난한 삶들을 눈에 심으며 두 바퀴를 돌아서 겨우 정문을 찾아 차를 세워놓고 걸어 들어갔다. 이번에는 그가 어디에 묻혀 있는지, 사방으로 난 길들을 둘러보자니 아뜩해졌다. 쇼팽, 에디트 피아프, 사르트르, 발자크 등이 묻혀 있는 파리의 몽파르나스나 페르 라셰즈 묘지의 경우는 박물관과 같아서 관리실에서 문학예술가들의 영면처 약도와 주소를 제공하고, 표지판도 세워놓았다. 그러나 이곳은 마르세유였다. 출발 전까지 아르토의 자료들을 점검했으나, 그가 마르세유 생피에르 공동묘지에 묻혀 있다는 것 외에 어느 구역에 묻혀 있는지 제시되어 있지 않았다. 비석들로 가득 찬 타국의 거대한 공동묘지에 서 있는 나 자신이 아르토만큼이나 기이하게 생각되었고, 돌아서기에는 너무나 멀리 와버린 것이 아쉬웠다. '열려라 참깨'를 외치면 마법의 문이 열리는 것처럼, 주문이라도 외치고 싶었다. 그때 검은 고양이가 내 앞을 지나 느릿느릿 길을 건너갔고, 고양이를 따라 바라보고 있자니, 저 멀리 묘지로 들어오는 또 다른 문이 눈에 들어왔고, 그 앞에 관리인 두 명이 대화하고 있는 것이 눈에 띄었다. 그쪽으로 발걸음을 옮겼다.

앙토냉 아르토 가족묘, 마르세유 생피에르 공동묘지.
아르토는 1948년에 생을 마감한 뒤 파리 남쪽 교외 이브리 공동묘지에 묻혀 있다가
1975년 이곳 가족묘에 합장되었다.

간절히 원하면, 다는 아니지만, 가끔, 아니 종종 이루어지기도 한다. 관리인 여성은 마치 세상 저편에서 당도한 것처럼 낯선 얼굴과 표정이었으나 귀 기울여 내 말을 듣더니, 관리실 안으로 들어가서는 팸플릿을 찾아 들고 나왔다. 그러고는 아르토의 묘지 사진과 주소를 보여주었다. 46번 구역 소나무 숲, 빨간 대리석. 암호를 풀고 미션을 수행하듯이, 주소지로 향했다. 마르세유 시내가 내려다보이는 언덕 소나무 숲속에 그가 잠들어 있었다. 앙증맞은 빨간 장난감 자동차, 꽃분홍 작약, 그리고 볼펜 한 자루. 나처럼 그를 찾아온 독자가 있었던 것일까. 마르세유 선원의 아들로 태어나, 선천적 질병으로부터 벗어나기 위해 사력을 다하며 평생 '다른 삶'을 갈망했던 아르토가 마지막으로 남긴 작품은 '여기 잠들다'이다. 수전 손택은 말했다. 어떤 작가들은 읽히지 않기 때문에 문학적·예술적 고전이 된다고. 그녀는 어디에도 속하지 않은, 인류의 경험이 닿지 않는 철저한 변방의 예술에 주목하고, 거기에 다가가려고 애썼다. 그녀가 쓴 아르토에 대한 글 제목은 「아르토에게 다가가기」이다.

마르세유 구항구 코키아주라는 해산물 식당에서 사프란이 노랗게 물들인 부야베스 생선 국물로 늦은 점심을 먹었다. 하늘에는 구름이 양털처럼 퍼져 있었다. 항구에 정박된 배들은 잔잔한 물결 따라 흔들리고 있었고, 건너편 언덕에는 노트르담 드 라 가르드 대성당이 지중해를 굽어보고 있었다.

# 세트, 죽음 혹은 삶이 시작되는 바다
―폴 발레리의「해변의 묘지」를 향하여

오래전, 시 한 편에 홀려 비행기를 탄 적이 있었다. 남프랑스 지중해 언덕에 펼쳐진 해변의 묘지를 찾아가기 위해서였다. 시로써 완벽한 죽음, 그리하여 생성되는 삶을 꿈꾸던 한 시인의 돌무덤으로 향하던 길이었다. 선천적으로 난해성을 타고난 시인, 폴 발레리 Paul Valéry, 1871~1945의 태생지 세트 Sète는 그렇게 오래 각인된 꿈의 장면처럼, 동시에 바닷물에 떨어지자 허무의 심연 속으로 순식간에 사라져버리는 포도주 한 방울의 홀림처럼 내 청춘의 기슭에 아득히 펼쳐졌다.

바람이 분다. 살려고 해야 한다!
거대한 바람이 내 책을 펼쳤다가 덮고

부서지는 물결은 바위에서 용솟음친다.

— 폴 발레리, 「해변의 묘지」

¶

파리를 출발한 지 6일째, 그르노블과 아비뇽, 아를을 거쳐 세트행 열차에 몸을 실었다. 파리의 대형 묘지 세 곳(몽파르나스, 몽마르트르, 페르 라셰즈)을 방문한 뒤였고, 그르노블에서는 스탕달을, 아비뇽 연극제에서는 도스토옙스키 소설을 연극으로 각색한 〈영원한 남편〉을, 아를에서는 반 고흐의 족적을 밟은 후였다. 열차는 환상의 쪽빛 바다 지중해 해안선을 호선형으로 달렸고, 폴 발레리 대학이 있는 몽펠리에에 가까워지면서 하늘에 먹구름이 끼었다. 아비뇽과 아를에서는 연일 눈부신 햇빛이었는데 몽펠리에를 지나면서는 삭막하기 이를 데 없는 황야 풍경이 펼쳐졌다. 나는 초고속 열차가 이동하는 몇 시간 동안 발레리의 시집 『해변의 묘지』와 그르노블 미술관에서 구한 클로드 로랭의 〈아침의 로마 풍경〉(1644) 엽서를 테이블에 올려놓고 을씨년스러운 창밖 풍경과 번갈아 바라보았다. 니콜라스 푸생과 함께 17세기 프랑스 회화사에 뚜렷한 흔적을 남긴 풍경화가 클로드 로랭에 대해 나는 이미 들어 조금 알고 있었다(김윤식, 「도스토예프스키, 루카치, 카프카」, 『환각을 찾아서』). 이탈리아 회화사가 레오나르도 다빈치, 미켈란젤로, 라파엘로에 크게 빚지고 있다면, 프랑스 회화사란 이들 푸생과 로랭에게 크게 기대고 있었다. 성서의 평화로운 전원 풍경과 특히 일몰과 일출 장면

클로드 로랭, 〈아침의 로마 풍경〉, 1644년, 그르노블 박물관

의 해양화에 남다른 정열을 쏟은 로랭이 없었다면 모네의 해돋이 인상이란, 나아가 유럽 미술의 흐름을 파리로 집중시킨 프랑스 인상파의 출현이란 가능하지 않은 일이었을지도 모른다. 그런 의미에서 어려서 그림에 입문해 프랑스를 떠나 평생 로마에 거주하며 색과 구도의 창조에 몰두한 로마의 이방인 로랭의 이력이란 열정의 화신이었음을 뚜렷하게 입증하는셈이다. 그러하기에 내가 프랑스 중부 알프스 산악 지대에 위치하며 스탕

달의 태생지로 좌파 성향이 강한 그르노블의 미술관에서 우연히 로랭의 원화 〈아침의 로마 풍경〉을 만났을 때의 흥분이란 낯익은 유년의 삽화와 막닥뜨렸을 때의 설렘과 맞서는 것이었다. 그 탓이었을까? 몸은 흔들리는 열차에 실려 발레리의 세트로 향하면서도 마음은 자꾸 로랭의 로마 쪽으로 방향을 거스르고 있었고, 언젠가는 로랭의 풍경화가 보여주듯 한 그루 소나무가 서 있고 저 멀리 지평선 너머 아득히 황금시대가 펼쳐지는 로마에 가리라, 새로운 여행 꿈을 꾸었다. 새 꿈을 시기하듯 다음 정차할 역이 세트라는 기내 안내 방송이 나왔다. 세트라는 이름이 귀에 들어오자 눅눅하게 가라앉았던 기분이 걷히며 비로소 가슴이 뛰기 시작했다. 그림을 덮고 시집을 펼쳤다. 어느덧 빗줄기가 파도처럼 차창을 때렸다. 유리창에 흘러내리는 빗물 사이로 입에 익은 시 구절이 번져나갔다.

> 날아가라, 온통 눈부신 책장들아!
> 부숴라, 파도야.
> 부숴라, 내 환희의 물결로
> 돛배들 쪼아대던 이 고요한 지붕을.
> ─폴 발레리, 「해변의 묘지」

¶

세트에 가면, 검푸른 바다 위로 정오의 태양이 내리쬐고 그 그림자 죽

해변의 묘지로 가는 언덕길과 묘지 입구

음처럼 고요히 살굿빛 기와지붕을 타넘을 때, 나는 작은 검은 고양이가 되어 소리도 없이 그 옆을 지나가리라 꿈꾸었다. 그곳에 가면, 바위에 부딪치는 파도에 내 청춘의 서툰 욕망에 갇혀 새카맣게 타버린 시어들을 무심히 방생하리라, 마음먹었다. 그런데 초고속 열차는 나를 떨구자마자 꼬리를 거둘 새도 없이 감쪽같이 사라져버리고, 나 혼자 남은 항구에는 비가 부슬부슬 내리고 있었다. 누구 마중 나와 반겨줄 이 없어도 태양이면, 바다면, 그 하늘이면 족했다. 그런데 기대했던 모든 것을 배반하고 항구는 비에 젖어 있었고, 내 마음도 갈 길을 잃고 쓸쓸히 젖어들었다. 어디로 가야 하는가.

> 금과 돌과 거뭇거뭇한 나무들로 이루어진 이곳,
> 그토록 많은 대리석들이 영령들 위에
> 어른거리는 이곳이 나는 좋아.
> 변함없는 바다가 내 무덤들 위에 잠드느니!
> —폴 발레리, 「해변의 묘지」

¶

그럼에도 불구하고 나는 가야 했다. 첫사랑 태양일랑, 그 빛의 바다일랑, 내 젖은 어깨 뒤로 넘겨버리고 어디로든 가야 했다. 삶을 잉태하는 원초적인 바다, 그 묘지로. 깡마른 내 몸에 육박하는 무게의 배낭과 카메라

세트 항구

가방을 둘러메고 역 밖으로 나갔다. 광장에 서서 항구를 한 바퀴 둘러보았
다. 역사驛舍는 남프랑스식 오렌지색 지붕에 일자형 단층 건물로 작고 소박
했다. 세트는 스페인과 남서부 국경 지대를 이루는 랑그도크루시용 지방
에 위치하는데 이곳의 주요 어항이자 산업항답게 약간은 거칠고 서민적
인 분위기가 느껴졌다. 역을 나서자 곧 가로로 라테랄 운하가 강처럼 유
유히 흐르고, 운하 가운데에는 역과 섬을 잇는 회전 다리인 퐁 드 라 가르
Pont de la Gare 가 놓여 있었다. 다리를 건너자 두 개의 작은 섬이 역시 작은 다
리 하나로 연결된 채 이어져 있었는데 두 섬 양편으로 길게 마리팀 운하와
세트 운하의 물줄기가 바다로 흘러들고 있었다. 퐁 드 라 가르를 건너 빅

토르 위고 대로를 조금 걷자 곧 몰리에르 고전 극장이 하얀 대리석 건물의 위용을 자랑하고 있었다. 어항이자 여름 한 철 휴양지일 뿐인 작은 항구 도시에 연극 전용 극장이 있다는 것에는 약간의 설명이 필요하다. 세트는 랑그도크루시용 지방의 교육과 행정의 중심지인 몽펠리에나 님보다 규모는 작지만 발레리를 비롯해 현대 프랑스 연극의 거장이자 아비뇽 세계 연극제를 창시한 장 빌라르, 또 에디트 피아프나 이브 몽탕에 버금가는 전후 최대 샹소니에로 칭송받는 조르주 브라상스를 배출한 현대 문화예술의 산실이다. 같은 지중해권에 위치한 세계적인 휴양지 니스나 모나코를 제치고 프랑스인들조차 그리 잘 알지 못하는 세트를 찾는 사람이라면 그 사람은 분명 발레리 또는 빌라르, 또는 브라상스 중의 어느 한 인물의 지독한 추종자라고 할 수 있다. 세트를 기리는 마음은 누가 더하고 못할 것도 없이 빌라르는 해변의 묘지 언덕 아래 빌라르 전용 박물관을 지었으며, 발레리처럼 세트에 영면한 음유 시인 브라상스는 위대한 선배 시인의 명성에 대한 애교스러운 질투심을 〈폴 발레리에게 바침〉이란 노래로 털어놓기도 했다. 발레리처럼 위대한 시인이 차지한 해변의 묘지에는 더 이상 자신처럼 음유 시인의 사후를 위한 빈자리는 없다고. 나는 발레리를 대신하여 그의 유명한 시 한 구절로써 브라상스를 위로하며 호텔을 찾아 바다 쪽으로 걸어 내려갔다.

아름다운 하늘, 진정한 하늘이여, 변해가는 나를 보라!

(중략)

폴 발레리의 펜과 소라고둥

폴 발레리 박물관 입구

나는 이 눈부신 공간에 나를 맡기니
죽은 자들의 집 위로 내 그림자가 지나간다.
—폴 발레리, 「해변의 묘지」


¶


폴 발레리는 「젊은 운명의 여신」을 세상에 내놓기까지 심각한 언어의
위기에 몰려 20년을 침묵했다. 완벽한 시란 무엇인가. 몽펠리에 대학에서
발레리를 발견한 선배 시인 말라르메는 '완벽한 시란 백지'라고 생각했다.
발레리는 침묵 이외의 해답을 찾아내지 못했다. 그는 침묵만이 가장 많은
것을 이야기한다고 결론지었다. 발레리가 처한 언어도단의 절벽에 젊은
여신을 보낸 사람은 앙드레 지드였다. 그의 끈질긴 독려와 애정이 없었다
면 발레리의 시인으로서의 운명은 불행하게도 단명했거나 바닷물에 떨어
지면 그 순간 사라져버리는 포도주 한 방울의 무상함으로 끝났을 것이다.
처음 말라르메가 매혹되었듯이 발레리를 재발견한 릴케의 고백(「말라르메에
게 보내는 편지」)은 한 천재 시인에 대한 최고 수준의 경의가 어떤 것인지를
새삼 깨닫게 해준다.


나는 홀로 있었다. 기다리고 있었다. 내 모든 작품도 기다리고 있었다. 어
느 날 나는 발레리를 읽었다. 그리고 내 기다림이 끝난 걸 알았다.
—라이너 마리아 릴케, 「말라르메에게 보내는 편지」

20년 간의 침묵, 그리고 5년 동안의 명상과 반성 끝에 순수시의 절정 「젊은 운명의 여신」은 탄생되었고, 그 여신은 그 길고도 오랜 침묵에 응답하듯 이렇게 언명하는 것이었다. "내가 너를 알기 위해 오는 곳, 내 마음을 나는 사랑해야 한다!"

¶

구두를 적시던 빗줄기는 시나브로 가늘어지고 항구에 어둠이 내리기 시작했다. 바다로 길게 이어지는 대운하의 산책로에는 상점과 레스토랑들이 즐비했고, 여기저기 창마다 불빛이 터지는 항구는 바야흐로 물을 만난 물고기처럼 생기로 넘실거렸다. 상점들마다 돛배에 매달 램프와 프로펠러가 진열되어 있었고, 레스토랑 메뉴대마다 바다에서 갓 잡아 온 섭조개와 굴, 바닷가재를 재료로 한 해변 요리들로 지친 여행자의 미각을 자극했다. 내 심장처럼 붉은, 피처럼 내 몸의 기운을 돋워줄 포도주 한 모금이 그리웠으나 나는 발길을 멈출 수가 없었다. 어서 바다에 닿고 싶었다. 무엇보다 지금은 지중해와도 그 언덕의 바다 묘지와도 가장 가까운 숙소를 구하는 것이 최우선이었다. 그리하여 이 비가 개고, 이 어둠이 걷히면 맑은 눈으로 제일 먼저 푸른 '바다, 언제나 다시 시작하는 바다를' 그와 맞닿은 창공을 바라볼 수 있는 창문을 구해야 했다.

아름다운 하늘, 진정한 하늘이여, 변해가는 나를 보라!

해변의 묘지

(중략)

나는 이 눈부신 공간에 몸을 맡기니
죽은 자들의 집 위로 내 그림자가 지나간다.
그 가녀린 움직임에 나를 순응시키며.

— 폴 발레리, 「해변의 묘지」

¶

    생이 온통 황금빛으로 일렁이던 20대 청춘 시절에 나는 왜 죽은 자들의 집을 꿈꾸었을까. 그리도 일찍 죽음을 삶$^{生}$으로, 이상(문학)으로 품었을까. 「해변의 묘지」에 그 해답이 있을까? 해변에, 또 해변 묘지로 이어지는 기슭 아래에 호텔을 잡은 것은 정처 없이 감행한 여행에서 얻을 수 있는 일종의 행운이었다. 일출이 있고 얼마 후 나는 호텔을 나와 묘지로 이어지는 긴 담벼락 길을 걸었다. 비 온 다음 날의 하늘은 더없이 청명하게 활짝 개었고 아침 8시경이었으나 정수리에 꽂히는 햇빛의 강도가 예사롭지 않았다. 묘지로 이어지는 비탈길 이름이 장 빌라르였고, 가쁜 숨을 쉬기 위해 자주 발을 멈추고 뒤돌아 서서 바다를 굽어보았다. 눈부시게 퍼져나가는 햇살에 사로잡혀 바다는 푸르름을 해저 깊숙이 가라앉히고 있었다. 묘지로 들어서는 하얀 철문에 검은 종이 매달려 있었다. 묘지 지도를 펼쳤으나 발레리의 무덤은 한 번에 찾을 수 없었다. 묘지를 지키는 작은 집이 언덕에 보였고, 우물가에 묘지기인 듯한 여인이 물을 긷고 있었다. 발레리의 묘를 찾는 사람이 나만은 아닌지 여인은 같은 말을 되풀이하며 아득히 보

폴 발레리 묘.
발레리는 무한의 바다가 펼쳐지는 언덕 위 해변의 묘지, 가족묘에 영면해 있다.

이는 저 언덕 너머를 일러줬다. 묘지 약도는 아예 없었고 단지 사이프러스
나무를 찾아가라 했다. 이미 파리에서 여러 차례 묘지 안에서 묘 주소 찾
기에 익숙했던 나였지만 묘지기 여인이 일러주는 대로 비탈길을 오르고
가파른 계단을 밟아도 발레리의 묘는 눈에 띄지 않았다. 파리에서도 가끔
숨바꼭질하듯 여러 차례 같은 구역을 빙빙 돈 끝에야 비로소 찾는 묘들이
있었다. 몽파르나스 묘지에 있는 베케트의 묘가 그랬고, 페르 라셰즈 묘
지에 있는 에디트 피아프의 묘가 그랬다. 사이프러스나무를 찾아가라. 신
비의 문을 통과해야 비로소 암호의 의미를 해독할 수 있는 나그네처럼 나
는 여인이 알려준 그 한 말만을 되풀이 주문하며 묘지 군데군데 하얀 대리
석 위로 검은 그늘을 드리우고 서 있는 사이프러스나무들을 살펴보았다.
한 시간도 채 되지 않아 해는 중천에 떠올랐다. 목구멍을 가로막는 열기
가 가슴선을 타고 턱밑까지 차올랐다. 묘지기 여인은 보이지 않았다. 사방
을 둘러봐도 허공을 가득 메운 백색의 빛살 이외에는 사람 그림자를 찾아
볼 수 없었다. 묘지 길 양편으로 흰 대리석 묘석들이 움직일 수 없는 진리
처럼 정연하게 자리를 지키고 있었고, 맞은편 바다 역시 그 대리석들만큼
이나 흰빛의 무덤으로 변해 있었다. 빛으로 막막해진 시야를 뚫고 계단 아
래에서 두 남자가 불쑥 올라왔다. 나는 환각에 사로잡힌 듯 그들을 정면으
로 바라보고 있었다. 아메리칸처럼 키가 컸고 부자간인 듯했다. 그들 역시
발레리의 묘를 찾아가고 있었다. 이후 브라상스의 묘로 향한다고 했다. 중
년 남자의 말에 발레리의 묘는 지척에 있을 거라고 했다. 그의 말이 틀리
지 않았다.

이 계단을 밟고 오르면 사이프러스나무를 배경으로 폴 발레리가 잠들어 있다.

석양의 세트 항과 생피에르 언덕의 해변 묘지

¶

폴 발레리는 파리 몽파르나스 묘지의 샤를 보들레르와 마찬가지로 가족묘에 영면해 있었다. 그러니 일일이 묘석에 새겨진 철자를 확인해나갔어도 한두 번 지나쳤다가 다시 오게 마련이었다. 사이프러스나무는 발레리 가족묘를 중심으로 위아래로 줄지어 군락을 이루고 있었다. 사이프러스나무 그늘 아래 십자가를 세운 흰 대리석 받침 기둥에 대각선으로 금이가 있었고 묘 등에는 발레리 가족들의 이름과 생몰 연대가 큰 글씨로 새겨져 있었다. 그리고 정작 한 동양 여자를 프랑스 남서부 끝 지중해안 언덕까지 이끈 폴 발레리라는 이름은 이단 묘석의 위쪽 묘석 테두리에 새겨진 채 그늘져 있었다. 아래쪽 묘석 테두리에 「해변의 묘지」 시구가 묘비명을 대신하고 있었다. 나와 함께 발레리를 찾았던 이방의 동행자는 곧 빛으로 텅 빈 계단 아래로 내려가고 나 혼자 남은 묘역은 방대한 햇빛과 묘석에 드리운 사이프러스나무 그늘뿐 적요했다. 발레리와 마주한 몇 분의 짧은 시간이 영원처럼 아득하게 느껴졌다. 현기증에 휩싸여 묘석에 걸터 앉았다. 환청인가. 사이프러스나무 울울히 서 있는 등 뒤에서 한 영혼이 내 빈약한 어깨를 어루만지듯 말을 걸어오는 것이 아닌가.

나는 순수한 너를 너의 제일의 자리로 돌려놓는다. 스스로를 응시하라.
―폴 발레리, 「해변의 묘지」

이제 떠나야 할 시간이었다. 묘지 위에 있는 발레리 박물관을 둘러보기 위해 먼저 내려간 이방인의 뒤를 쫓았다. 나는 화답으로 묘비명에 새겨진 「해변의 묘지」 시구를 음송했다.

오, 사색 뒤에 오는 보상. 신들의 고요에 던져진 그토록 오랜 시선.
―폴 발레리, 「해변의 묘지」

¶

세트에서 나는 무엇을 보았나? 발레리 박물관 벽에 새겨져 있던 문구를 떠올린다. 예술 작품은 언제나 우리에게 가르쳐준다. '우리가 보는 것을 우리는 보지 않았다'고……. 미$^美$란, 예술이란, 일상성과 대척되는 지점을 말하는가. 일상성을 끌어안는 미, 예술의 경지란 어떤 것일까? 20년의 침묵 끝에 이루어낸 순수시의 절정이란 그러니까, 우리의 일상 가장 가까운 곳에, 삶의 한가운데에 숨쉬고 있는 것을, 그리하여 우리가 늘 보는 것의 이면을 볼 수 있는 눈의 능력, 그 개안으로 비로소 조금 가능해지는 영역인가. 빛을 등 뒤에 두고, 그림자를 발걸음 뒤에 남기고 천천히 해변 언덕을 내려왔다. 지중해 푸른 바다가 거대한 지붕처럼 펼쳐져 고요히 숨을 쉬고 있었다. 돛배들 먼바다를 향해 하얗게 몸을 흔들고, 등대로 이어지는 기다란 방파제 길에 비둘기 떼 한가로이 앉아 모이를 쪼고 있었다. 열차 시간이 얼마 남지 않았다. 발걸음을 재촉해 역으로 향했다. 라테랄 운하를 건너려는데 역과 섬을 잇던 다리가 서서히 움직여 방향을 틀고 있었다. 나는 다리가 한 바퀴 돌아 제자리를 찾을 때까지 그 자리에 멈춰 서 있었다. 어제는 비 내리던 세트 항, 오늘은 눈부신 태양 아래 한 번도 분 적 없던 바람이 일어 옷깃을 스쳤다. 한 줄기 생의 욕망이 홀연히 마음을 부추겼다. 바다, 언제나 다시 시작하는 바다를 향해 발길을 옮겼다.

6

---

아일랜드 슬라이고에서
그리스 크레타까지

# 사랑으로 죽고,
# 죽음으로 살고

# 벤벌빈산 아래 이니스프리에 가면
## —예이츠의 아일랜드와 이니스프리 호수

유독 그 섬에 가고 싶었다. 언제부터였던가. 열예닐곱 살 무렵, 「이니스프리 호도湖島」라는 한 편의 시에 빠졌다. 구름과 나뭇잎의 모양과 색깔, 바람의 방향만으로도 먼 곳을 동경하는 사춘기 소녀의 가슴을 뛰게 하는 시였다. 스무 살 어름, 소극장에서 〈고도를 기다리며〉라는 한 편의 연극을 보았다. 떠돌이 사내 둘이 앙상한 나무 한 그루와 비뚜룸히 서 있는 십자가가 전부인 무대에 나와 별 사건도 없이 신발과 모자만 번갈아 벗고 쓰며 중얼거리다 끝나는 연극이었다. 스물아홉 겨울, 『젊은 예술가의 초상』이라는 한 편의 소설을 만났다. 여름 내내 유럽을 떠돌아다니다 돌아온 직후였고, 첫 장을 펼치자 어릴 적 많이 들어본 듯한 첫 문장이 향수를 자극하는 소설이었다. 그리고 언젠가부터 봄이면 기네스라는 흑맥주 한 잔에

시원의 섬 아일랜드, 슬라이고 가는 길

취했다. 철쭉꽃 피고 지는 4월이면 홍대 앞 단골집 마당 가 튤립나무 아래 앉아 봄밤의 아쉬움으로 문우들과 마시던 맥주였다. 여러 시기, 나를 사로잡은 시와 연극, 소설과 흑맥주는 모두 한 곳, 그 섬으로 통했다. 북대서양 서쪽 끝에 한 점 점처럼 떠 있는 아일랜드Ireland.

슬라이고 가는 길에 보이는 멀린곶

아시아에서도 한반도 이남에서 북대서양 서쪽 끝의 아일랜드에 가려면 비행기를 타고 지구의 반 바퀴를 날아가야 한다. 무엇에 홀려 나는 그토록 먼 섬나라까지 그해 여름과 겨울 두 번이나 찾아갔을까. 아시아에서 더블린으로 가려면 대부분 유럽의 주요 도시를 경유하는 것이 정석이다. 내가 더블린행 비행기에 탑승한 곳은 스코틀랜드의 주도 에든버러 공항이었다. 아일랜드 여행을 계획하면서, 민족과 역사, 문화적으로 미묘하고도 깊은 관계를 맺고 있는 이웃 섬나라 잉글랜드(영국)를 포함시켰다. 동쪽 런던에서 셰익스피어의 고향 스트랫퍼드어폰에이번을 거쳐 서쪽 리버풀까지, 서쪽 리버풀에서 내륙 맨체스터를 거쳐 북쪽 스코틀랜드에 이르는 열흘 간의 여정이 꿈처럼 흘러갔다.

더블린 공항은 매우 소박하고 작았다. 인구 350만 명의 작은 섬나라

슬라이고 시내를 흐르는 가라보그강

슬라이고 시내 서점의 예이츠

규모로 보면 적당했다. 그러나 20세기 세계문학사에 세 명의 노벨문학상 수상자를 배출한 나라치고는 매우 초라했다. 아일랜드의 민족어는 게일어, 그러나 아일랜드를 문학 강국으로 만든 시인 예이츠와 셰이머스 히니, 소설가 조너선 스위프트와 오스카 와일드, 작가 사뮈엘 베케트 등의 작품은 정작 게일어가 아닌 영어로 씌어진 것이었다. 그리고 20세기 현대소설의 백과사전이라 불리며 세계 소설사에 한 획을 그은 제임스 조이스의『율리시즈』또한 영어로 씌어진 것이었다. 영어는 모국어가 아닌 식민지 제국의 언어. 800년에 걸친 잉글랜드의 식민 지배 결과였다. 프랑스로 귀화한 베케트를 예외로 하더라도 예이츠와 와일드, 조이스 등을 아일랜드 문학사가 아닌 영문학사 속에서 만나야 했던 저간의 사정이 여기에 있었다.

¶

더블린에 도착해서 제일 먼저 달려간 곳은 북서쪽 끝의 항구 슬라이고 였다. 대서양과 럭길 호수 사이에 위치한, 조가비강이라는 뜻의 슬라이고 근처에 벤벌빈이라는 산이 기이한 형상으로 솟아 있었다. 산 아래 드럼클리프 마을의 세인트 콜롬바즈 패리시 교회 뒤뜰 묘지에는 아일랜드의 민족시인 예이츠<sup>William Butler Yeats, 1865~1939</sup>가 잠들어 있었다. 세상에서 가장 아름다운 묘비명을 꼽으라면 나는 주저 없이 에게해 크레타섬에 있는 니코스 카잔차키스의 것("나는 아무것도 바라지 않는다. 나는 아무것도 두려워하지 않는다. 나는 자유다")과 바로 이곳 예이츠의 것이라고 말할 것이었다.

festival
Aug 1st ~ 12th 20

YEATS
BUILDING
Donated by AIB Bank in 19..

Yeats Society Sligo

Sligo Art Gallery

EXHIBITION Open..

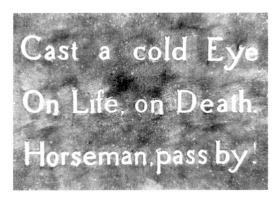

삶에도 죽음에도 차가운 눈길을 던져라. 말 탄 자여 지나가거라.

벤벌빈을 에돌아 호수로 가는 초원길. 한가로이 풀을 뜯는 소와 양 떼들. 노란 들꽃들이 자욱하게 퍼진 풀밭. 낮은 돌담의 좁은 2차선 도로. 나도 모르게 소녀 시절 곧잘 음송하곤 했던 「이니스프리 호도」라는 시가 흘러나왔다.

나 이제 일어나 가리라, 이니스프리로 가리라.
그곳에 진흙과 욋가지 엮어 작은 오두막집 짓고,
아홉 이랑 콩밭과 꿀벌통 하나 가지고
벌 붕붕대는 숲 터에 나 홀로 살리라.
—윌리엄 버틀러 예이츠, 「이니스프리 호도」

가라보그강 가에 있는 예이츠 하우스. 매년 예이츠 축제가 열린다.

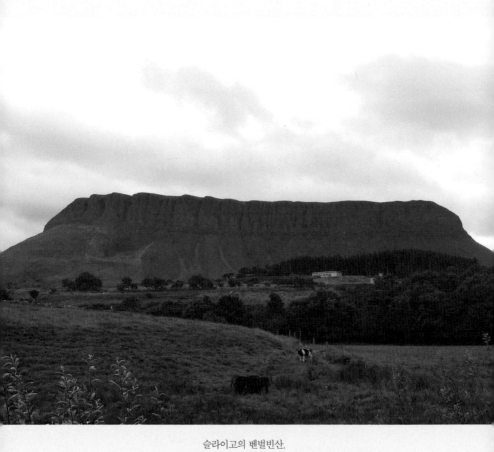

슬라이고의 벤벌빈산.
예이츠는 이 산 아래 세인트 콜롬바즈 패리시 교회 묘지에 영면해 있다.

그때 그 소녀는 이니스 프리 호도<sup>湖島</sup>의 뜻을 이해했을까. 김소월의 민요시처럼 그저 주어지는 대로 익숙한 느낌이 좋았을 것이다. 바다에 섬이 있는 것은 자연스러운 일이지만, 그다지 큰 호수를 본 적이 없는 소녀로서는 '호수 한가운데

이니스프리 호수

에 떠 있는 섬'을 실감하기 어려웠을 것이다.

이니스프리 호수는 명성에 비해 평범했다. 이니스프리라는 이름에 홀려 굳이 지구 반 바퀴를 날아갈 만한 것은 아니었다. 그런 호수는 주위에 얼마든지 있었다. 그러나 호수라고 다 같은 호수는 아니었다. 아무리 눈앞에 펼쳐진 호수가 특별할 게 없어 보여도 예이츠가 소박한 삶의 이상향으로 호명한 순간 그것의 운명은 달라졌다. 벌들 윙윙대는 숲속 오솔길을 걸어 당도한 이니스프리 호수에는 아무도 없었다. 호도를 오가는 나룻배 한 척과 주인을 기다리는 자전거 두 대가 나란히 놓여 있을 뿐이었다. 잔잔하게 일렁이는 호수의 물결에 가만히 손을 담가보았다. 그러자 호수의 일부라도 되는 듯 물결이 내 손을 감쌌다.

# 에이번강의 백조, 베로나의 백합
— 셰익스피어의 고향 스트랫퍼드어폰에이번과 베로나의 줄리엣 묘

그해 여름 무엇이 나를 영국 중부의 작은 마을 스트랫퍼드어폰에이번으로 이끌었을까. 런던 인근 옥스퍼드 역에서 간선 열차를 타고 한 시간여 갔던가. 열차에서 내렸을 때 사방은 햇빛 천지였고, 플랫폼 저편에 기다리고 있었다는 듯이 스트랫퍼드어폰에이번 stratford-upon-avon이라는 푯말이 눈에 들어왔다. 방금 타고 왔던 기차는 기적 소리를 울리며 역을 빠져나가고 있었고, 정수리 위에는 정오의 태양이 눈부시게 빛나고 있었다. 눈을 뜰 수 없을 정도로 쏟아지는 햇빛으로 갑자기 먹먹해졌던 시야가 차츰 명료해지면서 나는 내가 왜 거기 낯선 시골 역에 서 있는지 환각에서 깨어나듯 뒤늦은 의문이 들었다.

나는 보름간에 걸쳐 잉글랜드와 아일랜드를 여행 중이었고, 런던에서

거석 유적지 스톤헨지. 잉글랜드 솔즈베리

며칠 머물면서 거석<sup>巨石</sup> 유적지로 유명한 남부 솔즈베리의 스톤헨지와 인근의 대학 타운 옥스퍼드를 여행한 참이었다. 그리고 앞으로 남은 열흘 동안 북대서양 연안의 영국 제1의 항구 리버풀(비틀즈 투어)과 스코틀랜드의 주도 에든버러(세계공연축제)를 거쳐 아일랜드(제임스 조이스와 사뮈엘 베케트, 예이츠, 아르토)로 건너갈 것이었다. 이러한 행로는 늘 그래왔듯이 떠나기 두 달 전부터 계획되고 조율된 것이었다.

처음 잉글랜드-아일랜드 여행을 계획할 때, 스트랫퍼드어폰에이번은 일정에 없었다. 런던에서 맨체스터를 경유해 리버풀까지 가는 중간에 하루 묵을 곳으로 고서<sup>古書</sup> 마을로 알려진 헤이온와이<sup>Hay-on-wye</sup>를 생각했었다. 그런데 비행기와 철도 티켓과 숙소 등을 하나하나 직접 예약하는 과정에 헤이온와이가 밀려나고 셰익스피어 <sup>William Shakespeare, 1564~1616</sup>의 고향인 스트랫퍼드어폰에이번이 새롭게 등장했다. 나는 셰익스피어 추종자였던가? 아니, 아니었다. 아니, 아니라고 할 수는 없지만, 내가 스무 살 어름부터 줄기차게 추종하는 위인은 따로 있었다. 바로 이 여정 중에 만날 아일랜드의 제임스 조이스와 사뮈엘 베케트였다. 아무리 셰익스피어가 희곡왕이라 칭송을 받는다 해도, 프랑스 문학도였던 나는, 또한 전통보다는 아방가르드-모더니즘을 숭배하던 때가 때이니만큼 사정이 달랐다. 대영제국의 보물이자 자부심인 셰익스피어보다는 대영제국의 지배를 받은 식민지 아일랜드 더블린 태생으로 파리에 망명, 은둔해 살았던 사뮈엘 베케트가 나에게는 우위에 있었다. 단지 어렸을 때부터 익숙하게 접해왔다는 이유로 〈로미오와 줄리엣〉이나 〈햄릿〉의 진가를 제대로 품지 못한 치기의 소산이었다.

너무 밝아 오히려 거뭇거뭇하게 보이던 시골 역의 풍경이 바람에 흔들리는 꽃잎 하나, 방금 열차가 지나간 레일 색깔의 순도까지 측정할 수 있을 정도로 명료해지자 내가 오랫동안 가고자 했던 헤이온와이를 뒤로 미루고 이곳, 스트랫퍼드어폰에이번에 온 이유가 번개처럼 떠올랐다. 한 인간의 범주를 넘어 인류의 유산인 셰익스피어와 나란히 나를 그리로 이끌었던 '175년 된 세쿼이아나무가 마당 가에 있는 집'으로 천천히 발길을 옮겼다.

역에서 몇 걸음 걷지 않아 읍내 중앙통에 도달했고, 이어 에이번강에 이르렀다. 에이번강에는 조각배들이 줄지어 묶인 채 물결 따라 가만가만 흔들리고 있었고, 가까이 백조들이 둘씩 셋씩 희롱하듯 앞서거니 뒤서거

석양빛에 물든 에든버러.
스코틀랜드

영국 중부 셰익스피어의 고향 스트랫퍼드어폰에이번 역

니 물결을 타며 놀고 있었다. 옥스퍼드에서 그곳으로 향하는 열차에서 읽었던 벤 존슨의 시 한 구절이 나도 모르게 입술 사이로 흘러나왔다.

아름다운 에이번강의 백조여!

그대 강물 위에 다시 나타나

우리가 볼 수 있다면,

그렇게 템스강 둑을 날아오른다면,

엘리자베스 여왕과 우리의 제임스 왕을 그토록 사로잡았던

그 옥좌椅座로 날아오른다면-

천하의 장관일지니.

―벤 존슨의 시, 김윤식의『문학과 미술 사이』에서 인용 재번역

셰익스피어의 상징인 에이번강의 백조와 조각배

벤 존슨는 셰익스피어의 문우. 그가 시에서 노래한 '에이번강의 백조'란 곧 셰익스피어를 지칭한다. 곧 스트랫퍼드어폰에이번이라는 셰익스피어의 고향은 에이번강 변의 스트랫퍼드 마을이라는 뜻이다. 이곳은 아주 작은 시골이지만 세계적인 관광지이고, 강 또한 아주 작지만 그곳 백조들은 세계 희곡왕 셰익스피어의 분신, 상징인 셈이었다. 역에서 강에 이르도록 마을 사방에 셰익스피어의 흔적들이 빼곡했다. 요트들로 가득한 에이번강의 운하인 밴크로프트 정원을 가로질러 15세기 둑길을 걸어 강을 건넜다. 어서 175년 된 세쿼이아나무가 마당 가에 있는 숙소에 짐을 풀고 가벼운 발걸음으로 이 작고 유서 깊은 마을을 일일이 돌아보고 싶었다.

에이번강 변의 이 작은 마을은 셰익스피어가 태어나고(1564), 죽은(1616) 곳이다. 출생과 죽음 이외에 그의 생애를 둘러싼 일화는 매우 다양해서 그가 남긴 작품들만큼이나 흥미로운 해석거리를 제공한다. 스트랫퍼드어폰에이번과 관련한 기록에 의하면, 그는 제화업자이자 양모상이었던 아버지의 사업 실패로 열세 살 이후 정규 교육을 받지 못한 채 온갖 궂은 일을 전전하며 극작가로 성공해서 런던에서 전성기를 보낸 뒤 고향으로 돌아와 여생을 마친 것으로 알려져 있다.

헤이온와이로 가려던 발길을 돌려 찾아갔던 스트랫퍼드어폰에이번에서의 이틀, 다시 열차를 타고 맨체스터를 거쳐 리버풀로 향하는 내 가슴은 처음 이곳을 찾을 때와는 달리 온통 셰익스피어의 영상과 메아리들로 가득했다. 그가 태어난 집이자 열세 살까지 살았던 집, 그리고 그가 열여덟 살에 8년 연상의 앤 해서웨이와 결혼해 살았던 집(오두막), 그가 죽어 묻힌

마당에 175년 된 세쿼이아나무가 서 있는 집.
빅토리아 시대의 가구와 실내 디자인에 훌륭한 영국식 정원을 가꾸고 있고,
후문으로 나가면 소롯길이 끝없이 이어진다.

로열 셰익스피어 극장의 〈실수 연발〉 연극 포스터

『햄릿』, 『리어왕』, 『당신 뜻대로』 미니 책자. 로열 셰익스피어 극장

홀리 트리니티 교회, 그리고 그의 작품들을 공연하는 로열 셰익스피어 극장[RSC]. 열차는 달리고, 차창 너머로 셰익스피어가 사랑한 고향의 아름다운 자연 풍광을 바라보다가, 문득 손안에 든 것을 내려다보았다. 로열 셰익스피어 극장에서 사온 『햄릿』과 『로미오와 줄리엣』이었다. 『로미오와 줄리엣』의 첫 페이지를 펼쳤다. 두 가문의 오래 묵은 원한으로, 양가에서 태어난 줄리엣과 로미오의 애절한 사랑과 비극적인 죽음 이야기. 연인의 이름에서 알 수 있듯이, 이 아름답고도 슬픈 사랑의 이야기는 영국이 아니라 이탈리아 베로나가 무대이다. 스트랫퍼드어폰에이번의 셰익스피어는 어떻게 베로나를 배경으로 이런 비극을 창작했을까. 그는 베로나에 갔던 것일까. 순전히 상상의 산물일까.

¶

그해 여름 스트랫퍼드어폰에이번을 『로미오와 줄리엣』과 함께 떠난 3년 뒤, 나는 기어이 셰익스피어가 남긴 불후의 연애 비극 무대인 베로나로 향하고 말았다.

베로나의 두 원수 집안인 몬터규가와 캐퓰렛가의 숙원(宿怨)을 양가 출신 로미오와 줄리엣의 사랑과 죽음으로 막을 내린 『로미오와 줄리엣』(1599)은 셰익스피어의 5막 비극으로, 원래 원작이 있다. 곧, 1550년대 이탈리아 북동부 베로나 인근 비첸차의 루이지 다 포르토에 의해 씌어진 『로메우스와 줄리에타의 비화』에 의거 희곡으로 각색된 것이다. 『로미오와 줄리엣』은 읽지 않고도 내용을 훤히 아는 '고전다운 특징'을 지니고 있다. 그러나 정작 작품을 펼치면 놀라게 되는데, 죽음으로 사랑을 지키고 양가의 원한을 푸는 낭만적 연애 비극의 무대가 베로나라는 것이다. 셰익스피어가 활동하던 시기는 16세기 르네상스 시기이다. 이때 세계(유럽)의 예술 중심은 이탈리아, 그것도 피렌체(메디치 가문의 문예부흥)에 있었다. 특이하게도, 셰익스피어는 몇 편을 제외하고 거의 모든 작품의 배경을 외국으로 삼고 있는데, 대표적으로 덴마크 왕국을 배경으로 한 『햄릿』, 그리고 이탈리아 베네토 지방의 베로나를 배경으로 한 『로미오와 줄리엣』을 예로 들 수 있다. 앞에서 언급한 대로 셰익스피어는 열세 살 이후 체계적인 제도권 교육을 받지 못했다. 그에 따라, 추측건대, 당시 유럽에 전해 내려오는 다양한 이야기들을 거침없이 수용했을 것으로 생각된다. 독학에서 오는, 좋은 의미의 자유분방함이 천부적인 재능과 결합해 기존의 틀을 뛰어넘는 새로운 형태의 작품이 창조되었으리라 추측된다. 스티브 잡스가 끝까지 추종한 영국의 윌리엄 블레이크 또한 셰익스피어와 마찬가지로 정규 교육을 받지 못했고, 여러 가지 잡기雜技에 종사하면서 독창적인 세계를 구축한 것을 환기할 필요가 있다. 해 아래 새로운 것은 없으니, 새로움이란 현재로부터 가장 먼 곳, 그리고 가장 오래된 것에서 육박해 오는 것임을 셰익스피어는 물론, 괴테(『파우스트』), 제임스 조이스(『율리시즈』), 허먼 멜빌(『백경』)이 남긴 불멸의 고전들이 증거한다. 이들은 모두 그곳 사람들의 입에서 입으로 전해 내려오는 옛이야기를 원형으로 가지고 있다.

내가 베로나로 향한 곳은 세계적으로 패션 트렌드를 이끄는 밀라노.

고대 로마 유적이 보존된 베로나.
도심의 아레나 골목 왼쪽으로 가면 끝 지점에 줄리엣의 집이 있다.

줄리엣의 집 벽 낙서

겨울이었고, 나흘 내내 겨울비가 북이탈리아 롬바르디아 지방의 대지를 차갑게 적셨다. 을씨년스러운 하늘과 빗줄기를 피해 하루는 인접한 베네토 지방의 베로나로, 또 하루는 좀 더 멀리 이탈리아 중부 에밀리아로마냐Emilia-Romagna 지방의 주도 볼로냐로 여행을 감행했다. 제일 먼저 초고속 열차를 잡아타고 밀라노를 탈출하듯 찾아간 곳이 베로나였다. 당연히, 3년 전 스트랫퍼드어폰에이번을 떠나며 맨체스터행 열차 안에서 완독했던 『로미오와 줄리엣』의 추억이 결정적으로 작용했다.

베로나를 찾는 여행자의 목적은 거의 대부분은 로미오와 줄리엣의 흔

줄리엣의 집

적을 확인하기 위해서이다. 베로나에는 로미오의 족적보다는 줄리엣의 공간이 주를 이루는데, 로미오가 사랑을 고백하고, 사랑을 이루기 위해 올라간 줄리엣의 집 발코니와 줄리엣의 묘를 찾는 이들의 발길이 끊이지 않는다. 나는 로미오와 줄리엣의 집보다 줄리엣의 묘가 존재한다는 것이 흥미로웠고, 존재한다면 어떤 형태일지 몹시 궁금했다. 아쉽게도 내가 줄리엣의 집을 찾았을 때, 공사 중이어서 발코니 위에는 서보지 못했다. 대신, 빠른 걸음으로 아레나를 빙 돌아 셰익스피어 거리에 있는 산프란체스코 알코르소로 향했다. 거기 회랑 한켠에 '톰바 디 줄리에타(줄리엣의 묘)'가 있었

산프란체스코 알 코르소 수도원 회랑의
셰익스피어 석상

다. 쉬지 않고 걸어서인지 정원으로 들어서자 숨이 목까지 차올랐고, 그로 인해 한겨울임에도 몸에 열기가 느껴졌다. 정원 한가운데에 우물이 있었고, 우물을 지나 회랑 끝으로 가자 셰익스피어의 석고상이 지키고 있었다. 지하로 내려가는 계단에 발을 들여놓자, 지하에서 올라오는 서늘한 기운 때문인지 한 차례 전율이 온몸을 훑고 지나갔다. 마치 살아 있는 아름다운 영혼을 만나러 가듯 한 발 한 발 계단을 밟았고 계단을 다 내려갔을 때 나도 모르게 탄성이 흘러나왔다. 줄리엣의 묘는 돌로 깎아 만든 석관으로 안이 텅 비어 있었고, 거기 눈부시게 순결한 백합꽃이 숭고하게 바쳐져 있었다. 나는 로미오라도 되는 양, 아니 줄리엣의 심장이라도 되는 양, 세차게 떨리는 손을 석관에 가만히 가져다 대었다. 대고 보니 석관 주위로 줄리엣을 찾은 연인들의 이름이 심장(하트)과 함께 빼곡히 채워져 있었다. 줄리엣, 그녀는 비록 로미오와 합장되어 있지 않지만, 영원히 외롭지 않을 것이었다.

툼바 디 줄리에타. 줄리엣의 묘. 흰 백합꽃이 텅 빈 석관의 내부를 지키고 있다.

# 개종으로서의 소설 쓰기, 소설의 순교자
## —플로베르의 루앙과 크루아세, 모뉘망탈 묘지와 리 마을

처음엔 사랑처럼, 뜨겁게 왔다가 가는 것이겠거니 생각했다. 나에게 일어나고 있는 변화를 대수롭지 않게 여겼다. 문학, 그것은 내가 일생을 걸 만큼 대단한 것이 아니었다. 사는 데 있어도 그만, 없어도 그다지 불편하지 않은 것이었다. 청춘 시절이었던 만큼 오만과 오독, 치기가 하늘을 찔렀다. 그런 내가 평생 문학을 업業으로 소설을 쓰고 살아가게 되었다. 청춘 시절의 무지가 저지른 죄의 벌과罰課를 톡톡히 치르고 사는 셈이다. 소설은 나를 불편하게 하고, 소설가들은 나를 부끄럽게 만드는 존재들이다. 그 첫 자리에 귀스타브 플로베르가 자리 잡고 있다. 그리고 지금까지 그것은 진리처럼 변하지 않고 있다.

귀스타브 플로베르 Gustave Flaubert, 1821~1880는 외과 의사이자 루앙 시립병

루앙 대성당

원장의 아들로 태어나 청소년 시절 내내 문학의 열병을 앓았다. 아버지의 권유로 파리 법대에 입학했으나, 전공인 법학보다는 소설 쓰기에 온 생의 열망을 바쳤다. 2학년 여름방학을 맞아 고향인 루앙에 왔다가 형 아실과 함께 외가 마을인 퐁레베크로 가는 마차에서 '신경 발작'을 일으켜 혼절하는 사건이 발생했다. 마차에 끌어져 내린 그는 2분 동안 심정지(죽음) 상태였다. 숨이 돌아온 그는 이전과는 다른 삶을 선택했다. 파리의 대학으로 복귀하지 않고, 루앙 교외에 아버지가 마련한 한적한 별채에 틀어박혀 평생 소설 쓰기에 전념했다.

사르트르는 생애 마지막 10년 동안 플로베르의 삶을 조사하고, 연구하면서 이 '신경 발작' 사건을 주목했다. 그에 따르면, 문학에 투신할 수 있는 극적인 계기가 된 이 '신경 발작' 사건은 일상적인 용어로 표현하면 어린아이가 극도로 하기 싫은 것을 피할 때 작동하는 일종의 '꾀병'이었던 셈이다. 이러한 플로베르의 문학을 향한 특별한 자의식과 그를 둘러싼 가족과 주변인들의 일화를 바탕으로 쓴 것이 『집안의 백치』라는 플로베르 평전이다.

객관성에 입각한 사실주의의 작가로 알려져 있지만, 플로베르는 문학적 감수성이 풍부하고 낭만적인 기질을 타고난 것으로 유명하다. 그가 쓴 첫 소설은 낭만적인 성향이 과잉으로 발휘된 상태로 초고를 읽은 친구들은 불구덩이 속에나 던져버리든지 불쏘시개로 쓰라는 혹평을 했다. 참담한 혹평에 몇 년간 절치부심한 끝에 그는, 외과 의사의 아들답게, 선천적으로 타고난 감정 과잉, 자의식 과잉의 기질을 메스로 도려내듯 억제하고,

플로베르의 외가 마을 퐁레베크, 그의 말년 걸작『순박한 마음』의 무대이다.

'세상의 사물은 그것을 표현할 오직 하나의 고유한 단어만 가지고 있다'는 일물일어一物一語론을 주창하고 실천한다. 주관적인 감상성과 싸우며 뼈를 깎는 노력 끝에 탄생한 소설이『마담 보바리』(1857)이고, 이 작품은 두 세기를 넘어 오늘날까지 세계 소설사에서 현대 소설의 최고봉으로 평가받는다.

¶

루앙Rouen은 플로베르의 태생지이자 고등교육을 받은 곳으로 중세기의

루앙 시립병원 관사. 플로베르가 태어나 성장한 곳. 현재 플로베르 박물관

고딕식 대성당이 도심 한가운데를 차지하고 있는 유서 깊은 노르망디의 고도古都이다. 비옥한 평원에서 자란 젖소들의 우유와 치즈, 그리고 밀과 보리의 집결지인 만큼 루앙은 일찍이 식문화가 발달했고, 플로베르를 비롯해 모파상, 아니 에르노를 배출한 소설의 성소聖所이다. 루앙을 중심으로 센강 변의 마을과 언덕, 하구와 포구에는 이곳 태생의 이 작가들뿐 아니라 프루스트와 뒤라스, 키냐르 등 프랑스 소설사에 등재된 소설가들의 족적이 새겨져 있다.

어떤 사람이 소설을 쓰고, 소설가가 되는가. 우선 두 가지를 제시하면,

집안의 장남은 부적격자이다. 평생 생계로부터 자유롭게 글에만 전념할 수 있는 유산遺産이 있어야 한다. 세계 소설사에 등재된 소설가들의 면면을 살펴본 평자들이 내린 결론이었고, 그것은 20세기까지 유효했다. 가부장제 시스템이 가정이나 사회, 문학 영역까지 견고하게 작동되던 시기였다. 소설가 플로베르는 다행히 차남이었다. 그리고 명문가에서 유복하게 태어났다. 생계를 책임지지 않아도 될 만큼, 죽을 때까지 집과 식탁과 집필실이 보장되었다. 시립병원장인 아버지 플로베르는 죽기 직전 루앙 교외 크루아세Croisset에 별장을 마련했는데, 아들이 대학으로 돌아가 학업을 마치지 않고 평생 그 집에서 소설에 순교하듯 생生을 바치리라고는 생각하지 못했을 것이다. 플로베르는 아버지가 세상을 떠나자 어머니와 요절한 누이동생이 남긴 딸과 함께 이 크루아세 별채에서 소설 쓰기에 헌신하며 죽을 때까지 36년 동안 살았다. 그는 매일 규칙적으로 글을 썼고, 마을 사람들이 다 들을 수 있을 만큼 쩌렁쩌렁 울리는 소리로 원고를 읽었다. 과잉된 자의식의 기질을, 외과 의사가 메스로 도려내듯이 불필요한 문장과 묘사를 삭제하며 소설을 하나의 예술작품으로 조탁했던 그에게 고성 낭독은 일종의 퇴고 작업이었는데, 마을 사람들에게는 일일 연재 드라마였던 것이다.

¶

루앙 대성당 옆 카테드랄 호텔에 묵을 때에는 이른 아침에 일어나 도심 산책을 한다. 대성당 내부와 대성당 앞은 엠마의 외출이 외도로 이어져

센강 지류 강변 마을 크루아세의 플로베르 파비옹(별채)

파비옹 안마당

과감해지는 현장이다. 노르망디 북구 포구들을 여행하고 돌아오는 길에 들를 때에는 크루아세, 루앙 대성당, 모뉘망탈 공동묘지Cimetière Monumental, 리Ry 순서로 돌아본다. 플로베르는 루앙 시내가 한눈에 내려다보이는 언덕의 모뉘망탈 공동묘지에 아버지와 어머니, 그리고 사랑하는 여동생과 함께 영면해 있다. 그가 태어나고 성장한 루앙 시내 집에서 8킬로미터, 그가 오직 소설만 쓰며 살다가 죽은 크루아세 별채에서는 13킬로미터 거리이다. 모뉘망탈 묘지 언덕을 넘어 20킬로미터 거리에 『마담 보바리』의 주요 무대인 리 마을이 있다.

모뉘망탈 묘지 입구에 차를 세워놓고 플로베르 가족묘를 향해 방향표를 따라 걸어가다가 보면 묘비 하나가 시선을 붙잡는데, 바로 『마담 보바리』를 펼치면 플로베르가 책

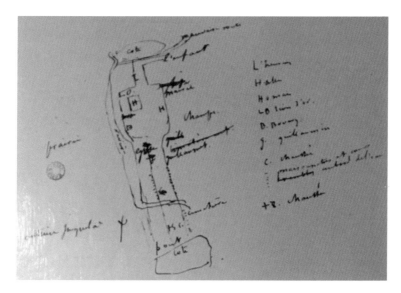

철저한 고증과 답사를 통해 작성한 『마담 보바리』 공간 스케치.
소설의 용빌아베이 배치도. 실재 리$^{RY}$ 마을

을 헌정한 두 사람 중 한 사람인 루이 부이예의 묘이다. 『마담 보바리』는 신문 연재소설로 독자와 만나 폭발적인 인기를 얻었고, 출간하자마자 '공중 도덕 및 종교에 대한 모독'의 이유로 소송에 휘말렸다가 승소함으로써 더욱 뜨거운 열기로 베스트셀러가 되었다. 플로베르는 승소를 이끈 변호사 쥘 세나르에게 첫 번째 헌정을 하고, 두 번째 헌정을 예리하고 애정 어린 조언을 아끼지 않은 친구 루이 부이예에게 했다. 『마담 보바리』는 기질적인 주관성과 낭만성을 도려내고, 철저하게 과학적이고 객관적인 사실을 문학의 영역으로 승화시킨 고행의 산물이었다. 그는 저속함 속에 서정을,

갤러리 보바리 쪽에서 바라본 리 마을 전경

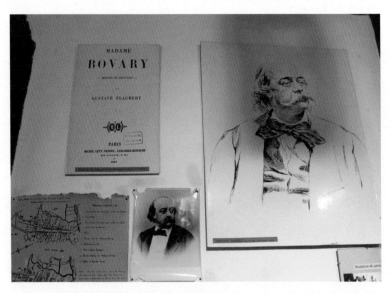

『마담 보바리』 초판본과 플로베르

비정함 속에 아름다움을 갈구했다. 통속 불륜 소설의 주인공으로 전락할 기혼 여성 엠마의 존재감을, 욕망과 몽상에 압도되어버린 새로운 인간을 다양한 위치, 다양한 시선으로 조명함으로써 인물과 환경, 내용과 형식이 상호 작동되는 새로운 형식의 소설을 창조했다. 바로 욕망의 화신인 현대인, 현대 소설의 스타일이 탄생하는 순간이었다. 쿤데라는 생래적인 낭만성을 거세하고 완벽한 소설을 완성한 플로베르의 글쓰기 전환점을 개종의 역사로 추앙했다.

모뉘망탈 묘지에 들어서서 플로베르에게 가는 길목에 루이 부이예가 영면해 있다. 그는 아버지 플로베르의 제자로 의학 공부를 했다가 그만두고 시인이 되었고, 소설가 플

리 마을의 플로베르 기념상

로베르의 원고를 누구보다 날카롭게 읽어주던 문우였다. 그의 이름이 새겨진 묘 앞에 서 있자니 플로베르 가족들이 죽어서도 함께하고 있는 그를 다정하게 지켜보고 있는 것 같다. 바람이 살랑 불어 나뭇잎이 미세하게 흔들릴 뿐 사방이 고요했다. 발걸음을 옮겼다. 한낮의 정적 속에 울리는 발소리를 들으며 플로베르에게 다가갔다.

플로베르 가족묘
앞줄 왼쪽이 귀스타브 플로베르, 오른쪽은 동생 카롤린, 뒷줄은 아버지와 어머니의 묘

모뉘망탈 공동묘지.
루이 부이예 묘. 뒤 왼편에 플로베르 가족묘가 보인다.

모뉘망탈 묘지에서 내려다본 루앙.
루앙 대성당이 보인다.

글을 쓴다는 것은, 더 이상 자기 자신이 아니게 되고 결국 자기의 이야기 대상인 온갖 피조물들 속을 마음대로 돌아다닐 수 있게 되는, 감미로운 일이다. 그러니까, 오늘 나는 남자인 동시에 여자이고, 사랑에 빠진 남자인 동시에 사랑받는 여자가 되어 숲속으로 말을 타고 돌아다녔는데 나는 말이고 나뭇잎이고 바람이고 사람들이 하는 말소리였다.

—미셸 레몽, 『프랑스 현대 소설사』

# 너무 일찍 혹은 너무 늦게 도착한 사랑과
## 어긋난 길들
### ―체호프의 모스크바 노보데비치 수도원 묘지

모스크바행 열차는 밤 11시 38분에 출발하기로 되어 있었다. 막 도착한 열차와 발차를 기다리는 열차 엔진이 플랫폼마다 열기를 내뿜고 있었다. 엷은 어둠이 내리기 시작했고, 여행자들은 장거리 야간열차에 탑승하기 위해 캐리어를 끌고 걸음을 재촉했다. 어딘가로 떠나는 사람들, 이제 막 도착한 사람들의 표정과 발걸음에 익숙해질 때도 되었는데, 아니었다. 강물을 거슬러 먼 곳에서 돌아오는 연어 떼처럼 상기된 얼굴로 밀려오는 여행자들을 매번 떨리는 마음으로 바라보고 서 있는 것이었다. 누군가 내 어깨를 툭 치고 가지 않았다면, 누군가 열차간 입구에서 나를 부르지 않았다면, 나는 언제까지고 그렇게 서 있었을 것이었다.

열차시각표. 상트페테르부르크 모스크바 역

    출발 5분 전. 발차가 임박했다는 안내 방송이 나오고 있었다. 플랫폼
을 가득 메웠던 여행자들은 순식간에 뿔뿔이 빠져나가고, 나만 덩그러니
서 있었다. 나는 열차간을 찾아 좌석을 확인하고, 가방을 선반에 올리고,
자리에 앉았다. 왠지 모를, 슬픔 비슷한 감정이 솟았다. 여수旅愁인가? 낯선
도시를 오가는 여정이 무리 없이 마무리되었다는 안도감과 피로감. 모스
크바에서 상트페테르부르크로, 다시 모스크바로. 창밖을 바라보았다. 플
랫폼 지붕들, 기둥들, 철로들. 그 끝에 역무원이 보였다. 정각定刻. 역무원이
호루라기를 불었다. 그러자 미세하게 열차가 움직이기 시작했다. 이 순간
이 지나가면 다시는 만나지 못할 정인情人이 차창 밖에 서 있기라도 한 듯,

상트페테르부르크에서 모스크바로 가는 야간 열차

다시 가방을 챙겨 내리고 싶은 충동에 사로잡혔다. 무엇, 아니 누구를 생각했던가. 톨스토이의 안나(『안나 카레니나』)를 생각했던가. 체호프의 니나(『갈매기』)를 생각했던가. 도스토옙스키의 소냐(『죄와 벌』), 아니 그의 구원자이자 동반자였던 아내 안나를 생각했던가. 미련이 남았다. 좀 더, 머물고 싶었다. 좀 더, 돌아보고 싶었다. 특히, 묘지와 극장. 도스토옙스키가 묻혀 있는 넵스키 수도원 묘지와 체호프에게 끔찍한 실패의 참담함을 안겨준 알렉산드린스키 극장. 파리에서라면, 과감하게 그럴 수도 있었다. 그러나, 상트페테르부르크에서 나는 그러지 못했다. 혼자, 자유롭지 못했다. 아니, 용감하지 못했다. 좀처럼 어둠이 내리지 않는 도시를, 그 이름을, 푸시킨처럼, 불러볼 뿐이었다. 상트페테르부르크여, 백야白夜여!

상트페테르부르크 네바강 변의 에르미타주 박물관

운하 도시 상트페테르부르크

상트페테르부르크의 모스크바 역에서 모스크바의 레닌그라드 역까지 달려오는 동안, 밤은 새벽을 지나 아침이 되었다. 나는 잠을 잤던가. 잠이 드는 순간도, 잠에서 깨어나는 순간도 기억나지 않았다. 그렇다면 나는 열차 바퀴가 쉬지 않고 질주하는 내내 한순간도 잠을 이루지 못한 것인가. 1년 전, 크라스노야르스크에서 이르쿠츠크까지 시베리아 횡단열차를 타고 밤과 낮을 달리는 동안에도 나는 거의 잠을 이루지 못했다. 그 긴 시간 동안 나는 무엇을 했던가. 소설을 읽었던가. 글을 썼던가. 생각을 했던가. 열차에서 내리고 나서 뒤돌아보니, 자작나무들 외, 아무것도 기억나지 않았다. 차창 밖을 스치고 지나가던 해 질 녘의 자작나무, 자정 너머 까만 어둠 속에 희끗희끗 빛나던 자작나무, 어슴푸레한 여명 속에 어른거리던 자작나무…… 상트페테르부르크에서 모스크바에 이르는 길 위에서 하나 아닌 안나들, 그녀들의 운명에 사로잡혀서 밤을 하얗게 지샜다. 열차에서 내리고 보니, 안나들이 내 안에 자리 잡고 있었다. 밤은 얼마나 짧고, 소설은 얼마나 긴가. 톨스토이의 안나, 도스토옙스키의 안나, 체호프의 안나(「사랑에 관하여」의 안나 알렉세예브나 또는 「개를 데리고 다니는 여인」의 안나 세르게예브나), 그녀들의 표정, 그녀들의 운명이 시작되는 언저리만을 되새겨보는 데도

모스크바 국립 굼 백화점. 붉은 광장을 가운데 두고 크렘린궁이 마주보고 있다.
발터 벤야민의 아케이드 연구의 출발점이다.

하룻밤이 모자랐다.

모스크바의 레닌그라드 역에 도착할 즈음, 한 가지 분명한 생각에 빠져들었다. 2년 연속 여름만 되면 러시아행 비행기에 올랐다. 중부 시베리아 크라스노야르스크로, 동부 이르쿠츠크로, 수도 모스크바와 남서쪽 블라디미르, 툴라, 야스나야폴랴나, 수즈달 등으로, 그리고 북서쪽 끝, 발트해 연안의 상트페테르부르크까지 돌아보았다. 모든 것을 내가 기획하고,

예약하고, 실행한 여행들과는 달리, 러시아에서의 일정은 일행들과 함께 움직이고 호흡하느라 자유로운 동선을 생각할 수 없었다. 상트페테르부르크로부터 멀어질수록 차오르는 아쉬움과 함께 오직 하나의 열망이 나를 사로잡고 있었다. 모스크바에 도착하면, 시간을 최대한 끌어모아 나만의 행로를 감행하는 것이었다.

먼 곳까지 가서 제한된 시간에 누군가의 묘지를 찾아가는 행위는 흔한 것이 아니다. 상트페테르부르크에서 도스토옙스키의 집을 방문하고 『죄와 벌』의 현장을 찾아갈 때에도 다른 매혹적인 것들을 포기해야만 했다. 모스크바에서의 마지막 날, 일정에 없는 노보데비치 수도원 묘지에 가겠다는 나만의 행로는 공항으로 출발하기 전 짧은 시간 안에 수행해야 하는 자유 미션과 같았다. 나의 은밀하고도 돌발적인 묘지행은 하랑이 없었다면 가능하지 않았을 것이다. 하랑은 모스크바 국립대학교에서 한국어와 문학을 공부하는 1학년 학생으로 심포지엄 발표장에서 만났다. 본명은 알리사 체칼리나. 심포지엄이 끝나자마자 나는 알리사와 그녀의 동급생 아르굴과 함께 교정을 벗어나 모스크바 시내를 걸었다. 알리사도 아르굴도 나도 외국문학도였다. 나는 프랑스어문학 전공생, 그들은 한국어문학 전공생. 오래전 프랑스어문학과 학생이었던 나에게 프랑스에서 온 선생은 프랑스 이름을 지어주었다. 나에게만 그런 것은 아니었다. 프랑스어 회화 필수 교과목을 수강하는 학생들 모두에게 적용되었다. 본명과 비슷한 어감의 프랑스 이름을 짓거나, 평소 학생이 선호하는 이름으로 짓기도 했다. 알리사와 아르굴은 눈빛을 반짝이며 호기심을 보였다. 자신들의 이름을 한국명으로 짓는다면 무엇으로 할까. 어떻게 모스크바 다리 위까지 걸어왔는지 모를 정도로, 우리 셋은 이름 짓기에 열중했다. 좋아하는 아이돌 그룹 이름들까지 섭렵한 결과 알리사는 하랑, 아르굴

국립 모스크바 대학교 인문대학. 한국어문학부가 이곳에 있다.

은 아연이라는 이름이 생겼다. 그리고 나는 그 순간 이후, 상트페테르부르크에 며칠 다녀와서 재회했을 때, 그리고 귀국해서 서로 편지를 주고받을 때, '알리사에게'라고 쓰지 않고 '하랑에게'라고 썼다.

사람과 사람 사이 맺어지는 인연의 시작은 얼마나 돌발적이고 비의지적인가. 모스크바행 비행기에 오르기 전까지 나는 하랑과 아연이라는 이름을 만나게 될 줄은 상상하지 못했다. 오래전부터 알아온 선생과 제자처럼, 아니 작가와 독자처럼 우리는 모스크바 거리를 활보하며, 눈물이 새어 나오도록 웃고 대화할 줄은 꿈에도 생각하지 못했다. 우리는 모스크바강에 이르러 다리 한가운데에서 크렘린궁과 바실리카 성당 그리고 유유히 흐르는 강물을 오래도록 바라보았고, 스탈린 양식의 첨탑이 치솟은 고

푸시킨의 집. 모스크바 아르바트 거리

육중하고 화려한 모스크바 지하철 통로

층 건물들을 찾아 세어보기도 했고, 아르바트 거리의 악사들 앞에서 가볍게 박자를 맞추어보기도 했고, 도스토옙스키가 비둘기들의 친구가 되어 앉아 있는 국립도서관 앞에 이르러 작가의 동상에 등을 기대고 앉아 생각에 잠기기도 했다. 그들과 함께 이 거리, 저 거리 걸어 다니며, 모스크바 사람들의 삶의 장면들이 눈에 들어오기 시작했다. 동서 냉전기에 청소년기를 보내면서 뇌리에 각인되어 있던 공산주의 수도로서의 모스크바가 새로운 인상으로 다가왔다. 모스크바강에서부터 도스토옙스키가 굽어보고 있는 국립도서관 앞 광장에 이르도록 깨달은 많은 것 중에 결정적인 것은 모스크바는 석양이 아름다운 도시이고, 사람들은 유독 작가를 사랑한다는 것이었다. 그만큼 모스크바에서 나를 사로잡은 순간들은 대부분은 석양과 동상銅像이었다.

내가 생애 처음 먼 곳을 꿈꾸어 패스포트를 마련한 것은 폴 발레리의 시 한 편, 그 시의 공간,「해변의 묘지」에 이끌려서였다. 남프랑스 서쪽, 지중해안의 작은 항구 세트Sète에 간 것은 꿈을 품은 지 8년 만이었다. 스무 살에서 스물여덟 살까지 나는 오직 그곳에 닿기 위해, 학교와 직장에 다녔고, 원고를 썼다. 그리고 삼십여 년이 흘렀다. 시인은 자신의 시의 무대에 영면해 있었다. 처음 나를 꿈꾸게 했던 그 순간, 그 마음처럼, 나는 지금도 학교와 직장에 다니고 있고, 원고를 쓰고 있다. 그리고 그것은 삶이 되었다. 모스크바에서 상트페테르부르크로, 다시 모스크바로 돌아오는 여정의 끝은 누군가의 영면처가 될 것이었다.

국립도서관 앞 도스토옙스키 동상

마르크스와 볼쇼이 극장.
광장을 사이에 두고 마주 보고 있다.

날이 밝으면, 체호프[1860-1904]에게 갈 것이었다. 하랑이 이끄는 대로, 지하철을 타고, 노보데비치 수도원 묘지로 갈 것이었다. 모스크바에서의 마지막 밤, 창밖은 늦도록 어두워지지 않았고, 전자책 서가에서 체호프의 소설을 펼쳤다. 마치 연애상담사처럼, '왜 그녀는 나 아닌 그를 만났는지', '왜 나는 그보다 먼저 그녀를 만나지 못했는지', 이미 벌어진 삶 뒤에 만난 사랑의 실수로 괴로워하는 체호프의 그녀와 그 들 이야기에 귀를 기울이고 가슴 아파하느라 잠을 못 이루었다. 날이 밝으면, 하랑이 올 것이고, 나는 체호프의 언어로 그의 문장들, 그와 그녀의 대사들을 청해 듣고 싶었다.

노보데비치 수도원 묘지 가는 길. 하늘은 파랗고, 태양은 번쩍였다. 체호프에게 닿기까지, 나는 폴 발레리의 「해변의 묘지」를 꿈꾸기 시작한 스무 살부터 유럽은 물론 아시아, 아메리카 등지에서 헤아릴 수 없을 만큼 많은 작가와 시인, 화가와 음악가 들의 영면처를 찾아다녔다. 평생 써온 소설의 여정과 다르지 않았다. 이러한 사랑, 이러한 집착은 어디에서 오는 것일까. 체호프의 그녀와 그 들은 소설과 연극을 달리하며 되묻는다. 우리 인생에서 벌어지는 이러한 사랑은 무엇이고, 어떤 의미인지. 누군가에게는 너무 일찍, 또 누군가에게는 너무 늦게 도착한, 또 누군가에게는 영영 가망 없는 사랑, 어긋난 사랑의 시간과 길들. 체호프의 소설은 모두 예외 없이 질문을 품고 있다. 하여, 체호프의 소설을 읽는 일은, 그가 불러낸 그 들과 함께 저마다의 사정(운명)에 대한 답(본질)을 찾아가는 과정이다. 답은 구하려고 할수록 찾아지지 않는다. 본질의 속성처럼. 다만, 끌어안고 함께

니콜라이 고골 동상

탄식하고, 아파하고, 다독일 뿐이다. 다독임 끝에 누군가는 체념처럼, 또 누군가는 다짐처럼 되뇌일 뿐이다. "그럼에도 불구하고, 사랑은 아름답다. 삶이 계속되듯이."

누군가의 마음 상태를 알려면 그 사람의 방에 가보라. 누군가의 생애, 그 사람의 기질을 알려면 그 사람의 묘지, 영면처에 가보라. 그동안 수차례 찾아간 프루스트, 베케트, 카뮈, 사르트르와 시몬 드 보부아르, 뒤라스, 보들레르, 랭보 등의 묘지 앞에서 터득한 내 나름의 진실이다. 누군가의 묘지는 사랑으로 가득하고, 누군가의 묘지는 고독으로 충만하고, 누군가의 묘지는 정갈하고 아름답다. 이들 앞에 서기까지, 묘지 약도를 손에 쥐고도 몇 번 헤매기 일쑤인데, 그만큼 묘원의 규모가 방대하고, 복잡하기 때문이다. 특히, 묘비명들이 해독 불가능한 러시아어로 씌어진 노보데비치 수도원 묘지에서는, 하랑이 아니었으면, 그곳에 있으면서도, 체호프의 묘를 찾아갈 방도가 없었을 것이다.

한여름 공동묘지에는 태양빛이 내리쬐고 있었고, 울창한 나무들이 푸르른 그늘을 드리우고 있었다. 노보데비치 수도원 공동묘지는 파리의 몽파르나스, 페르 라셰즈, 빈의 중앙묘지를 연상시킬 만큼 규모가 컸다. 하랑이 묘지 약도를 들고 열심히 체호프를 찾아갔고, 마침내 아름다운 유리로 장식된 작은 예배당 같은 곳으로 들어갔다. 나도 따라 들어갔다. 스무 살 소녀답지 않게, 하랑이 미션을 완수했다는 흡족한 표정으로 내게 웃어

안톤 체호프와 아내 올가 크니페르의 묘.
노보데비치 수도원 묘지. 모스크바

보였다. 유리를 투과해 들어오는 태양 빛으로 이마에 땀이 맺힐 정도로 뜨거웠다. 체호프가 여기 잠들어 있구나! 하랑에게 활짝 웃어 보이며 체호프의 이름과 생몰 연도를 찾았다. 그러자 하랑이 깜짝 놀라며, 체호프 묘가 아닌 것 같다고 밖으로 나갔다. 하랑의 뒤를 따라 걸었다. 하랑은 묘지 양쪽을 두리번거리며 안쪽으로 들어갔다가 나왔다를 반복했다. 돌아갈 시간이 얼마 남지 않았다. 하랑의 발걸음이 복잡해졌고, 빨라졌다. 처음, 지중해안, 해변의 묘지에 들어서서, 몇 번을 헤맨 끝에 비로소 찾았던, 그 후로도 대상은 달라져도 매번 같은 행로가 되풀이되던 장면들이 주마등처럼 스쳐 지나갔다. 바짝 뒤따라가면 하랑을 재촉하는 것이어서, 주변을 천천히 둘러보며, 걸음을 늦추었다. 그러자 어느 순간 하랑이 눈앞에 보이지 않았다.

　체호프의 묘지는 그의 문장처럼 단아했다. 그는 1904년 독일 바덴바일러에서 마지막 숨을 놓았다. 그의 나이 45세, 모스크바 예술극장의 배우 올가 크니페르와 사랑에 빠진 지 6년, 그녀와 결혼한 지 3년째 되던 해 6월이었다. 체호프 옆에 올가의 묘가 하얀 대리석으로 자리 잡고 있었다. 그뿐인가. 상트페테르부르크 초연에서 참패했던 〈갈매기〉를 모스크바에서 대성공으로 이끌었던 연출가 스타니슬랍스키의 묘도, 러시아 소설의 대부 고골도 그의 지척에 잠들어 있었다. 성하의 울울한 나무 그늘이 드리운 체호프 부부의 영면처는 정갈하고 아름다웠다. 뒤늦게 실수처럼 찾아온, 아니 깨달은 사랑. 도무지 찾을 수 없는 미로 속의 본질, 또는 실마

연출가 스타니슬랍스키의 묘. 체호프의 묘 건너편에 있다.

니콜라이 고골 묘 전경

체호프의 아내 올가 크니페르 묘

리. 이 모든 것을 감싸고 있는 통찰력과 꿰뚫음 속에 흐르는 단아함과 서정성. 가슴이 벅차올랐다. 뭔가, 고백하고 싶었다. 그러나, 돌아갈 시간이었다. 나는 고백 대신 짐짓 짓궂은 표정으로 체호프에게 인사를 하자고 하랑에게 제안했다. 하랑은 즉시 해맑게 웃었고, 나는 연극 동작처럼 손을 하랑 쪽으로 뻗었다. 체호프를 뒤로하고 수도원의 붉은 문을 빠져나오면서 하랑에게 체호프의 언어로 꼭 듣고 싶은 문장을 속삭였다. "외롭게 사는 사람들은 항상 그 영혼 속에 기꺼이 이야기하고 싶은 무언가를 품고 사는 법이다."(체호프, 「사랑에 관하여」)

# 자작나무 오솔길을 걸어
# 사과나무 과수원을 지나
### ─톨스토이의 영면처 야스나야 폴랴나

거기에는 아무것도 없었다. 오직 하늘 아래 새소리뿐. 그것이 무엇인지 누군가 귀띔해주지 않았다면, 나는 방금 지나온 자작나무 숲과 사과나무 밭에서처럼 걸음을 늦추거나 잠시 발길을 멈추어 그대로 서 있다가 조용히 다시 앞으로 이어지는 오솔길을 걸어갔을 것이었다.

내가 서 있는 곳은 러시아의 작은 마을에 있는 톨스토이 영지領地의 숲길. 6월 28일 아침 9시, 모스크바에서 남쪽으로 180킬로미터 떨어진 툴라라는 도시로 떠났다. 비가 내리고 있었다. 툴라에서 점심 식사를 하고, 톨스토이가 태어나고 묻힌 야스나야 폴랴나 마을로 향했다. 어느새 비가 그쳐 있었고 사방이 촉촉하고 싱그러웠다. 영지에 들어서자 왼편에 작은 연

못이 있고, 앞으로 오솔길이 길게 나 있었다. 길옆으로 자작나무가 환영하 듯 길게 늘어서 있었다. 자작나무 길을 걸어 올라가자 톨스토이의 하얀 집 이 보였다. 순간, 몇 년 전 인상 깊게 보았던 영화가 까맣게 잊혔다가 되살 아났다. 귀족으로 태어나 젊은 시절 심하게 흔들리고 방황하다가 진정한 삶의 내용과 방향을 찾고 실천했던 82년의 일생을 회상 장면으로 환기해 보여주며 시골 간이역사에서 숨을 거두기까지 마지막 1년을 담은 〈톨스 토이의 마지막 인생 The last train of Tolstoy〉(마이클 호프만 감독, 2010)이었다.

청춘 시절부터 작가, 화가, 음악가의 무덤들을 찾아다녔다. 작품들만 큼이나 무덤의 형식과 묘비명들이 개성적이었다. 살아서는 평생 결혼하 지 않고 여러 형태의 동거 관계를 시험했으나 죽어서는 합장되어 있는 파 리 몽파르나스 묘원의 사르트르와 보부아르의 묘와 의붓아버지의 가족묘 에 합장되어 있는 시인 보들레르, 아일랜드 북서쪽 항구 도시 슬라이고의 작은 교회 묘지에 묻혀 있는 시인 예이츠, 에게해 크레타섬의 베네치안 성 벽에 묻혀 있는 니코스 카잔차키스. 가장 아름답게 여운이 남아 있는 것은 "삶에도 죽음에도 차가운 눈길을 던져라. 말 탄 자여 지나가거라"라는 예 이츠의 묘비명과 "나는 아무것도 바라지 않는다. 나는 아무것도 두려워하 지 않는다. 나는 자유다"라는 카잔차키스의 묘비명이었다.

톨스토이 1828~1910의 영면처는 어떠한가. 무엇을 새겨 남겨놓았나. 그의 글처럼 '사람에게는 어느 만큼의 땅이 필요한가'를 생각했다. 살아서든 죽

톨스토이 영지의 톨스토이 집.
톨스토이는 소설가에서 사상가로 나아가는 과정에 무소유를 실천했다.

톨스토이 묘지로 가는 길의 사과나무 과수원

어서든. 동시에 '이반 일리치의 죽음'을 둘러싸고 벌어지는 인간 군상들의 태도와 죽음에 직면한 이반의 고통과 분노와 깨달음도 스쳤다. 한 사내의 죽음 전후를 내세우고 있는 만큼, 이 소설은 삶에 대한 통찰을 예리하게 다루고 있다. 세계 소설사에서 톨스토이는 소설가에서 사상가로 나아간 몇 안 되는 존재이다. 모스크바로 돌아오는 길, 슬퍼하지도 생각하지도 말고, 아무것도 세우지 말고 그저 소박하게 묻어달라던 톨스토이, 하늘을 사랑하여 하늘을 잘 보이게만 해달라고 당부했다던 톨스토이의 마지막 말이 귓전에 맴돌았다. 하늘과 새소리, 그리고 초록의 자연뿐 아무것도 새겨놓지 않은 톨스토이의 무덤은 지금까지 우여곡절을 겪으며 찾아갔던 세상의 수많은 예술가들의 무덤 중 가장 자연스럽고 숭고했다.

톨스토이의 묘.
슬퍼하지 말고, 생각하지도 말고, 아무것도 세우지 말고,
그저 소박하게 묻어달라고 유언한 대로 묘석도 비석도 없이 오직 초목과 새소리뿐,
묘를 가운데 두고 잔풀 사이로 가느다랗게 길이 나 있다.

# 베네치아, 사랑 혹은 죽음에 이르는 병
## ─토마스 만의 베네치아와 리도

그해 여름 베네치아행 열차를 타기까지 나는 두 번 약속을 어겼다. 두 번 다 나 자신과 한 약속이었다. 연인들의 입술을 타고 내리는 달콤한 언약이란 얼마나 허황된 것이랴. 나는 오만하게도 그때까지 사랑을 믿지 않았던가 보았다. 아니면, 사랑을 끔찍하게도 숭배했던가. 매년 파리를 드나들면서도, 여름 내내 유럽 철도<sup>eurail</sup>를 따라 대륙을 누비고 다니면서도 유독 베네치아행 열차를 피해왔는데 그 이유가 있었다. 베네치아는 나에게 하나의 유혹, 그 이름을 입에 올리기만 해도 어지러운 에로스였던 것. 더 직접적으로는 사랑이었던 것. 다가갈수록 피할 수 없는 죽음이었던 것. 그런 의미에서 토마스 만<sup>Thomas Mann, 1875~1955</sup>의 『베네치아에서 죽다』는 뱀처럼 물길 현란한 수도<sup>水都</sup>를 향한 욕망의 이정표였던 것. 고백하자면 『베네치아에서 죽다』를 읽은 후의 나는 더 이상 예전의 내가 아니었다.

¶

　사랑이 막 시작되거나, 사랑을 잃어버렸을 때, 사람들은 베네치아를
꿈꾼다. 첫눈에 마음을 점령해버린 사랑의 위력을 어쩌지 못해, 혹은 그
사랑의 쓰라린 실연의 상처를 위무하기 위해 우리가 자기도 모르게 동
쪽 바다로 달려가듯이 유럽인이라면 사랑을 가볍게 목에 걸고 베네치아
로 간다. 프랑스의 여성 작가 아니 에르노의 자전 소설(『단순한 열정』)과 그
의 33세 연하 연인 필립 빌랭이 그녀와의 사랑을 역시 자전 소설로 기록
한 『포옹』에서의 베네치아는 사랑, 그 전과 후의 여정으로 실감나게 등장
한다. 『단순한 열정』의 그녀의 삶은 하루하루 연인과 이별한 날을 기점으
로 의미가 부여되고, 그 속에서 그녀는 그를 만나기 직전으로 돌아가고 싶
은, 다시 시작하고 싶은 부질없는 갈망에 휘둘린다. 그녀는 왜 그와 사랑
에 빠졌는가. 그를 만나기 직전 혼자 베네치아를 다녀왔기 때문이다. 그녀
는 그렇게 생각하는 것이었다. 그래서 『포옹』의 '그녀(아니 에르노)는 베네치
아에서 처음으로 사랑이라는 단어를 입 밖에 내었다.' 그녀는 새로운 사랑
에 빠질 때마다 새 연인과 베네치아로 갔다. 파리에서 베네치아에 이르는
열한 시간 동안 열차 안에서 그와 몇 번인가 사랑을 나누고, 열차가 바다
로 면한 베네치아의 산타루치아 역으로 들어서기 직전 그에게 말한다. '베
네치아를 발견하는 네 눈을 다시 보고 싶어.' 여느 연인들처럼 자신들만의

특별한 밀월여행을 한 뒤 그가 그녀와의 사랑의 흔적을 벽에 둘의 이니셜로 새기지만 그녀는 그에게 이별 후 『단순한 열정』의 그녀처럼 그가 홀로 베네치아를 찾아올 그 어느 날을 미리 들려줄 뿐이다. '네가 다시 베네치아에 왔을 때 달라진 것은 아무것도 없을 거야.'

¶

아니 에르노의 『단순한 열정』(1991)과 필립 빌랭의 『포옹』(1997) 사이를 오가다 보면 사랑의 여정에 놓인 베네치아의 두 얼굴을 확인할 수 있다. 베네치아는 열애 중이거나 실연 중이거나 언제나 훈풍을 동반한 불온한 물결로 흔들린다. 그들 소설 속 풍경뿐만 아니라 얼마나 많은 예술가들이 그런 식으로 베네치아를 오고 갔는가. 그러나 그 어떤 표정도 토마스 만의 『베네치아에서 죽다』처럼 치명적이지는 않다. 토마스 만의 사랑이란, 바로 죽음에 이르는 병, 자기애에 빠진 한 남자의 극단적인 몸짓, 아드리아해의 광막한 물결 속에 사랑을 표류시킨 채 장렬하게 자멸하는 한 나르키소스의 운명을 따르고 있기 때문이다.

¶

내가 베네치아행 열차를 탄 곳은 로마였다. 로마 도심 투스콜라나 거리 725번지. 그곳 아파트 5층에 머문 지 일주일이 지난 어스름 새벽이었다. 테베레강 변의 산탄젤로성 외랑에서 바라본 바티칸 왼편의 소나무들과 아직도 발굴이 끝나지 않은 팔라티노 언덕 폐허 속의 소나무 풍경은 로랭의 풍경화에서 익힌 잊을 수 없는 장면들이었다. 베네치아는 로마에서 530킬로미터 떨어져 있었고, 국경을 자유롭게 넘나드는 초고속 유로 스타로 네 시간 반이면 베네치아 산타루치아 역에 닿을 수 있었다. 파리에서 번번이 베네치아행 티켓을 접으면서도 나는 언젠가는 베네치아에 가리라는 기대를 저버리지 않았었는데, 그 출발지가 로마가 되리라고는 예상치 못했다. 그러나 로마의 테르미니 역에서 새벽 6시 55분발 베네치아행 열차에 오르자 파리에서의 불발이 오히려 무의식적인 기피였다는 것을 깨달았다. 8월 한 달간 로마에서 살아볼 집을 얻으면서도 내 머릿속은 온통 베네치아에 쏠려 있었다. 나의 이탈리아행이란, 그러니까, 로마행이란 궁극적으로 베네치아행을 뜻하는 것이었다. 그렇다면 한 달간의 체류지로 나는 왜 베네치아가 아닌 로마를 선택했는가. 그것은 『악령』의 도스토옙스키를 전율시킨 클로드 로랭에게 향하는 고대로의 동경과 관련되기도 했고, 또 1년에 걸쳐 지겹게 붙잡혀 있던 아르테미시아 젠틸레스키라는 로마 태생 서양 최초의 여성 화가의 족적과 관련되기도 했다. 그러나 그렇다고 그것만이 전부는 아니었다. 이유는 정작 다른 데 있었다. 가보지도 않고 베네치아는 절대 오래 있을 곳이 못 된다고 말하면, 수백 갈래의 혼탁한 물길로 분열된 늪지를 떠도는 해로운 공기를 본능적으로 감지했다고 말하면, 그래서 '시로코 열풍과 뒤섞인 바닷바람'을 오래 쐬면 불치의 전염병에 걸려들고 만다고 말하면, 그러면 정말 죽을 수도 있다고 말하

면, 지나친 과장일까? 내가 이렇게까지 나약한 엄살에 휘말린 것은 순전히 토마스 만 때문이었다.

> 숫염소의 몸에서 나는 역한 냄새, 헐떡이는 육체들이 내뿜는 숨결, 썩은 물에서 나는 듯한 악취. 거기다가 또 하나의 다른 냄새, 그러니까 그(아셴바흐)가 익히 잘 알고 있는 냄새까지 났는데, 그것은 상처와 만연하는 전염병의 냄새였다.
>
> ─토마스 만, 『베네치아에서 죽다』

상처와 만연하는 전염병의 냄새라니! 인생의 황혼기에 접어든 사내 아셴바흐는 그 냄새에 그만 정신을 잃고 말았다. 50세의 이 고집 센 남자를 완전히 쓰러뜨린 그 고약한 냄새란 어떤 것인가. 그는 '현혹, 모든 것을 마비시키는 정욕이 사로잡았다'고 했다. 베네치아는 이미 작가로서 존경과 명성을 쌓은 그가 여름 한철 요양을 위해 가곤 하던 산악 지대의 별장에서 한참 어긋난 곳이었다. 그가 살던 당시 베네치아란 몇 년 전부터 유명해진 아드리아해의 어떤 섬에 불과했다. 50세 생일을 기점으로 귀족 칭호를 부여받은 그는 자기 자신과 유럽 정신이 부과한 창작의 의무에만 매달려 잠깐의 휴식조차 내팽개쳐버린 채 자기 영역에 자족하며 살 뿐이었다. 그런 그가 베네치아까지 흘러가게 된 데에는 별장 수리가 늦어졌기 때문이었지만, 그러나 그것은 어디까지나 표면적인 이유일 뿐이었다. 베네치아는 어느 날 불현듯 그에게 들이닥친 것이었다. 그의 말대로 전염병처럼.

베네치아 본섬

그 병은 처음 인도에서 시작되었다는 말(콜레라)이 있으나 이 수상 도시에 이르러서는 하나이되 여러 가지 병명을 가진 정체불명의 것이 되었다. 그것은 이 불길한 물의 도시에서는 전통적으로 필수품이 되어버린 가면의 여러 얼굴처럼 각도와 깊이에 따라 충동으로도 일탈로도 사랑으로도 그리고 죽음으로도 부를 수 있었다. 독일 내륙 출신의 그가 감당하기에는 도저히 숨 쉬기 곤란한 해로운 것이었다. 그렇기에 늪지 위에 세워져 언제나 썩은 물결에 흔들리고 있는 베네치아를 발견하면서 느끼는 혼란한 감정, '모든 것이 평상시와 아주 다른 듯'했다는 고백은 지극히 자연스러운 것이었다. 그러므로 '순간적으로 떠올라서는 열렬해져서 걱정이 되었다가 환각을 일으킬 정도로 고조되는' 낯선 곳으로의 여행 욕망에 사로잡히자 그는 눈을 감을 수밖에 없었다. 그리고 그는 잠이 들었다.

¶

　잠에서 깨어나자 차창 밖으로 바다가 보였다. 그러자 곧 베네치아였다. 웬만해선 차 안에서 눈을 감지 않는 나였지만 새벽부터 서두른 여행이라 혼절하듯 깜빡 잠이 들었었다. 피렌체와 볼로냐를 경유하는 내내 흐린 날이 아니었는데 베네치아 하늘은 잿빛이고 공기는 습기를 머금은 듯 보였다. 열차가 육지와 섬을 잇는 긴 제방에 들어서는 순간 가슴이 야릇하게 뛰었다. 초고속 열차의 속도와 나란히 감지되는 제방에 늘어선 검은 전선들의 위압 때문인지, 섬의 실체가 더 이상 경계 없이 가깝게 느껴져서인지 모종의 공포심마저 일었다. '그래, 정말이지 나를 기다린 것은 바다와 해변이 아니었구나. 나는 물 위에 떠 있는 여러 조각의 섬들을 망연히 바라보며 아셴바흐와 똑같이 중얼거렸다. 그리고 한마디 덧붙였다. 정말이지 나를 기다린 것은, 두려움이었구나. 그다음은? 나도 이곳에서 아셴바흐처럼 뜻하지 않은 사랑을 만나게 될까, 그리하여 영원히 떠나온 곳으로 돌아가지 못하게 되지는 않을까. 그리하여 50세의 중늙은이가 열네 살의 미소년에게 반해 네가 머물러 있는 동안 나도 여기에 머물러 있겠다'고 고백하는 것처럼 발설하기 차마 엉뚱한 사태가 벌어질 수도 있을까. 열차는 어느덧 바다를 건너 산타루치아 역의 정해진 플랫폼에 부드럽게 정차했다. 시간은 정오에 가까워지고 있었다.

¶

산타루치아 광장 대운하 매표소에서 산마르코로 가는 배표를 끊었다. 매표소마다 행선지 노선이 표시되어 있었다. 그길로 리도에 갈 수도 있었다. 아셴바흐처럼 가짜 사공에 속아 곤돌라에 몸을 싣고 불편한 항해를 할 수도 있었다. 그래서 내가 첫 목적지로 산마르코라고 외쳤는데도, 못 들은 척, 산마르코의 대운하를 벗어나 10여 분 쾌속으로 달려야 닿는 리도까지 내처 나를 실어 가버릴지도 몰랐다. 그러면 어쩌면 더 좋을지도 몰랐다. 어차피 나는 내일 아침 리도로 갈 것이니, 리도에서 토마스 만이 『베네치아에서 죽다』를 집필했던 '해수욕장 호텔오텔 데 뱅 Hôtel des Bains'에 여장을 풀

지도 몰랐다. 그러나 나는 표 끊는 데 실수를 하지 않았고, 산마르코로 향하는 물 버스 사공 역시 실수라곤 모르는 사람처럼 난간에 매인 밧줄을 묶었다 풀며 다음 정차할 부두에 앞서 줄지어 선 이방인들을 향해 우렁차게 외치곤 하는 것이었다. 다음은 이 배의 종착지 산마르코, 산마르코입니다!

¶

베네치아 본섬을 둘로 가르며 심장부를 S자형으로 관통하는 대운하Canal Grande는 산타루치아 역 광장 가에 있는 페로비아를 관문으로 해서 토마스 만이 '아주 멋진 부두'라 했던 산마르코의 발라레소에서 끝이 난다. 수로를 따라 지어진 다양한 양식의 건축물들은 한때 막강했던 베네치아 공국의 역사와 그 가문의 내력, 문화의 흐름을 한눈에 보여준다. 페로비아를 출발해서 검은 스칼치 다리를 통과하면 운하 왼편으로 초기 르네상스 양식의 벤드라민 칼레르지 궁전이 눈에 띄는데, 이곳은 독일 작곡가 리하르트 바그너가 머물다가 사망한 곳으로 유명하다. 곧이어 곤돌라와 함께 베네치아의 상징물 중의 하나로 괴테가 활 모양이라 말했던 리알토 다리를 통과하면 바로 오른편으로 이층짜리 산뜻한 백색 건물인 페기 구겐하임 현대 미술관이 등장한다. 구겐하임 정원에 설치된 빨간 삼각형을 등 뒤로 보내면 오른편으로 베네치아 회화의 걸작들을 모아놓은 아카데미아 건물이 바로크 양식을 자랑하며 성큼 다가오고, 한껏 옆으로 쏠린 고개를 앞으로 돌리면 저 멀리 툭 트인 바다가 나타난다. 돛배의 이물처럼 섬 끝

베네치아 본섬 골목의 화랑

으로 비어져 나온 삼각 부지 위에 바로크 양식의 육중한 산타마리아 델라 살루테 교회가 흰색의 둥근 지붕을 뽐내며 바다를 거느리고 있다. 지금껏 지나쳐 온 대운하의 어느 궁전보다 규모가 큰 이 건물은 16세기 창궐했던 페스트로부터 도시를 구원한 데서 살루테(건강)라는 이름이 붙여졌는데 놀랍게도 백만 개의 검은 기둥으로 지탱되고 있었다. 대양의 막막한 물결 속에 죽음의 경계로 검게 징 박혀 있는 이러한 기둥의 의미란 무엇인가. 검은 기둥을 눈앞에 두고 봉착하는 이런 식의 의문은 곧 베네치아의 존재를 문제 삼는 것에 해당된다. 존재론 앞에서 그 어떤 것도 자유로울 수는 없는 법. 대운하를 다 빠져나와서 산마르코 발라레소에 대기 위해 물 버스가 방향을 틀었다. 그 바람에 물결이 심하게 요동쳤다. 급격히 현기증이 일었다. 난간에 매인 밧줄을 붙잡으며 사공의 얼굴을 흠칫 꿰뚫어 보았다. 밧줄 하나로 이방인들을 물 밖으로 밀어내고 불러들이는 저 사공은 누구인가, 구릿빛 근육질 팔뚝과 가슴을 종족의 자랑처럼 내보인 저 사람은 분명 베네치아인임이 틀림없을 것이었다. 사공과 눈이 마주쳤다. 생각을 읽은 것일까. 사공이 눈빛을 번득이며 히죽 웃었다. 1년에도 감지할 수 없을 만큼 바다로 가라앉고 있는 불안정한 늪지에 도시를 건설할 수밖에 없었던 베네치아인들의 무서운 생의 의지를 훔쳐보아서인가, 나는 사공을 따라 즐겁게 웃어줄 수도 있었으나 무심했던 표정을 바꾸지 않고 밧줄만 꼭 그러쥐었다. 누군가 등 뒤에서 리도를 물었다. 사공은 툭 트인 바다 저편 좌우로 길게 엎드린 섬을 가리켰다. 나는 사람들이 다 빠져나가도록 내릴 생각도 않고 방금 사공이 가리킨 그 섬을 오래 바라보았다. 섬은 일렁이는

베네치아 운하와 살루테 성당

물과 빛에 어려 희미한 푸른 빛이었다.

¶

산마르코 종탑에 올랐다. 방금 내가 본 호화롭기 그지없는 공화국의
궁전이며 대성당의 황금 성상들, 채색 문양들이 모두 맹탕 헛것이라는 듯
이 높이를 모르고 허공 중에 우뚝 솟구친 종탑은 나를 속세로부터 멀찌감

치 떼어놓았다. 그리고 바라보라고, 멀리 사방을 바라보라고 종용했다. 거대한 석호 위에 떠 있는 118개의 섬들이 400개의 다리로 이어져 베니스(영어) 혹은 브니즈(불어명), 또는 베네디히(독일어명)로 불리는 곳, 베네치아(이탈리아명). 이 종탑(캄파닐레)은 1609년 갈릴레오가 총독에게 망원경을 실험해 보인 곳, 그러나 나는 망원경이 필요하지 않았다. 나에게는 멀리 있는 사물(세상)이 눈앞에 있는 것처럼 끌어다 보는 것이 그다지 중요하지 않았다. 오히려 너무 가까이 있는 것을 멀리 떼어놓고 보기 위해 나는 여행을 계속하고 있는 것이었다. 전망대를 천천히 한 바퀴 돌며 베네치아 전경을 완상했다. 도시를 수놓은 둥근 지붕들과 종탑들이 난간 가까이 다가가면 발아래로 봉긋 솟아오를 듯했고, 한발 물러서면 바다 밑으로 푹 꺼져버릴 듯도 했다. 여섯 개의 구역(카나레조, 카스텔로, 산마르코, 도르소두로, 산폴로, 산타크로체)과 세 개의 석호潟湖(무라노, 부라노, 토르첼로)의 위치를 확인하고 리도에 시선을 고정시켰다. 아셴바흐가 가짜 곤돌라 사공에 홀려 건너갔던 섬, 예기치 않게 타치오를 만났던 섬, '네가 있는 동안 거기 머물겠다'고 다짐하고서는 건강에 해로운 공기를 감당하지 못해 도망치듯 허둥지둥 베네치아로 달려 나오던 섬, 베네치아를 떠나려 대운하를 거슬러 역으로 가면서 가슴 찢어지는 통증을 느끼게 만들었던 섬, 그리하여 떠나라고 그토록 그를 몰아붙였던 바다와 습지의 썩은 냄새를 되찾아 돌아오고야 말게 만들었던 섬, 리도. 나는 눈앞에 길게 펼쳐진 리도를 바라보며 타치오의 아름답고 가녀린 육체인 양 가까이 존재하되 만질 수 없는 사랑의 고통을 느꼈다.

베네치아 대운하의 구겐하임 미술관

¶

자정에 산마르코 광장에 다시 섰다. 길을 잃었다. 리알토 다리 옆 성당에서 개최하는 심야 콘서트에 갔었고, 그곳에서는 비발디와 파가니니, 그리고 바흐가 연주되었다. 괴테와 바그너, 토마스 만과 아니 에르노와 같이 이방의 예술가들이 베네치아에 와서 흔적을 남겼지만 이곳 베네치아는 또한 비발디의 도시였다. 로마에 산타체칠리아 음악원이 있다면 이곳엔 베네토 음악원의 명성이 대단했는데 바로 비발디의 영향임은 두말할 필요가 없다. 열두 명의 베네치아 출신 연주자들이 이루어낸 현악의 아름다움에 홀린 탓인가. 뱀처럼 얽히고설킨 물 골목들을 숨바꼭질하듯 어지럽게 들락거린 탓인가. 다 왔다고 여기고 목까지 차오른 숨을 꾹 눌렀는데 마지막 골목을 빠져나와 바라보니 베네치아에 도착해서 제일 먼저 찾았던 산마르코 광장이었다. 연주회가 개최된 리알토 다리 옆 산바르톨로메오 대성당을 가운데 두고 보자면 호텔이 있는 산타루치아 구역과 산마르코 광장은 완전히 대척점에 있었다. 날이 밝는 대로 리도 섬으로 향하리라 마음 먹었던 것이 잠시 흔들렸다. 산마르코 방파제 둑에 앉아 바닷물에 발을 담그고 밤의 리도를 건너다보았다. 아드리아해의 바람이 제법 시원하게 불었다. 광장의 비둘기 떼보다 더 많이 몰려드는 인파로 인해 스쳐 지났던 산마르코 대성당과 두칼레 궁전의 외양을 음미하며 그렇게 밤을 지새울 수도 있었다. 물 버스의 엔진 소리도 들리지 않고, 밤의 물결은 희롱하듯 검은 기둥들 사이를 넘실거렸다. 내가 길을 잃은 것은 '아셴바흐가

산마르코 종탑에서 내려다본 산마르코 성당과 두칼레궁

대운하의 리알토 다리

산마르코 광장의 종탑

베네치아 본섬의 산마르코 부두

떠나려고 열차 역에 도착한 후 20분 만에 다시 대운하를 통과하여 도로
되돌아가는 자신을 발견하는 별난 일이 생긴' 것과 기묘하게 맞아떨어졌
다. 실수는 호텔 측에서 짐을 잘못 수송하는 바람에 일어났지만 아셴바흐
는 그 잘못된 실수를 생각하면 웃음이 터져 나올 것같이 기분이 좋아졌는
데, 자정의 산마르코 광장에 다시 선 나 역시 그와 다르지 않았다. 그는 그
것을 '억세게 운이 좋은 사람에게도 닥치기 힘든, 비할 바 없이 마음에 드
는 불행'이라고 말했는데, 나 역시 그와 조금도 다르지 않았다. 다시 눈앞
에 나타난 리도를 바라보며 날이 밝아도 기분 좋은 우연이 연달아 일어날
것만 같았다. 베네치아의 밤은 깊어만 갔다.

산마르코 부두에서 녹청색 물결 너머 리도섬을 향하여

¶

대운하를 벗어나자 바다는 녹청색을 띠었다. 이른 아침이라 단체 여행객들은 어디에서도 좀체로 보이지 않았다. 물결은 출렁이고 태양은 높이 떠 비추고 대기는 청명했다. 심야에 겪은 혼란에도 기분은 물결 따라 일렁이며 마냥 감미로웠다. 흡사 연인을 만나러 가는 흥분된 기분이었다. 왜 아니겠는가. 나는 리도로 가고 있지 않은가. 난간 밖으로 손을 내밀어 살갗을 스치는 공기를 만져보려고 했다. '보아라, 타치오, 너도 역시 다시 여기에 있구나! 심장을 멎게 하고 눈을 멀게 만든 사랑의 실체를 눈앞에 두고도 아셴바흐가 끝내 발설하지 못했던 그 말을 나는 소리 내어 당당히 말해보았다. 배가 가르는 하얀 물결만이 내 말을 들었다. 손끝에 달라붙는 공기를 제치고 태양이 길게 입을 맞췄다. 태양은 우리의 주의력을 지적인 것에서 감각적인 것으로 돌려놓는다고 했던가. 기가 막히게 정확한 말이었다. 그럼에도 불구하고 말이란 감각적인 아름다움을 찬미할 수는 있지만 재현할 수 없는 것. 그래서 산문 문학의 최고 수준을 보여준다는 토마스 만은 아셴바흐를 타치오 앞에 고독한 파수꾼으로 세워둔 채 끊임없이 소리 없이 뇌까리게 한 것인가. 타치오를 바라볼 뿐 소리 낼 수 없는 아셴바흐는 그림자를 잃어버린 고독한 인간의 또 다른 초상인가. 리도로 향하는 나는 아무래도 괜찮았다. 산마르코 종탑도 탄식의 다리를 애교처럼 거느린 두칼레 궁전의 하얀 돔 지붕도 꿈의 장면처럼 아득해졌다.

¶

오텔 데 뱅 Hôtel des Bains. 우리말로 그대로 옮기면 해수욕장 호텔. 우체국에서 만난 중년의 신사는 토마스 만을 입에 올리자 즉시 오텔 데 뱅을 알려주었다. 호텔은 불어로 표기했고, 발음했다. 리도는 12킬로미터의 기다랗게 작은 섬이었고, 오텔 데 뱅까지 걷는 데 10분 조금 더 걸렸다. 길 한편에는 정원을 갖춘 호텔들이, 맞은편에는 상점이며 아이들 놀이기구를 설치한 유료 놀이터가 들어서 있었다. 하얀 꽃들이 해풍에 흔들리며 길가에 흐드러지게 피어 있었고 섬은 베네치아의 어느 구역보다 정갈했고 부의 수준이 높아 보였다. 토마스 만이 이 섬에 들어와 소설을 완성한 것이

리도 해변에서 바라본 오텔 데 뱅과 방갈로

오텔 데 뱅에서 방갈로가 있는 해변으로 내려가는 길

그의 나이 37세 때였다. 그때 그는 베네치아에서, 리도에서 무엇을 본 것일까. 무엇을 보았길래, 14세의 폴란드 소년 타치오를, 죄악에 가깝지만 우스꽝스러운 동시에 신성한 동성애에 빠진 50세의 독일인 중늙은이 아셴바흐를 창조하기에 이르렀을까. 소설의 집필 현장이자 동명 영화 〈베네치아에서 죽다〉의 촬영지이기도 했던 오텔 데 뱅을 향해 발길을 서둘렀다.

¶

사랑에 빠져 '리도에 체류한 지 4주째'가 되어서 우리의 주인공 '구스타프 폰 아셴바흐는 바깥세상에 대한 좋지 않은 기미를 감지했다.' 베네치아는 오랫동안 해상 무역 공국의 전성기를 구가하며 동서양 예술이 조화로이 절정을 이룬 자유의 도시이기도 하지만 아드리아해의 바닷바람과 늪지로 형성된 불리한 지리적 환경 탓에 16세기에는 불치의 전염병 페스트가 만연해 인구의 절반을 잃었던 저주의 도시이기도 했다. 그는 바깥세상으로 외출할 때마다 섬을 오가는 바포레토(수상 버스)는 물론이고 호텔이 텅 비어가도록 확인되곤 하는 이상한 병의 기미를, 타치오를 바라볼 수 있다는 기쁨 하나로 애써 무시했다. 결국 토마스 만은 지는 태양을 따라 황금 물결 속으로 걸어 들어가는 아름다운 타치오의 영상을 생의 마지막 장면으로 아셴바흐에게 지워줌으로써 사랑을 죽음으로 승화시킨 것인가. 이로써 쇠락해가는 한 나르키소스의 에로스적 동성애는 생의 비밀로 남고

베네치아 본섬. 산마르코 부두에 어둠이 내리고 있다.

아드리아해의 에메랄드 물결 저편, 환상처럼 어른거리며 가늘고 길게 떠 있는 리도섬

한 번도 연인의 귀에 직접 발설한 적 없는 무수한 사랑의 아포리즘은 죽음과 동행할 뿐이다. 타치오를 향한 아셴바흐의 토로―'아름다움은 부끄럽게 만드는구나'―는, 그래서 결국에는 다시 씌어져야 할지도 모른다. 아름다움은 죽게 만드는구나,라고.

¶

아셴바흐가 일몰 속에 죽어간 해변은 햇빛으로 온통 흰빛이었다. 오텔데 뱅 앞을 가로지르는 산책로 벤치에 이방의 중년 신사가 햇빛을 피해 독서 중이었다. 소년은 보이지 않았다. 산책로를 건너 호텔 투숙객들을 위한 해수욕장 철문이 나 있었다. 비어 있는 벤치에 비스듬히 앉아 해변을 바라보았다. 거기에도 소년의 모습은 눈에 띄지 않았다. 이따금 무성하게 하늘을 가린 소나무들을 뚫고 정오의 햇살이 나에게 또는 중년 남자에게 내리꽂혔다. 그때마다 남자의 귀밑머리가 눈처럼 하얗게 작열했다. 해수욕장 철문 저쪽은 아예 아무것도 감지되지 않았다. 산책로 소나무들만이 영원히 푸르렀다.

# 자유인의 초상, 그리스인 조르바를 찾아서
— 니코스 카잔차키스의 그리스 크레타

크레타로 향하는 배는 밤 10시에 떠났다. 한여름 그리스의 태양은 번 갯불처럼 뜨거웠고, 어둠은 늦게 찾아왔다. 크노소스팰리스호는 뱃고동 소리를 우렁차게 울리며 출발을 알렸다. 선상에 올라 멀어지는 불빛들을 바라보았다. 밤의 피레우스 항구는 보석처럼 반짝였다. 5층 객실에 짐을 풀고, 8층 선상으로 올라갔다. 에게해가 밤의 우주처럼 광활하게 펼쳐져 있었다. 물결이 잔잔했고, 미풍이 불고 있었다. 어느덧 바다 저편, 아니 하 늘 저편에 둥근 달이 떠 있었다. 달이 지고 해가 뜰 즈음이면, 『그리스인 조르바』의 무대 크레타에 도착할 것이었다.

아테네 피레우스 항에서 크레타를 향해 출발하는 크노소스팰리스호

에게해

# ¶

니코스 카잔차키스 $^{Nikos\ Kazantzakis,1883~1957}$의 장편소설 『그리스인 조르바』는 작가(카잔차키스의 분신)인 '내가 만나고 겪은 조르바라는 그리스 사내의 이야기'이다. 우선 '나'라는 인물을 소개하면, 크레타섬의 갈탄 광산을 아버지로부터 물려받아 사업을 도모하려는 계획을 가지고 있는 30대 초반의 남자로, 어릴 때부터 초인$^{超人}$에 관한 야망과 충동에 사로잡혀 이 세상 일에 만족 못 한 채, 온통 책(문자)의 세계에 빠져 살아온 인간이다. 반면 '조르바'라는 인물은 문자로 기록하거나 기록된 책(문자)의 세계로부터 완전히 벗어나 자유로운 본능과 직관을 좇으며 살아온 인간이다. 독자가 조르바를 만나는 방식은 순전히 '나'에게 포착된 인상(묘사)과 대화를 통해서이다.

그는 나를 가늠해보는 것 같았다. 자기가 찾아다니던 사람인지 아닌지 보는 것 같았다. 시선이 만나자 그 낯선 사람은 힘차게 팔을 뻗어 문을 열었다. 그러고는 아주 빠른 걸음으로 탁자 사이를 지나 내 앞에 우뚝 섰다.
"여행하시오?" 그가 물었다.
─니코스 카잔차키스, 『그리스인 조르바』

조르바가 '내' 앞에 나타나 대뜸 '여행하시오?'라고 물었을 때, '나'는 단테의 『신곡』, 그중에서도 '인간의 희망이 최고의 감정 기준이 되는 대목'을 읽고 있었다. '나'는 책을 덮고, 그에게 앉으라고 말한 뒤, 샐비어 술을

델피 신전 가는 길. 전방에 올림포스산이 보인다.

릴리 왕자.
기원전 16세기 크노소스, 크레타 이라클리온 고고학 박물관

한 잔 권한다. 그러자 그는 콧방귀를 뀌며, 샐비어 대신 럼주를 외친다. 럼
주를 홀짝거리는 조르바에게 '내'가 무슨 일을 하느냐고 묻자, 그는 타고난
성질과 그간 살아온 바대로 호쾌하고 거칠게 자신을 소개한다.

"닥치는 대로 하죠. 발로도 하고, 손으로도 하고 머리로도 하고…… (중략)
광산에서 일했지요.
— 니코스 카잔차키스, 『그리스인 조르바』

그리스인. 파리지엔이라고 불린 프레스코화.
기원전 1500~1450년경, 크레타 이라클리온 고고학 박물관

조르바가 내뱉은 '인간의 이성'이라는 정의가 그동안 '내'가 읽어온 '책'에는 없었지만, '나'는 그의 말이 마음에 든다. 그의 얼굴은 주름투성이인 데다가 벌레 먹은 나무처럼 풍상에 찌들어 있지만, '나'는 그의 내면에서 솟구치는 거침없는 야성의 언어와 몸짓에 점점 매료된다. '나'는 그와 길동무로 사귀고, 크레타섬으로 향한다. 새로 사귄 이 길동무가 '나'를 사로잡은 이유는, 특이한 말과 행색, 몸짓에 있다. 여기에 또 하나 있는데, 바로 그의 옆구리 보따리 속에 들어 있던 '산투르'라는 악기이다. 산투르는 조르바라는 한 인물의 기질과 성격을 창조하는 데 기여하는 것에 그치지 않고, 소설 전체의 분위기와 리듬, 나아가 그리스인의 혼<sup>魂</sup>을 일깨우며 그리스 전체에 울리는 비범한 소재이다.

"스무 살 때였소. 내가 그때 올림포스산 기슭에 있는 우리 마을에서 처음 산투르 소리를 들었지요. 혼을 쭉 빼놓는 것 같습디다. (중략) 기분이 좋지 않을 때나 빈털터리가 될 때는 산투르를 칩니다. 그러면 기운이 생기지요."
—니코스 카잔차키스, 『그리스인 조르바』

'알렉시스 조르바…… 껑다린 데다가 대가리가 납작 케이크처럼 생겨먹어 〈빵집 가래삽〉이라고 불리기도 하고, '한때 붉은 호박씨를 팔고 다녔다고 해서 〈파사 템포〉라고 불리기도 하고, 또 '흰곰팡이'라는 별호도 가지고 있는 특이한 그리스인 사내는 그곳이 어디든, 또 누구와 있든 산투

이라클리온 항의 베네치안 성벽

르와 함께하고, 슬플 때나 기쁠 때나 산투르를 켜며 춤을 춘다. '나'는 '살아 있는 가슴과 커다랗고 푸짐한 언어를 쏟아내는 입과 위대한 야성의 영혼', '곡괭이와 산투르를 함께 다룰 수 있는 손'을 가진 조르바야말로 그동안 찾아왔으나 만날 수 없었던 바로 그 사람(초인)임을 깨닫고, 벅찬 마음으로 갈탄 광산에서 함께 일할 것을 제안한다.

"인간이라니, 무슨 뜻이죠?"

"자유라는 거요!"

―니코스 카잔차키스, 『그리스인 조르바』

그리스인 니코스 카잔차키스가 창조한 소설의 주인공 조르바는 기타의 종류인 산투르를 분신처럼 끼고 산다. 그것은 어디에도 얽매이는 것을 싫어한 자유인 조르바에게 새의 날개처럼 영혼의 날개를 활짝 펼치게 해주는 마법의 악기이다. 소설가의 임무들 중 하나는 새로운 유형의 인물 창조에 있다. 산투르라는 악기를 매개로 자유에 대한 새로운 정의, 곧 인간의 본질로 자유를 명쾌하게 외치는 조르바는 이 작품이 발표된 1943년 이전에는 한 번도 만나지 못했던 인간이다.

니코스 카잔차키스의 『그리스인 조르바』는 처음부터 끝까지 읽는 정독을 요하지 않는다. 어디를 펼쳐 읽어도 보석처럼 빛나는 문장들로 황홀해진다. 예를 들면, "죽기 전에 에게해를 여행할 행운을 누리는 사람에게 복이 있다." "항상 무언가를 찬미하라. 찬미야말로 자기 자신에게 도움이

니코스 카잔차키스의 파리 팡테옹 거처.
1907년에서 1908년까지 콜레주 드 프랑스에서 앙리 베르그송의 학생이었다는 내용과
그의 묘비명이 새겨져 있다.

묘 입구의 성벽

된다." 이처럼 주옥같은 문장들로 아로새겨진 세계는 인상적인 장면들의 향연이다. 한두 가지 꼽자면, 갈탄광과 새로 벌인 벌목 사업에서 쫄딱 망한 뒤, 파도치는 해변에서 조르바와 '내'가 모든 것을 내려놓고 춤을 추는 장면. 그리고 모든 것을 거덜 내고 사라졌던 조르바가 죽은 뒤 세르비아로부터 날아온 편지 속에 '나'에게 전하는 사연이다. 편지 말미에 조르바는 자신의 분신이자 자유의 상징인 산투르를 나에게 전해달라고 부탁한다.

¶

새벽 5시 30분. 피레우스 항을 출발한 크노소스팰리스호는 밤새 에게해를 건너 크레타 이라클리온 항에 도착했다. 객실 창으로 바라본 하늘과 바다는 청회색, 시선을 좀 더 멀리, 항구 끝으로 던졌다. 오렌지빛이 감도는 여명이 항구 오른쪽 길게 펼쳐진 상아색 베네치안 성벽을 감싸고 있었다.

배가 항구에 닿자, 반기듯 갈매기들이 활기차게 날아올랐다. 갈매기 날갯짓 속에 영화 〈그리스인 조르바〉(1964)에서 주인공 조르바 역할을 맡은 안소니 퀸이 두 팔을 활짝 벌리고 부조키(그리스식 만돌린, 산투르 일종) 가락에 추임새를 넣어 춤을 추던 모습이 어른거렸다. 카잔차키스가 이 소설을 쓴 것은 60세 때이다. 카잔차키스가 태어나 성장할 무렵, 크레타는 터키 지배에서 벗어나려는 독립전쟁과 종교적 갈등과 투쟁이 치열했다. 크레타는 터키 서부와 그리스 아테네에 이르는 에게해의 수많은 섬들을 무대로 펼쳐지는 고대의 서사시『오디세이아』의 공간으로, 작가 호메로스의 고향 키오스섬 지척에 있다. 카잔차키스는 어려서부터 오디세이아의 정신과 감각을 익힌 호메로스의 명실상부한 적자<sup>嫡子</sup>이고, 그런 의미에서『그리스인 조르바』는 20세기의 오디세이아인 셈이다. 호메로스의 오디세이아의 여정에 자유인의 초상이 조화롭게 스며들게 된 계기는 카잔차키스의 파리 유학 경험이 결정적이다. 카잔차키스는 25세 때 파리로 유학하며 극빈한 환경 속에 베르그송과 니체의 자유사상을 접했고, 평생 그것을 체현했다. 그 결과물이 『그리스인 조르바』이다. 이 소설이 '자유인의 화신'으로 세계적으로 사랑받으며 스테디셀러의 반열에 오른 것은 안소니 퀸 주연의 영화 성공 덕분이다. 출간 후 20년 만의 일이다.

오후 4시 30분. 크레타, 베네치아인들이 쌓은 메갈로카스트로<sup>大城郭</sup>에 올랐다. 피라미드형의 기단<sup>基壇</sup> 가장자리를 둘러싸며 잎 너른 뽕나무들이 심어져 시원한 그늘을 드리우고 있었다. 니코스 카잔차키스는 진정한 자유인 조르바의 살아 있는 심장을 품은 채 대성곽의 돌 기단 위에 잠들어 있었다.『최후의 유혹』으로 그리스 정교회로부터 파문당한 탓에, 그의 묘석에는 석비<sup>石碑</sup> 대신 가로세로 길주름한 나무 십자가가 엉성하게 세워져 있었다. 그 모습이 꼭 '키가 크고 몸이 마른' 조르바가 갑판 위에서는 놀림거리지만 하늘에서는 왕자인 날개 큰 새 알바트로스처럼 두 팔을 활짝 벌리고 춤을 추고 있는 형상처럼 보였다. 나무 십자가가 길주름하고 앙상한 대신 푸른 하늘과 대기, 그리고 멀리 짙푸른 에게 바다가 좀 더 많이 눈에 들어와 보였다.

니코스 카잔차키스 묘

카잔차키스 묘석의 묘비명

강렬하게 내리쬐는 태양빛을 등지고 묘석 가까이 몸을 기울였다. 나로
서는 해독할 수 없는 그리스어로 비명碑銘이 새겨져 있었다. 성곽을 내려와
『그리스인 조르바』를 펼쳐보니, 다음과 같은 뜻이었다.

나는 아무것도 바라지 않는다.
나는 아무것도 두려워하지 않는다.
나는 자유다.

7

베를린에서 빈까지

불멸의 휴식,
영원의 에필로그

# 백 년 만의 홍수, 우회迂廻의 단초
— 프라하를 향하여

그것은 어떻게 나에게 왔을까. 눈처럼 흰 창문이 담긴 엽서. 눈처럼 흰 벽에 눈처럼 흰 격자창. 너무 희어서 눈덩어리를 파내어 만든 창 같다. 어쩌면 소금 덩어리를 깨뜨려 만든 창 같다. 벽과 창에 붉은 테두리가 쳐져 있다. 벽이 눈처럼 희어서인지, (어쩌면 엽서 밖 시간은 막 저녁이 시작되고 있는지 모른다.) 하늘이 어슴푸레한 것인지 십자형 격자창 유리가 신비롭게 검푸르다. 하나의 창을 이루는 네 조각의 푸른 유리로 가지뿐인 앙상한 겨울나무가 비쳐 보이고 수줍은 듯 살짝 옆으로 둘러맨 주홍색 커튼이 들여다보인다. 눈처럼 흰 벽과 눈처럼 흰 격자창, 벽과 창을 구별 짓는 붉은 창틀, 신비롭게 푸른 네 조각의 유리, 그 모든 것 앞에 손잡이가 달린 검은 주전자가 놓여 있다. 주전자는 무엇으로 만들어졌을까. 청동은 아니고 단단한 쇠

같다. 쇠라도 모습은 작은 항아리 같다. 눈처럼 흰 벽과 흰 격자창, 벽과 창을 구별 짓는 붉은 창틀, 그 모든 것 앞에 놓인 검은 쇠주전자, 그 안에 식물이 자라고 있다. 눈처럼 흰 벽과 흰 격자창, 벽과 창을 구별 짓는 붉은 창틀, 그 모든 것은 주전자의 초록 식물로 인해 단숨에 겨울의 극지를 벗어난다.

눈처럼 흰 창문이 담긴 엽서는 아일랜드에서 온 것이다. 정확히는 아일랜드를 거쳐 파리에서 온 것이다. 세계적인 알베르 카뮈 권위자 K 선생님의 서명이 있다. 아일랜드 여행 후 8월 23일 파리에서 쓴 것으로 되어 있다. 연도가 적혀 있지 않다. 유려하게 흐르는 검은 필체 위에 10년 안팎의 세월이 느껴진다. 그때 나는 문예지와 프랑스 문학 편집자였고, K 선생님은 내가 서울에서 보낸 몇 권의 번역본을 아를에 있는 세계번역센터에 기증하기로 했었다. 아일랜드 엽서는 그 도정에 나에게 온 것이다. 나는 책만큼이나 다양한 세상의 엽서들을 가지고 있다. 그날 이후 나는 늘 엽서 속의 아일랜드 창을 꿈꾸었다. 그러면서 매년 여름 나는 아일랜드가 아닌 다른 곳으로 떠난다. 그러면서 매번 피할 수 없이 뫼르소를 기억한다. 그리하여 우연이 필연이 되고 장난이 숙명이 되는 순간과 마주친다.

소설 2부에서, 감옥에 갇힌 뫼르소는 "밀짚을 넣은 매트와 침대 판자 사이에서", "천에 거의 들러붙어서 노랗게 빛이 바래고 앞뒤가 비쳐 보"이는 옛 신문 한 조각을 발견한다. 첫 귀퉁이가 떨어져 나간 이 신문 귀퉁이에는 체코슬로바키아 어느 마을에서 일어난 '잡보 기사'가 실려 있다. 돈 벌러 떠났던 한 남자가 25년이 지난 뒤에 부자가 되어 아내와 어린 자식

과 함께 돌아왔는데, 어머니
가 그를 알아보지 못했다는
것이다.

첫 번째 동유럽 여정을
위해 다섯 권의 책을 가방
에 넣었다. 유럽 지도와 열
차 시각표 그리고 다섯 권
의 책이 밤하늘의 별처럼 내
가 앞으로 가야 할 길을 훤
히 비춰주고 있었다. 프랑크
푸르트행 루프트한자에 앉
아 제일 먼저 카뮈의 「오해」

아일랜드의 창

(1943)를 꺼냈다. 비행 시간은 9시간 30분. 프랑크푸르트에서 두 시간 대기
후 베를린행 비행기로 갈아타기로 되어 있었다. 베를린은 나에게 무엇인
가. 빔 벤더스(〈베를린 천사의 시〉)와 페르가몬(고고학 박물관)과 헤겔(훔볼트 대학)
이 전부라 해도 좋았다. 나는 베를린에서 사흘 묵기로 되어 있었다. 그리
고 구 동독 작센주의 주도 드레스덴을 거쳐 체코의 프라하로 갈 것이었다.
베를린에 가기 위해서는 프랑크푸르트를 거쳐야 하듯이 프라하에 가기
위해서는 드레스덴을 통해야 했다. 나는 오랫동안 프라하로 가는 길을 꿈
꾸어왔다. 프라하로 가는 길은 하나가 아니었다. 파리에서, 뮌헨에서, 빈에

서, 베를린에서, 어디에서도 프라하로 갈 수 있었다. 그해 여름 나는 프랑크푸르트와 베를린과 드레스덴을 경유해 프라하에 이르는 길을 선택했다. 왜 프라하인가. 이 물음 앞에서 나는 유일한 해답을 가지고 있었거니와 동시에 가능한 다양한 응답도 가지고 있었다. 유일한 해답은 아니어도 가능한 다양한 응답 중에 카뮈의 「오해」가 있었다. 카뮈에게 프라하는 무엇인가. 그의 스승이자 문우 장 그르니에에 따르면, 청년 시절 카뮈는 여행의 유혹을 느꼈다. 1936년 카뮈는 오스트리아와 프라하를 여행했는데, 잘츠부르크에서는 정원과 예술작품에 감탄했고, 프라하에서는 비통한 유배의 감정, 자신의 조국에서처럼 고독을 느꼈다.

처음 「오해」를 접했던 것이 언제였나 아득하다. 『이방인』보다는 뒤, 아일랜드 엽서보다는 한참 전의 일일 것이다. 아마 대학 3, 4학년 어느 여름이었을 것이다. 새로 지은 대학 도서관 5층 구석에 놓인 책상에 그것을 가지고 앉았고 다 읽을 때까지 일어나지 않았을 것이다. 두세 시간이 훌쩍 흘렀을 것이다. 아마 날이 저물었거나 석양이 더욱 붉어졌을 것이다. 라신의 고전 비극 「페드르」나 「앙드로마크」 과제를 위해 서가를 기웃거렸을 것이다. 가을이었다면, 게다가 축제 기간이었다면, 그가 있는 옆 학교로 연극 구경을 가려고 했을 것이다. 거기에서는 그가 연출하는 사르트르의 「더러운 손」이나 카뮈의 「정의의 사람들」이 상연되려고 했을 것이다. 연극이 끝나고 난 뒤 어둠침침한 전등 불빛 아래 마주 앉은 그에게 카뮈의 「오해」를 아느냐고 물었을 것이다. 그는 분명 고개를 저었을 것이고(문학 전

밤의 프라하. 엘베강 건너 성이 보인다.

하늘에서 본 보헤미아

공자가 아닌 그가 번역본을 손에 넣기는 어려웠으니까), 다음에 만날 땐 그도 「오해」를 구해 읽었을 것이다. 시간이 흐를수록 삶의 문제와 사랑의 문제가 창과 방패처럼 뚜렷했던 그와 나 사이에는 '오해'가 많아졌고 오해로 헤어졌을 것이다. 나는 다시 카뮈의 「오해」를 말하지 않았을 것이다. 다만 두려워했을 것이다. 오직 품었을 것이다. 그러면서 때때로 20년 만에 어머니와 누이를 찾아온 얀의 아내 마리아처럼 낯설게 중얼거렸을 것이다.

> 이곳에 들어오고부터는 모든 것이 조심스럽습니다. 어디를 보아도 행복한 얼굴은 보이지 않아요. 이곳 유럽은 정말 슬픈 고장이에요.
> ─알베르 카뮈, 「오해」

오해<sup>誤解</sup>란 무엇인가. 뜻이 잘못 풀린 것이다. 카뮈의 「오해<sup>Le Malentendu</sup>」란 무엇인가. 잘못<sup>mal</sup> 이해된<sup>entendu</sup> 것이다. 그래서 '나쁘게<sup>mal</sup> 뜻이 모아진<sup>entendu</sup>' 것이다. 얀이라는 한 남자가 있다. 체코의 한 마을에서 돈벌이를 떠났다가 20년 만에 돈을 많이 벌어 아내 마리아까지 데리고 돌아왔다. 어머니는 그의 누이 마르타와 고향 마을에서 여관을 경영하고 있다. 오랜 부재의 보상으로 그는 어머니와 누이를 깜짝 놀라게 하며 행복하게 해주고 싶다. 어머니와 누이가 가장 행복할 수 있는 것이 무엇인가를 알아내기 위해 마리아는 다른 여관에 남겨두고 어머니의 집으로 갔는데, 어머니는 그를 알아보지 못한다. 어머니와 누이는 살고 있는 숨막히는 내륙을 저주하며 바닷물이 출렁대고 햇빛이 작열하는 남쪽으로 가고자 한다. 바다와 태양

달리는 열차 차창 밖으로 스쳐 지나가는 보헤미아 시골 풍경.
먹구름 아래 석양이 지고 있다.

의 고장을 병적으로 동경한 나머지 돈 많은 숙박객이 들면 수면제를 먹여 강에 버리고 돈을 빼앗아버린다. 저예요! 라는 결정적인 말을 미루며 어머니와 누이가 진정 원하는 것이 무엇인지를 알고자 했던 얀도 그들의 그물에 걸려든다. 그는 좋은 뜻을 전하려 했으나 곧 강물에 던져져 익사할 운명이다. 아들은 죽고 어머니도 강바닥의 해초들만 아들의 시체를 어루만지는 차가운 강물 속으로 들어간다. 오빠도 어머니도 죽고, 결국 할 일이란 그녀 역시 죽는 일밖에 남지 않은 누이는 얀을 찾아온 마리아에게 말한다. 오해가 있었다고, 그러나 세상일을 조금이라도 안다면 그렇게 놀랄 일은 아니라고. 태양과 바다에 대한 향수가 불러일으킨 마르타의 절망은 행복한 삶으로 충만했던 마리아의 탄식대로 그대로 옮겨 간다. 마리아는 단지 그는 뜻을 전할 말, 그동안의 무소식이 희소식이었음을 알리는 단 한마디 말을 찾고 있는 중이었는데, 어머니와 누이는 돈에 눈이 멀어 그 훌륭한 사람을 죽이고 말았다고 울부짖는다.

카뮈는, 아니 뫼르소는 말한다.

나는 그 이야기를 수천 번은 읽었을 것이다. 한편으로 그것은 있을 법하지 않은 이야기였지만, 또 한편으로는 그럴 법도 한 이야기였다. (중략) 장난이란 함부로 할 것이 아니라는 생각이 들었다.

—알베르 카뮈, 『이방인』

비 내리는 보헤미아

비 그친 보헤미아 기차역

산다는 것은, 다시 말해 죽는다는 것은, 다만 한순간의 오해-장난의 결과
일 뿐인가. (중략) 산다는 것을 더 이상 견디지 못하게 된 순간에야 비로소
나는 다시 살기 시작하는구나.

— 알베르 카뮈, 「오해」

# 역사의 묘비명, 벽에 절하다
—베를린 희생자 묘역

베를린 테겔 공항에 내린 시각은 오후 9시 40분, 인천을 출발해 프랑크푸르트를 경유하고 13시간 반 만이었다. 프랑크푸르트 공항에서 대기 두 시간, 프랑크푸르트와 베를린 간 비행 시간이 포함되어 있었다. 입국 절차가 매우 간단했다. 수화물 센터에서 짐을 찾는 동안 이방인들로부터 동유럽 홍수 소식을 들었다. 드레스덴, 프라하, 빈, 부다페스트가 모두 범람 위기에 있다고 했다. 아름다운 강이 흐르는 그 도시들은 베를린 이후 내가 가야 할 목적지들이었다.

날은 저문 지 벌써 오래, 어두운 공항을 나서는 발걸음이 무거웠다. 기운은 습했으나 비는 내리지 않았다. 구 동베를린 중심 알렉산더 광장의 고층 포럼 호텔에 여장을 풀었다. 자정이 가까운 시각, 18층 호텔 방에서 내

밤의 베를린. 슈프레강

려다본 베를린 풍경은 한여름 밤임에도 무겁고 음습했다. 피로 탓인지 급격히 눈이 감겼다. 하이네켄 하나를 단숨에 비웠다. 저 아래 버려진 잡초밭에 서커스단 공중 곡예사 마리옹이 보였다. 서커스는 끝이 나고 서커스단도 파산했다. 내일이면 떠나야 했다. 그럼에도 그녀는 계속 그네를 탔다. 무슨 미련이 남았던가. 나는 탑 꼭대기에 앉은 천사처럼 그녀에게 귀를 기울였다.

끝났다. (중략) 가끔 나는 내게 관대해진다. 좋지 않은 때, 지금 같은 상황에

어둠이 내리는 베를린 슈프레강의 박물관 섬

브란덴부르크 문 벽 붕괴 후 벽 일부가 포츠담 광장에 전시되고 있다.

선, 세월이 병나면 어쩌지. 먹고사는 일로만 평생을 고생해야 한다면, 산다는 것은 한 번으로도 충분해.

―빔 벤더스, <베를린 천사의 시>(1987)

밤새 천사를 느꼈다. 장님이 시간을 느끼듯이, 마리옹이 내 몸속 깊이 들어와 나인 양 지껄였다. 누군가 나를 사랑해주었으면 애타게 원했지. 그래서 낯선 이곳까지 왔지. 어떻게 살아가지! 어떻게 생각하느냐가 문제일 거야. 깨어나 벽을 보았다. 베를린에 도착해서도 나는 벽을 볼 생각을 못했다. 쇼세<sup>Chaussee</sup> 거리 도로텐슈타트 시립묘지의 브레히트와 헤겔의 묘를 찾아갈 수도 있었으나 나는 꼼짝하지 않았다. 천사를 보았기 때문인가. 나는

박물관 섬 전경

페르가몬 박물관

베를린에서 가능한 한 아무것도 하지 않으려고 했다. 가능한 한 조금 보려고 했다. 그럼에도 나는 벽을 보고야 말았다. 벽을 본다는 것은 모든 것을 다 보고 나서야 가능한 일이 아닌가. 그런데 하루도 지나지 않아 벽을 본다는 것은 너무 이른 최후가 아닌가. 아니 너무 늦은 시작이 되는 것인가. 나는 베를린 거리를 조금 걷고자 했다. 피로 탓인지, 무거운 기류 탓인지 철 지난 잡초밭의 들풀처럼 침대에 쓰러져 잠이 들었고, 일찍 깨어나 다시 내다본 베를린 하늘은 여전히 어둡고 축

브란덴부르크 문에서
훔볼트 대학까지 이어지는
운터 덴 린덴(보리수 거리)

축했다. 새벽 6시 반 여행할 때의 습관이 살아나 아침 조깅에 나섰다. TV 타워가 지척에 우뚝 솟아 있었다. 마르크스 엥겔스 공원의 두 사람의 거대한 청동 조각상을 지나자 곧 슈프레강이 나왔다. 강을 에돌아 강 중에 들었다. 강 한가운데에 떠 있는 섬 전체가 박물관들로 이루어져 무제움스인젤(일명 박물관 섬)이라 했다. 육중한 베를린 대성당을 한켠에 두고 고대 신전을 연상시키는 구 국립미술관과 헬레니즘 문화의 향수로 대변되는 페르가몬 박물관, 그리스 전성기에 대한 회고로 불리는 구 국립박물관과 물 위의 성채 보데 박물관, 이들은 과연 슈프레강 변의 아테네라 할 만했다. 독일

베를린 분서 추모 동판.
책을 불태우는 곳은 결국 인류도 불태운다는 하이네 시가 새겨져 있다.

사람들이 내세우는 내력으로 보자면 그러했다. 그러나 무제움스인젤을 한 바퀴 도는 동안 음울한 하늘만큼이나 마음이 몹시 우울해졌다. 그것은 차라리 서글픔에 가까웠다.

¶

이른 아침의 우울, 서글픔이란 어디에서 연유하는가. 처음 무제움스인 젤의 건설은 프로이센이 군사 대국에서 벗어나 교양 있는 근대 시민 국가로의 지향을 의미했다. 그로부터 백여 년이 흐른 현재 내 눈앞에 드러난 진상은 복구 중인 거대한 작업장이었다. 페르가몬을 지날 때부터 빗방울

베벨 광장. 미하 울만은 사각 유리 아래 지하에 백색의 텅 빈 서가를 설치하여
나치가 분서한 2만여 권의 추모 공간을 설치했다.

이 살갗을 때렸다. 빗방울조차 어떤 내력으로 느껴졌다. 나는 발길을 돌렸다. 호텔을 나올 때의 생각은 무제움스인젤을 돌아 도이치 오페라와 훔볼트 대학으로 시작되는 운터 덴 린덴(보리수 거리)을 걸어보고 오는 것이었다. 박물관 섬의 다리를 건너면 바로 운터 덴 린덴으로 이어졌고 훔볼트 대학 교정까지 둘러보는 데 한 시간이면 충분하리라 생각했다. 그런데 나는 강을 완전히 건너기도 전에 어서 호텔로 돌아가고 싶은 마음뿐이었다. 8월 오전 7시경 베를린의 기운은 빗방울이 떨어지는 10월의 궂은 가을 날씨를 방불케 했다. 운터 덴 린덴 쪽으로 한 발짝도 떼지 않은 채 강물을 따라 걸어 내려가다가 페르가몬 박물관과 보데 박물관 사이에 임시로 낸 나무 다리를 건너 알렉산더 광장으로 향했다. 여행자의 원칙은 온 길을 다시 걷기보다 다른 길을 가보는 것이 아닌가. TV 타워와 고층 포럼 호텔은 어디에서도 눈에 잡혔다. 무조건 탑 쪽으로 가면 될 것이었다. 생각보다 골목길이 길게 느껴졌다. 알고 보니 우회로였다. 약속 시간이 정해져 있는 것이 아니었는데도 나는 발걸음을 서둘렀고 이따금 떨어지는 빗방울이 돌아오는 길 내내 초조감을 부추겼다. 걷고 있는 길바닥과 스치는 낡은 건물들이 꿈의 장면처럼 지독하게 낯설었다. 아니 지독하게 익숙했다고 해야 맞았다. 도로는 온통 파헤쳐져 있었고, 오래된 건물들은 불에 그을린 듯 시커멓게 혹은 피부병을 앓고 있는 듯 헐벗은 채 굳게 문이 닫혀 있었다. 나는 도시로부터 심하게 차단당하고 있는 듯한 착잡한 기분마저 들었다. 알렉산더 광장에 이르자 사방에 비죽비죽 솟은 건물들의 창문들이 마치 낯선 나라의 깃발들처럼 사납게 펄럭이고 있는 듯했다. 공사 중인 광장의 횡

케테 콜비츠, 〈피에타〉, 1937~1938년, 노이에 바헤, 베를린 운터 덴 린덴

단보도를 건너다 신호가 끊겨 도로 가운데에서 멈춰 섰다. 내가 처음 걸어간 대로를 바라보았다. 보려고만 하면 마르크스 엥겔스 광장을 지나 운터 덴 린덴 거리 끝 브란덴부르크 문까지 볼 수 있을 것 같았다. 보려고만 한다면 서쪽 끝까지, 그 순간 나는 내가 구 동베를린 광장 한가운데에 서 있음을 깨달았다. 어서 아침을 든든히 먹고 훔볼트 대학에 가봐야 했다. 그곳에 가서 두 눈으로 직접 확인할 것이 있었다.

철학자들은 지금까지 세계를 다양하게 해석만 해왔다. 그러나 중요한 것은 세계를 변혁하는 것이다.

一마르크스, 훔볼트 대학 로비 중앙 계단 벽에 새겨진 문구

¶

자주 벽을 느꼈다. 밤에 천사를 느끼듯이. 운터 덴 린덴을 끝까지 걸어가 서베를린 깊숙이 쿠담 거리를 헤매고 온 날 밤에는 극심한 현기증까지 느꼈다. 검게 타버린 카이저 빌헬름 교회, 유로파 센터, 티어가르텐, 전승기념탑, 베를린 필, 소니센터, 달렘도르프의 베를린 자유 대학, 검문소 벽, 사이사이 무수한 광장들과 공터들, 그리고 가도 가도 이어지던 녹슨 쇠파이프들. 도시를 뒤덮은 붉은 쇠파이프들을 나도 모르게 따라가면서 나는 내 몸의 혈관이 마비되는 것을 느꼈던가. 보리수 거리, 브란덴부르크 광장 가에 거꾸로 서고, 옆으로 서고, 빙 둘러 모여 선 플라스틱 곰들을 비껴가면서

나는 내 몸의 감각이 박제되는 것을 느꼈던가. 빔 벤더스는 베를린을 사랑해 인간이 된 천사 이야기를 영화로 만들었지. 베를린 천사는 지금, 바로 지금을 느끼고 싶어 했지. 영원히 천사로 순수한 시간을 사는 것이 중요하지만, 멋있지만, 그러나, 지금, 나라는 무게, 나의 현재를 느끼고 싶어 했지. 아파봤으면, 걸을 때 움직이는 뼈도 느껴봤으면, 아아, 오오, 외쳐봤으면―모든 것은 환상인가. 정신적인 것, 현상적인 것, 육체적인 것, 무엇이 진상眞相인가. 훔볼트 대학(구 베를린 대학)을 후문 쪽으로 들어갔다. 후문은 헤겔 광장에 있었고, 커다란 나무 아래 거무튀튀한 그림자를 뒤집어쓰고 헤겔 동상이 서 있었다. 처음엔 동상의 얼굴을 제대로 알아보지 못했다. 헤겔<sup>1770~1831</sup>도 마르크스<sup>1818~1883</sup>도 엥겔스<sup>1820~1895</sup>도 한때 이곳을 하루의 일과로 지나다니곤 했었지. 마르크스 엥겔스 공원의 두 사람, 마르크스는 앉아 있고, 엥겔스는 서 있었지. 육중한 청동 옷을 입은 그들은 헤겔 광장의 헤겔 입상과 사뭇 다른 세상에 살고 있는 듯했다. 광장이라 이름 붙이기는 했지만 사실 헤겔 광장은 사색의 뒷골목 같았고 마르크스 엥겔스 공원은 세상의 모든 발길을 끌어들이는 너른 집회 마당 같았다.

이야기의 요정아, 세상의 끝을 믿는 사람들에게, 이야기해다오. 한때 내 이야기를 듣던 사람들이, 이제 내 책을 읽게 되어, 모이지 않고 따로따로 앉아 남들은 개의치 않는다.
―빔 벤더스, <베를린 천사의 시>

마르크스 엥겔스 광장의 두 사람

홈볼트 대학 로비 중앙 계단 벽에 새겨진 마르크스의 문구

홈볼트 대학 후문 광장의 옛 헤겔 동상

빔 벤더스는 한 편의 시를 모든 전직 천사들에게 바쳤다. 누가 전직 천
사인가. 베를린을 떠나는 날 이른 아침 슈프레강 변에서 한 소녀를 보았
다. 아홉 살쯤 되었을까. 푸른 옷을 입은 작은 소녀는 리프크네히트 다리
건너 나무 그늘에 앉아 아코디언을 켜고 있었다. 멜로디가 귀에 익었으나

비석 또는 관의 형상 2711개로 조성된 홀로코스트 추모 공간

금세 아무 소리도 들려오지 않았다. 아코디언 소리를 마음속 깊숙이 묻어 버린 채 나는 다만 소녀를 가운데 두고 멀찍이 빙빙 도는 데 열중했다. 무슨 우연일까. 서커스단을 쫓겨나 낙담한 마리옹에게도 아코디언을 켜는 청년이 다가왔었다. 무슨 멜로디였을까. 세상의 모든 아코디언 소리는 하나였다. 가슴을 울렸고, 울리는 내내 허무했다. 마리옹은 자신의 등에 여전히 달려 있던 가짜 천사 날개를 벗어 아코디언을 켜는 청년의 어깨에 얹어주며 말했지. '허무해. 숲속에 버려진 새 같아. 넌 누구지? 하고 물으면, 난 더 이상 서커스 단원이 아니라는 것.' 나는 선뜻 주머니의 동전을 바구니에 담지 못했다. 적선積善에도 양식이 필요했다. 나는 푸른 옷의 아코디언 켜는 소녀를 홀로 두고 천천히 보리수 거리를 걸어갔다. 그리고 벽을 보았다. 그런데 그것은 훤한 대낮에 느닷없이 나타난 피에로처럼 가볍고 우스꽝스러워 보였다. 벽을 가운데 두고 유난히 사람이 많이 꾀었다. 마음이 어수선했고, 끝내 피로해졌다. 그곳에 모여든 사람들은 그것이 벽인가, 기웃거렸고, 그것은 볼수록 진짜 벽이었다. 벽이되 내가 본 어떠한 벽과도 같지 않았다. 차라리 묘비명이었다. 역사 저편으로 유폐시킨 이념의 묘비명. 거리로 나선 피에로. 나는 베를린 국립묘지를 찾는 대신 훔볼트 대학 교정에 기리고 있는 분서된 서가書架에 참배했다.

역사는 행복의 무대는 아니다. 행복의 시대는 역사에서 공백의 페이지이다.

—헤겔, 『역사철학강의』

# 황금 물결의 유혹, 미혹迷惑
## —드레스덴 가는 길

베를린을 떠나는 날 하늘이 맑게 갰다. 거리마다 푸른 보리수의 도시,
그러나 단 한 발짝도 전쟁의 기억으로부터 벗어날 수 없는 도시, 거리마다
조각 곰들이 뛰노는 도시, 그러나 자칫 방심하면 잡초 우거진 공터로 들어
서는 도시, 이방인에게 좀처럼 친숙해지지 않을 것 같은 벽의 도시, 그런데
이제 떠나려니 베를린이 낯설지 않았다. 사흘간 나는 그 도시에서 너무 많
은 것을 보아버린 것 같았다. 페르가몬 박물관 하나만으로도 나는 베를린
에 아무런 아쉬움이 없었다. 옷자락만으로, 가슴만으로, 떨려나간 귀와 일
그러진 코만으로 숨을 잇고 있는 여인들, 파편 조각만으로 불려 와 존재하
는 희랍 거신들, 구 서베를린 최대 번화가 구담 거리엔 폐허의 교회가 그
어떤 최첨단 상징물보다 위풍당당하게 서 있지만 나는 페르가몬에서 베를

드레스덴 츠빙거궁

린의 과거와 오늘을 보았다고 하면 지나친 과장일까. 구 동베를린 중심 운
터 덴 린덴 거리를 메우고 있는 기념비적인 건축물들, 손목이 잘려나간 채,
손가락을 잃어버린 채 한때 장엄했던 건축물들의 퍼사드를 장식하고 있는
여신들과 영웅들을 뒤로하고 베를린 동역으로 향하는 내내 나는 극심한
피로감에 시달렸다. 휴식을 갈망하기에는 너무 일렀다. 가야 할 길이 멀었
다. 드레스덴으로 향하는 열차에 오르자마자 그때까지 내가 본 것을 모두
잊어버렸다. 그리고 우회가 시작되었다.

드레스덴으로 가는 길이 사람에 따라서는 멀고도 험한 것일 수도 있다. 베
를린 남쪽 180킬로미터에 위치한 구 동독 제3의 도시, 독일 바로크 시대
의 장려한 모습을 지닌 이 고도에의 길이 내게는 너무도 멀고 험한 길의
하나였다.

— 김윤식, 『환각을 찾아서』

¶

베를린에서의 마지막 밤, 아니 베를린을 떠나기 두 시간 전까지도 나
는 다음 목적지 드레스덴을 포기했었다. 엘베강이 넘치고 드레스덴 중앙
역이 지붕까지 물에 잠겼다는 보도가 시시각각 텔레비전 화면을 장악하
고 있었다. 프라하는 무사한가. 하나의 큰 물줄기가 여러 나라를 거치면서
그 나라 이름의 강이 되었다. 엘베강(체코명 라베강), 몰다우강(체코명 블타바강),

드레스덴 교외 엘베강 변의 전원 마을

석양의 엘베강

도나우강(체코명 도나이, 헝가리명 두나, 세르비아명 두나브, 영어명 다뉴브, 라틴어명 두나비우스)…… 나는 각기 다른 이름의 강의 흐름을 따라 열차를 타고 북에서 동으로 동에서 남으로 또 동으로 이동할 계획이었다. 엘베강이 넘치면 그 지류인 몰다우강은 무사한가, 드레스덴행 열차를 타기 직전 베를린 동역에 비치된 대형 텔레비전 화면은 드레스덴의 보물 츠빙거 궁전과 젬퍼(고전 거장) 미술관의 침수 상황을 전하고 이어 프라하 몰다우강의 명물 카렐 다리 폐쇄 장면을 비추었다. 백 년 만의 홍수로 동쪽으로 가는 철로는 유실되고 도로는 끊겼다. 그럼에도 나는 드레스덴으로 가려고 했다. 가야 할 한 치 앞도 보이지 않았지만 그 끝도 보이지 않았다. 드레스덴 중앙역이 잠겼다면 드레스덴 근처에라도 나는 가야 했다. 두 눈으로 똑똑히 물에 잠긴 도시를 보았으면서도 발길을 돌리지 못하고 반드시 거기로 가는 무모함은 나의 어디에서 연유하는 것일까. 드레스덴 노이에슈타트(신시가)로 향하는 열차 안에서 나는 혼의 울림처럼 한 목소리를 듣고 있었다.

> 약 1년 전 독일 국내를 통과할 무렵, 멍청히 갈아타는 역을 그만 놓치고 다른 선%으로 들어간 적이 있다. 나는 다음 역에서 내렸다. 그날은 오후 2시가 지난 맑게 갠 날이었고, 장소는 독일의 어느 조그마한 시골이었다.
> ─도스토옙스키, 『악령』

¶

드레스덴과 클로드 로랭Claude Lorrain, 1600~1682, 클로드 로랭과 도스토옙스키1821~1881, 이들은 오래전부터 나에게 하나의 완벽한 의미항을 이루고 있었다. 처음 그것은 김윤식으로부터 왔고, 그다음엔 루카치로 거슬러 올라갔다. 그러니까 김윤식, 드레스덴, 클로드 로랭, 도스토옙스키, 루카치는 나에게 도스토옙스키 자신이 왜 그런지 모르고 불러온 '황금시대'였다.

깊은 잠에 빠져들었다. 나는 실로 뜻하지 않은 꿈을 꾸었다. (중략) 드레스덴의 화랑에 클로드 로랭의 그림이 진열되어 있었다. 카탈로그에는 '아시스와 갈라테아'라고 되어 있지만, 나는 항상 '황금시대'라고 불렀다.

— 도스토옙스키, 『악령』


유럽 도처에서 나는 클로드 로랭의 그림을 찾으며 황금시대의 빛을 발견하려고 했다. 그러나 그것은 어디까지나 중심을 따로 둔 변방의 빛이었다. 드레스덴만이 순금빛의 황홀경을 간직하고 있었다. 베를린에서 가능한 한 아무것도 보지 않아도 좋다고 게으름 피운 것은, 베를린을 떠나면서 사흘간 보았던 모든 것을 털어버린 것은 오직 지척에 황홀경을 두고 있었기 때문이다. 드레스덴으로 가기 위한 길목에 베를린이 있을 뿐이었고, 그렇기 때문에 드레스덴이 아니라면 베를린도 존재하지 않았다. 독일 최고의 도시 베를린이 어쩌다 길목에 놓인 운명이 되었을까. 베를린의 모든 기억을 잠시 망각 속에 봉인한다 해도 포츠담 광장 거리에 놓인 한 조각 벽의 표정만은 드레스덴으로 가는 길 내내 지워지지 않고 되살아났다. 벽을 다시 보기 위해서라도 나는 베를린을 다시 찾을지도 몰랐다. 훗날 다른 역사 시간대의 베를린을 꿈꿀지도 몰랐다. 그때에도 슈프레강 변의 소녀를 다시 볼 수 있을까. 천사의 숨결을 느낄 수 있을까. 드레스덴에 가까워질수록 강물이 넘치고 도로는 또 다른 강이 되어 마을로 흘러들었다. 세상은 온통 물이거나 강이 되었다. 노을빛이 붉었다. 멀리 떠나보지도 못한 채 두고 온 다정한 사람들에게 강한 그리움이 일었다. 서울의 K에게 편지를 썼다.

드레스덴 엘베강 변의 도스토옙스키 동상

클로드 로랭, 〈아시스와 갈라테아〉, 1657년, 고전 거장 미술관, 드레스덴

이곳에 아름다운 사람들이 살고 있다. 그들은 행복에 겨운 마음으로 잠에

서 눈을 떴다. 이것은 인류의 영원한 꿈이며 위대한 미혹<sup>迷惑</sup>이다! 황금시

대 (하략)

—도스토옙스키, 『악령』

클로드 로랭의 〈아시스와 갈라테아〉 소장처인 드레스덴 고전 거장 미술관

¶

낙조의 비스듬히 내리쬐는 광선을 클로드 로랭만큼 잘 표현한 화가가
있을까. 나는 해양화이거나 풍경화이거나 로랭의 그 비스듬히 내리쬐는

광선을 몇 시간이고 바라보기를 좋아했다. 비스듬히 내리쬐는 빛이 하루의 시간 속에 황금빛으로 불타오르는 순간을 기다리곤 했다. 그 빛에 사랑하는 연인 아시스와 갈라테아의 보금자리가 아늑해졌고, 그 빛에 갈라테아를 혼자 사랑한 외눈박이 괴물 폴리페무스의 눈이 불처럼 타올랐다. 행복의 절정에 천지를 뒤흔드는 폭풍이 불어닥치는 것은 시간문제였다. 드레스덴행 열차는 물 젖은 평원을 빠르게 가르며 금세라도 무너져 내릴 듯한 철길을 초고속으로 달렸다. 극도의 혼란과 불안을 잠재울 방책이란 무엇인가. 먼 곳에 있는 K에게 끊임없이 물었다. 나는 드레스덴에 갈 수 있을까. 로랭에, 도스토옙스키에, 황금시대에 도달할 수 있을까. 악령에 이끌리듯 황금 물결에 사로잡혔다. 강물이 길을 막아도 황금빛 유혹을 떨쳐버릴 수는 없었다.

잠에서 깨어 문자 그대로 눈물에 젖어 눈을 떴을 때, 바위도, 바다도, 낙조의 비스듬히 내리쬐는 광선도 눈앞에서 선하게 보이는 듯한 감이 들었다. 예전에 미처 몰랐던 행복감이 가슴을 찢듯이 쓰려왔다.

―도스토옙스키, 『악령』

# 노스탤지어, 우회의 진원
## ―프라하 가는 길

    프라하 가는 길에 드레스덴이 있었다. 드레스덴 가는 길에 베를린이 있었다. 베를린, 드레스덴, 프라하 도중에 길을 잃었다. 드레스덴 근처에서 강물에 떠밀려 표류하고 말았다. 베를린 출발 일주일 만에 프라하에 도착했다. 그동안 나는 어디에 있었던 것일까. 드레스덴에 도착할 때까지 중앙역은 물에 잠겨 있었다. 내가 묵기로 되어 있는 아샤 호텔은 바로 중앙역 부근 부다페스트 거리에 있었다. 독일 전역에 수해 특별 방송이 시시각각 나오고 있었음에도 나는 기어이 드레스덴까지 가고 말았고 드레스덴 노이에슈타트 역에 내려 침수 지역을 눈으로 확인하고 나서야 발길을 돌렸다. 드레스덴이 아니라면 나에겐 프라하에 갈 방도가 없었다. 드레스덴 근처 어디라도 머물며 도시에서 물이 빠져나가기를 기다렸다가 체코 국경

프라하 역

을 넘어갈 참이었다. 그러나 나는 도스토옙스키처럼 할 수는 없었다. 어느 허름한 여관에 들어 뜻밖의 꿈을 꾸는 행운은 나에게 주어지지 않았다. 츠빙거 궁전의 라파엘로도 젬퍼 미술관의 클로드 로랭도 10분 이내의 거리에 있었는데 나는 그들에게 한 발짝도 다가갈 수 없었다. 드레스덴 신역사에 울려 퍼지는 앰뷸런스 소리와 어수선한 헬기의 이동, 어디에서 오는 것인지 어디로 가는 것인지 옆도 보지 않고 앞만 보고 빠르게 달려가는 사람들…… 불안한 공기가 한사코 강 쪽으로 향하는 내 발걸음을 차단했다. 로랭의 황금시대는 드레스덴 어디에도 없었다.

> 새로운 세계란 과연 무엇일까. 앞으로 인류가 이르러야 될 그 세계란 대체 어떤 것일까. (중략) 도스토옙스키는 '이것이 없으면 산다는 일은 원치 않을뿐더러 죽는 일조차 불가능할 정도'라는 인류의 저 위대한 망집을 로랭의 그림 〈아시스와 갈라테아〉(드레스덴 고전 거장 미술관 소장)에서 보고 있었던 것이다. 드레스덴 미술관을 찾아갈 방도가 없는 사람에겐 겨우 루브르와 런던으로 향하는 길이 남아 있었다.
>
> ─김윤식, 『황홀경의 사상』

김윤식은 인생이란, 문학이란 또는 예술이란 한갓 환각을 찾아 헤매는 열정이라고 고백했다. 김윤식은 누구인가. 모든 것을 뛰어넘어 그는 문학기행의 한 형식을 내게 열어주었다. 구 동독 시절인 1960년대부터 꿈꾸어오다 통독 2년째인 1991년 감행하기에 이른 그에게 드레스덴행은 당연히 멀고도 험한 길이었다. 나에게도 드레스덴은 여전히 멀고도 험한 길이었다. 이념의 장벽과 마찬가지로 백 년 만의 대홍수도 어쩔 도리가 없는 일. 김윤식은 두 거인이 만나는 장면을 드레스덴의 클로드 로랭 그림 앞에서 목격하는 것이 목적이었다. 나는 로랭의 그림을 가운데 둔 두 거장과 그들 앞에 선 김윤식을 확인하는 것이 목적이었다. 꿈이라 해도 너무 황당무계했던가. 드레스덴을 고스란히 남겨둔 채 체코 영토를 에둘러 독일을 통과해 가는 빈<sup>Wien</sup>행 야간열차에 몸을 누이면서 나는 대낮의 기나긴 환각으로부터 놓여나 죽음과도 같은 잠의 깊은 꿈속으로 빠져들었다.

프라하의 역사를 알게 된 이후로 그는 자신의 말에 귀 기울이는 사람들 앞에서 프라하의 거리와 궁전, 교회들에 대해 거드름을 피우며 장황하게 말했으며 프라하가 배출한 스타들에 대해 끝없이 말을 늘어놓았다.
ㅡ쿤데라, 『향수』

¶

길을 떠난 이상 우회는 필연적인 과정이었다. 프라하에서 쿤데라를 찾는 것은 이제 어떤 의미가 있을까. 그는 파리에 귀화해 프랑스어로 소설을 쓰다가 생을 마감하지 않았는가. 그것은 내가 드레스덴을 통과해 프라하를 가는 것이 불가능해진 것과 무슨 연관성이 있는가. 아무 관련이 없었다. 드레스덴은 결국 나에게 '공백의 페이지'로 남았고, 그렇다면 프라하 역시

프라하. 구 시청사 광장 첨탑과 천문 시계

훗날을 기약할 수밖에 없었다. 드레스덴 신역에서 어떻게든 드레스덴 근처에 남아 기회를 봐서 체코 국경을 넘으려던 것이 불가능하다는 것을 깨달은 이후 프라하로의 꿈은 빠르게 해체되었다. 프라하는 오래전에, 카프카<sup>Franz Kafka, 1883~1924</sup>가 떠난 이후, 적어도 쿤데라가 '향수'를 들고 나온 순간 순수성을 상실했다. 쿤데라가 자신의 입으로 토로하듯이, 다시 말해 파리로 옮겨 간 자신의 '정체성'을 되짚어 두고두고 소설을 썼던 것처럼, 프라하는 진의가 의심스러워졌다. 이런 마당에 프라하에 간다는 것은 쿤데라가 자신은 멀찍이 떨어져서(아니 괄호 속에 숨어) 구스타프에게 맡긴 배역을 고스란히 실행하는 것이나 마찬가지 아닌가. 바보짓이 아닌가. 허영이 아닌가. 화가들과 연금술사들의 보호자(루돌프 황제)에 경의를 표하고, 정부의 밀실(모차르트)을 기웃거리며, 불행의 성자(카프카)에 참배하고…… 오, 이런! 냉소가 구토처럼 치밀었다. 베를린의 천사처럼 아멘이 아니라, 아아, 오오, 외치고 싶었다. 아아, 오오, 카프카여, 프라하여, 모든 K와 P로 시작하는 대문자들이여. 아무리 냉소를 하려 해도 가슴 깊은 곳에서는 어쩔 도리 없는 향수병처럼 형언할 수 없는 고독감이 밀려왔다.

> 시간이 없다. 국민 총동원 군대 소집이다. K와 P도 소집 영장을 받았다. 이제 나는 고독의 품삯을 받는다. (중략) 어떤 희생을 치르고서라도, 나는 글을 쓸 것이다. 그것은 생존을 위한 나의 투쟁이다.
> ─카프카, 1921년 7월 31일 일기

¶

프라하에 첫발을 내딛자 따가운 햇빛이 소낙비처럼 쏟아져 숨을 막았다. 오전 11시 4분. 빈에서 새벽 6시 25분 열차였다. 오스트리아에서 보헤미아로 국경을 넘자 간이역사는 물론이고 보헤미아 집들, 심지어 숲의 풀들조차 녹슬어 보였다. 탁자 위에 올려놓은 책(카프카, 『성』) 속에서 열 개도 넘는 창이 있는 그림엽서(에곤 실레, 〈창이 있는 벽〉)가 비죽 흘러나왔다. 실레의 '창'이 걸려 있던 벽이 미술사 박물관이었는지 벨베데레 미술관이었는지, 어제였는지, 그제였는지, 의식이 가물가물했다. 새벽 열차라(아니 홍수 때문에) 승객이 거의 없었다. 식당 칸의 두 청년은 체코 말을 썼다. 알아들을

프라하, 블타바강이 도심을 가르며 흐르고 있다.

수 없는 말로 밥 딜런의 〈노킹 온 헤븐스 도어〉가 크게 울려 퍼졌다. 그들
은 체코 록 가수가 부른 그 노래를 열차 바퀴 소리가 들리지 않을 정도로
크게 틀어놓고 커피와 빵을 팔았다. 나는 값을 다 치르고도 노래가 끝날
때까지 그들과 함께했다. 보헤미아의 밥 딜런이라. 그제야 내가 보헤미아
에 들어왔다는 것을 겨우 실감했다. 빈에서 일주일째 보내면서도 프라하

에 갈 엄두도 못 냈다. 프라하에 못 갈 바에는 쿤데라 태생지인 브루노라도 다녀올 생각이었다. 빈 대학에 가는 길에 한 학생을 통해 프라하 진입이 가능해졌다는 소식을 들었다.

새벽 5시 반 모닝콜을 부탁하고 잤지만 며칠째 고열에 시달리던 몸을 일으키기가 힘겨웠다. 매일매일 고독의 품삯을 치르며 프라하에 갈 날을 생각했는데, 막상 그날이 닥치자 형벌처럼 두려움이 일었다. 그날이 아니면 또다시 일정은 어긋날 것이었다. 프라하를 다녀온 이후에 길은 원래대로 이어질 것이었다. 베를린, 드레스덴, 프라하, 빈, 부다페스트…… 브루노를 지날 때 K에게 두 번째 엽서를 썼다. 이제 나는 카프카의 '성'에 '도착'한다, '먼 길이 어긋나지 않도록 하려 했지만(눈 때문에) 원치 않게 길을 한 번 잃었기 때문에 이렇게 늦게야 도착'(카프카, 「도착」, 『성』)했다, 라고.

베토벤은 프라하를 찾았을 때 즉흥으로 그의 피아노 소나타 2번 2악장 '라르고'를 연주했다. 1798년의 일이었다. 느리게 성큼성큼. 카프카를 읽을 때면 나는 알프레트 브렌델의 연주로 베토벤의 라르고를 반복해서 들었다. 느리게 성큼성큼. 체코 출신의 오스트리아 피아니스트 브렌델의 베토벤 연주를 듣다 보면 그의 몸에 흐르는 여러 갈래의 피(그는 오스트리아, 독일, 이탈리아, 체코의 여러 선조를 가지고 있다고 한다)처럼 하나 아닌 상념들이 한 줄기로 가지런해지는가 하면 커다란 한 줄기가 하나 아닌 방향들로 흘러가는 심적 다채성을 경험하곤 했다.

프라하에 다 와서 열차가 속도를 늦추더니 저 아래 시내를 두고 언덕에서 정차했다. 시내로부터 아득히 높은 지대임에도 철로와 노변의 가옥

프라하. 카를교 쪽으로

들이 축축하게 젖어 있었다. 빨라지는 맥박 속도를 늦추며 느리게 성큼성큼 열차간을 서성거리다 창문을 열었다. 콧속으로 습한 열기가 훅 끼쳤다. 아아, 오오! 나도 모르게 탄성을 내질렀다. 그러자 열차는 더디게 움직였다. 길은 마치 일부러 그러기라도 하는 듯이 구불구불했다. 그래서 성에서 그리 멀리 떨어져 있지 않았음에도 불구하고 거리는 여전히 좁혀지지 않고 있었다(카프카, 『성』).

¶

사람들은 왜 프라하에 가는가. 어떤 사람에게 프라하는 오직 카프카를 의미할 수 있고, 다른 어떤 사람에게 프라하는 쿤데라를(간혹 흐라발을), 모차르트를(아니면 스메타나를, 또 드보르자크를), 광장을, 혁명을 의미할 수도 있었다. 그 모든 것을 한입에 삼킨, 백 개도 넘는 탑을 거느린 거대한 '성'을 의미할 수도 있었다. 카뮈에게 프라하는 숨 쉬기 곤란한 고독의 유배지였고, 베토벤에게 프라하는 라르고의 즉흥 연주장이었다. 그러면 정작 카프카에게 프라하는, 쿤데라에게 프라하는 무엇이었나? 카프카는 쿤데라가 파리의 이방인(보헤미아인)이었던 것처럼 당시 프라하의 이방인(유대인)이었다. 그러나 이방인이라는 동일한 운명의 두 사람에게 어떤 동일한 표정을 발견할 수 있을까. 서로 다른 표정으로 두 사람은 동일 혈족이 아니라고 규정할 수 있을까. 프라하의 카프카가 소수 집단의 이방인/국외자로 평생 고독과 불안의 주민이었던 데 비해 파리의 쿤데라는 그곳의 정주민보다 오

다비트 체르니, 〈매달린 사람〉, 1997년.
프라하 시내 곳곳에는 지그문트 프로이트 형상의 사내가 골목 창공에 설치되어 있다.

히려 막강한 권력과 명예를 누리지 않았던가. 폐쇄적인 이방인 시절과 노마드적인 삶이 팽배한 시대가 벌려놓은 정체성의 간극일까.

카프카를 고통스럽게 하는 것, 그를 화나게 하고, 분노하게 하는 것이 있다면 그것은 한 가지뿐이었다. 사람들이 그를 문학에서 도피처를 찾는 내면파 작가, 고독의 작가, 죄의식의 작가, 내밀한 불행의 작가로 여기는 것이었다. (중략) 카프카와 일치하기 위해서는 두 가지 원칙만이 있다. 그는 정말 내면의 심층으로부터 유쾌한 웃음을 웃는 작가이다. 광대 선언에도 불구하고, 또는 광대 선언과 더불어 그는 삶의 희열로 웃는다. 그의 웃음은 함정이며, 서커스다.
— 질 들뢰즈, 펠릭스 가타리, 『소수 집단의 문학을 위하여』

¶

그해 8월, 대홍수가 지나간 프라하는 방금 대형 서커스가 막을 내린 것처럼 산만했다. 한여름 햇빛은 며칠 동안 도시를 점령했던 물의 잔류를 뿌리째 뽑아낼 듯이 맹렬하게 달라붙었고, 발길이 몰리는 장소마다 발동기 돌아가는 소리가 고막을 때렸다. 나는 까마귀 떼처럼 달라붙는 모터 소리를 피해 광장에서 광장, 탑에서 탑, 골목에서 골목을 빠르게 건너질렀다. 오랫동안 베토벤의 라르고를 좋아했지만 정작 프라하에 와서는 베토벤의 걸음걸이로 걸을 수는 없었다. 햇빛과 소리를 피할 수 있는 곳, 오직 그

블타바강 변의 프란츠 카프카 박물관

한 곳을 전속력으로 찾아갈 뿐이었다. 생각보다 유대인 묘지는 가까운 곳에 있었다. 바츨라프 광장에서 걸어서 10분이면 닿았다. 그 근처에 카프카의 집도 있었다. 적어도 지도를 놓고 보자면 그랬다. 나는 뛰듯이 프라하의 게토 구역으로 걸음을 서둘렀다. 그곳은 왜 이번 여행의 중심이 프라하인가라는 질문에 대한 유일한 해답을 쥐고 있었다. 너무 빨리 달렸던지 광장과 탑과 골목을 빠져나오니 곧바로 성이 건너다보이는 강변에 이르렀다. 세상 사람들이 몰다우라고, 또는 블타바라고 부르는 강, 집을 떠나오기 전 하루에도 몇 번씩 피아노 앞에 앉아 불러보던 스메타나<sup>Bedřich Smetana, 1824~1884</sup>의 아름다운 그 강이었다. 그토록 아름다운 선율을 체코에 바쳤지만 정작 스메타나는 오랫동안 국외자로 이방을 떠돌아야 했고, 귀국해서

카프카 박물관 입구. 대문자 K가 설치되어 있다.

는 환청이라는 음악가에게 내려지는 천형을 겪어야 했다. 이명과 현기증,
격렬한 두통 속에 (이미 죽고 없는) 모차르트와 베토벤에게 끊임없이 편지를
썼다는 이 불우한 음악가의 아픔이 건널 수 없는 강의 붉은 물결처럼 가슴
을 쳤다. 몰다우강을 따라 카렐 아래 쪽으로 내려가면 그의 이름을 딴 뮤
직홀이 있었다. 프라하는 나와 같은 문학도에게는 카프카의 도시이기도
하지만 동시에 음악도에게는 스메타나의 도시이기도 했다. 저편 강 언덕
에 거침없이 솟아 있는 프라하성을 두고 게토 지역으로 발길을 돌리는데
미련이 남았다. 미련 때문인지 카프카의 집으로 향하면서 베토벤의 발걸
음을 되찾았다. 느리게 성큼성큼. 그러면서 머릿속으로는 강을 건널 방법
을 궁구하고 있었다. 프라하에서 나에게 주어진 시간은 겨우 하루, 몰다우
강은 여전히 대홍수의 여파에 있었고, 다리는 폐쇄되었고, 세계 최고 깊이

바츨라프 광장

를 자랑하는 지하철은 운행이 중단되었다. 아쉬움에 힘차게 몰아쳐 흐르는 붉은 물결을 뒤돌아보노라니 문득 환청처럼 낯익은 목소리가 소용돌이 속에서 울려 나왔다.

목표는 있으나, 길은 없다. 우리가 길이라고 부르는 것은 망설임이다.
　—카프카, 아포리즘

¶

우회가 끝나는 지점에서 지독한 망설임에 휘말렸다. 폐쇄라는 안내판 앞에서의 망설임. 아아, 오오, 폐쇄의 문 앞에 설 때마다 나는 탄식을 넘어

프라하 1번지 프란츠 카프카 생가의 카프카 청동 조각

선 신음 소리를 내고야 말았다. 2002년 8월의 프라하는 가는 곳마다 폐쇄 중이었다. 카프카의 집도, 유대인 묘지도, 유대인 시나고그도, 카렐 다리도 폐쇄, 모두 폐쇄. 두세 번 폐쇄에 맞닥뜨리자 프라하에서 느꼈던 카뮈의 유폐감의 정체를 조금은 알 것도 같았다. 가는 곳마다 폐쇄가 정당화되자 카프카의 유폐감의 정도를 아주 조금은 알 것도 같았다. 불안감이 거듭되면서 유폐감이, 유폐감이 심화되면서 고독감이 자리 잡았다. 이 세계에서 나혼자 떨어져 나와 있다는, 이 세계 속으로 나는 들어갈 수 없다는, 그리하여 나는 이 세계로부터 철저히 차단당했다는 극단적인 고립감, 극은 극으로 통한다고 했던가. 불안감과 유폐감과 고독감, 이 모든 감정에 한 차례 격렬하게 시달리고 나자 이상하게 심적 안정이 찾아왔다. 나는 또다시 베토벤의 라르고로 프라하 시가지를 성큼성큼 걸었다. 카프카의 집이 뮤직숍으로 변해 있어도(안에서는 정전으로 컴컴한 가운데 물을 퍼내고 있었다), 그가 묻힌 유대인 묘지는 폐쇄된 채 한 무리의 독일 단체 관광객에게 점령당해 있어도(독일인 가이드는 지휘자처럼 당당하게 프라하의 독일어 사용 작가의 이름을 외치며 철문을 탁탁 건드렸다), 프라하성으로 이어지는 카렐 다리 위의 성상들이 볼모가 되어 보호를 받고 있어도(입구에는 경찰이 노란 줄을 치고 통행을 막고 있었다) 견딜 만했다. 이제 프라하에서 내게 남은 것은 구 시청사 광장가에 앉아 체코산 맥주로 마른 입을 축이는 일뿐. 그러다 작별 인사하듯 아아, 오오, 소리치며 광장 건너편 한 유대인 사내가 들고 나던 길모퉁이를 속절없이 더듬어볼 뿐. 한여름 프라하의 하루는 맥주 한 잔의 추억 속에 저물어갔다. 떠나와서 처음으로 집에 돌아갈 날짜를 세어보았다. 해가 지기는 일렀다. 단숨에 비

스메타나 박물관

프라하 묘지, 구 유대인 묘역

프라하성으로 들어가는 길

프라하성

황금소로 22번지의 카프카 집필 공간

운 맥주 탓인지, 이마에 들끓는 고열 탓인지 의식이 혼미해졌다. 광장의 포석 위에 한 유대인 사내가 그림자를 검게 드리우고 서 있었다. 모자를 쓰고 있는 모습이 막 도착했거나, 막 떠나는 사람 같았다. 나는 그곳이 어디냐고 묻지 않았다. 단지 빈이라고 알았다. 그의 연인 밀레나가 살던 곳, 그가 마지막 숨을 거둔 곳, 빈. 이제 내가 다시 돌아가야 할 곳, 빈이라고.

그의 얼굴은 그렇게도 순수하고 엄격했던 그의 정신만큼이나 조금도 움직이 없이, 엄숙하여 접근을 금지하고 있었다. 그것은 가장 고귀하고 오래된 종족의 왕의 얼굴이었다.

—카프카의 임종을 지킨 빈의 주치의 로베르트 클롭슈토크의 증언

프라하 교외 신 유대인 묘지의 카프카 가족묘.
카프카는 아버지, 어머니와 함께 묻혀 있다.

# 불멸의 휴식, 영원의 에필로그
## —빈 중앙 묘지의 베토벤, 모차르트, 슈베르트, 쇤베르크

오스트리아의 빈, 과거 한때 오스트리아-헝가리 제국으로 막강했던 마리아 테레지아 여제의 도시, 밤이면 '아름다운 샘' 쇤부른 궁전 갤러리 뮤직홀에서는 모차르트와 슈트라우스가 연주되고, 신고딕식 뾰족탑을 찌를 듯 허공에 띄운 시청사 건물 외벽에서는 발레 공연이 흐르고, 시내 숲속 작은 성에서는 오페라가 상연되는 도시. 그림은 말할 것도 없고 문학조차 음악화하는 도시. 그러다 가끔 음악도 문학인가 착각하게 만드는 도시. 클림트의 황금빛 물결을 나는 일찍이 음악이라 생각하였고, 문학을 철학화했다는 혐의를 받고 있는 무질조차 음악적으로 이해하려 했다. 그것은 그들이 모두 오스트리아 출신의 예술가들이라는 사실에서 야기된 것이다. 오스트리아인치고 누군들 음에 무심하랴. 공기와 같은 음의 기류

빈.
도심 거리 곳곳에 에곤 실레, 프로이트 전시 홍보물이 설치되어 있다.

슈테판 대성당 전망대에서 본 빈 전경

를 떨치랴. 하물며 빈에서는 더더욱. 빈에서 머무는 일주일 동안 나는 베를린에서와는 다르게 적당히 움직이고 적당히 듣고 적당히 보려고 했다. 가능한 한 많이가 아니라 가능한 한 알맞게. 그래야 나는 앞으로 남은 며칠을 순조롭게 지낼 수 있을 것이었다. 여행의 철칙은 컨디션 조절에 있었으나 드레스덴 우회를 겪으면서 고열에 목소리까지 잃었다. 프라하에 다녀오면서 몸 상태는 최악이었다. 빈에서 남은 시간에는 최대한 컨디션을 회복해야 했다. 가을 하늘처럼 맑게 갠 아침, 호텔 옆 벨베데레궁 식물원을 조깅한 후 아침 식사를 정성껏 한 다음 호텔 앞에서 71번 트램을 타고 중앙 묘지로 향했다. 음악가 묘역을 찾아갈 때 나는 세 사람을 생각했다. 베토벤·모차르트·슈베르트. 그러나 정작 묘지 끝까지 돌아보고 나오는 길에 내 머릿속에는 오직 두 사람 생각뿐이었다. 베토벤과 쇤베르크 Arnold Schönberg, 1874~1951. 쿤데라에 따르면, "쇤베르크는 자기가 위대한 유럽 음악사의 매혹적인 에필로그가 아니라, 그 앞에 영원히 펼쳐진 영광의 미래 프롤로그를 쓰고 있다고 생각했다."(『향수』)

　음악 교수였던 부친 덕분에 음악에 조예가 깊었던 쿤데라는 소설 속에 음악을 자유자재로 끌어들였다. 그래서 그의 소설은 음악을 잘 알지 못하고서는 그가 전달하고자 하는 뜻을 제대로 느낄 수 없을 수도 있고, 거꾸로 그의 소설을 통해 음악과 만나는 계기가 될 수도 있었다. 나는 그의 소설의 묘미는 그의 고백처럼 리드미컬한 동어반복과 음악미에 있다고 생각해왔다. 그의 소설 『향수』(원제 무지 L'ignorance, 2000)는 파리로 망명해 살았던 이레나라는 여성의 프라하 방문기로 쿤데라는 그 소설로 자신의 삶을

완성하는 접점을 보여주었다. 『향수』에는 그의 다른 소설들과 마찬가지로 음악가가 등장하는데, 오스트리아 태생의 유대인으로 (자칭) 독일 음악가로 살다가 독일에서 추방, 미국 망명생활을 했던 아널드 쇤베르크의 멀티플 라이프가 소설적 키워드의 하나로 작용했다. 쿤데라는 결국 『서정시대』(한국어 번역 『생은 다른 곳에』)의 시인(야로밀)으로 출발했다가 30년이 지나 향수병에 걸린 서사시의 영웅(율리시즈)으로 돌아가는 길목 곳곳에 해명처럼 쇤베르크가 필요했던 것이었다(아도르노를 비롯한 20세기의 예술 이론가치고 한때 쇤베르크에 골몰하지 않았던 사람이 있던가). 나는 쿤데라의 소설에서 오케스트라를 듣고 보곤 했다. 그는 악기 편성하듯 소설에 시간과 역사와 인물을 배치하고, 주조음을 고르고, 협주음을 강조하면서 때론 현학적으로 과장하면서 시대와 공간과 역사와 예술을 마음껏 지휘했다. 그리하여 쇤베르크의 말처럼 그는 소설이란 '(······) 무엇이 된 어떤 것, 다른 어떤 것이 될 수도 있는 것'임을 보여주었다.

예술은 (······) 무엇이 된 어떤 것이다. 그것은 또한 다른 어떤 것이 될 수도 있었다.
—쇤베르크, 『화성 이론』


¶


빈 중앙 묘지는 두 번 찾아갔다. 처음 2002년 여름엔 트램을 타고, 두

빈 중앙 묘지의 음악가 묘역 표지

아널드 쇤베르크의 묘

요한 슈트라우스와 요하네스 브람스의 묘

번째 2019년 여름에는 자동차로. 첫 방문 때 첸트랄프리트호프<sup>Zentralfriedhof</sup>, 트램 노선표에 나와 있는 중앙 묘지는 하나가 아니었다. 정문과 여러 다른 문이 나 있다는 의미로 해석했다. 첸트랄프리트호프 2번 정차장에서 내렸다. 곧바로 정문이었다. 얼핏 보아도 규모가 엄청났다. 광장 한 모퉁이에 꽃 가게가 몇 채 있었으나 조촐했다. 빈 중앙 묘지는 파리의 대표적인 공동묘지인 페르 라셰즈의 조성과 더불어 유럽의 내로라하는 제국 수도에 진행된 유행 중의 하나였던 만큼 규모 면에서나 조경 면에서나 최고를 자랑했다. 그중에서도 음악의 도시답게 32-A 묘역이 이 묘지의 명성을 드높이고 있는 셈이었다. 아담한 정원 모양의 풀밭 중앙에 모차르트 동상이 서

베토벤, 모차르트(가운데, 가묘), 슈베르트의 묘

있고, 그 양옆에 베토벤과 슈베르트가, 그리고 그들 뒤로 빙 둘러 슈트라
우스와 그 가족, 브람스, 슈톨츠 등의 음악가군<sup>群</sup>이 배치되어 있었다. 유독
쇤베르크만이 혼자 뚝 떨어져 음악가 구역이라 보기 어려운 길 끝에 누워
있었다. 흰 대리석을 사각으로 뚝 잘라 덩어리째 기우뚱하게 세워놓은 그
의 묘는 지금까지 보아온 묘 작품(?) 중에서 가장 현대적이었다. 과거와의
과감한 단절을 꾀한 20세기 새로운 미학의 창시자 쇤베르크다웠다. 쿤데
라는 그의 두 소설에 32-A 구역의 음악가들 중 두 사람, 베토벤과 쇤베르
크를 지목했고, 베토벤은 그의 『불멸』을 위해, 쇤베르크는 그의 『향수』를
위해 호명되었다. 그러자 한 사람은 본체만체 성큼성큼, 또 한 사람은 콧

베토벤 하우스

베토벤 하우스 창밖으로 길 건너 빈 대학교가 보인다.

대를 약간 높이며 32-A 구역에
서 걸어 나왔다.

> 베토벤 작품은 위대한 괴테기
> 가 종결되는 바로 거기에서 시
> 작한다. (······) 그(괴테-인용자)는
> 음악을 독립적이고 변별적인
> 소리들의 투명한 울림으로 여
> 긴 바흐를 몹시 좋아했다.
> ─밀란 쿤데라, 『불멸』

베토벤 하우스에 있는 청년 베토벤 초상과 악보

밀란 쿤데라의 소설에 따르면 베토벤[1770~1827]과 괴테[1749~1832]는 단 한
번 스치듯 만났다. 1812년 6월에서 7월 베토벤은 체코 여행길에 올라 프
라하를 거쳐 테플리츠로 갔고, 거기에서 처음으로 괴테를 만났다. 그들은
함께 담소하며 산책을 했고, 어느 오솔길에서 황녀와 그 일행과 마주쳤다.
그즈음 '유럽 정신의 한 중심'이었던 괴테는 행렬 앞에서 걸음을 멈추고
모자를 벗어 든 채 길 한켠으로 비켰고, 악성樂聖 베토벤은 모자를 더욱 깊
이 눌러쓰고서 눈썹을 앞으로 몇 센티미터나 더 튀어나오도록 잔뜩 찌푸
린 채 발걸음을 늦추지 않고 귀족들 쪽으로 곧장 걸어나갔다. 그가 지나가
도록 길을 비켜주며 인사한 것은 황녀와 그 일행들이었다. 베토벤은 다만
괴테를 기다리기 위해서만 뒤를 돌아보았다. 이 일화가 실제 일어났는지

는 공식적으로 확인되지 않았다. 그러나 쿤데라의 소설을 통해 베토벤과 괴테의 만남은 불멸의 장면이 되었다. 오솔길의 낮은 쪽 구석으로 비켜나 몸을 굽실거리는 인간 괴테, 모자를 깊이 눌러쓰고 뒷짐을 진 채 앞으로 걸어나가는 반항인 베토벤, 그때 무슨 생각에 빠져 있었을까.

> 그대는 괴로워하고 있군요, 내가 가장 사랑하는 그대여. 여기에서 K시로 떠나는 우편마차는 목요일에만 있다는 사실을 이제야 알았습니다. 아아, 내가 어디에 있든 그대는 나와 함께 있습니다. 내가 어떻게 하면 그대와 함께 살 수 있을지 방법을 찾아보겠습니다. 이 무슨 삶일까요!! 이런 식의 삶이라니요!!! (중략) 나를 더욱 사랑해주세요. 그대를 향한 내 사랑은 한층 더 강합니다. 그래도 부디 그대, 당신 마음속 생각을 내게 숨기지 말아주세요. 오오 신이여, 이토록 가까이 있으면서! 그토록 멀다니! 우리들의 사랑이 진정한 천상의 축조물이 아니면 무엇이겠습니까.
>
> ―베토벤, 1812년 7월 6일 편지

이토록 가까이 있으면서 그토록 멀다는 생각! 오직 그 한 생각에 사로잡힌 베토벤의 안중에 유럽 정신의 중심 괴테도 유럽 권력의 중심 황녀도 들어올 리 없지 않았을까. 그곳이 어디든 그는 오직 불멸의 연인만을 보고 있지 않았을까. 그처럼 멀리, 빈에 있는 사랑을 그처럼 가까이 느끼려고 발버둥 치고 있지 않았을까. 쿤데라는 이러한 환각의 순간에 있는 베토벤을 세기의 반항아로 내세웠다. 그리하여 끝없이 이어지는 베토벤의 일화

베토벤 흉상

베토벤 하우스 외부 게시대

에 한 획을 더하는 능력을 과시했다.

　프로이트 하우스 근처, 빈 대학 길 건너편 황금 여신상 뒤에 베토벤 하우스가 있었다. 그곳에서 베토벤은 교향곡 5번 「운명」의 일부를 작곡했다. 집으로 올라가는 소롯길을 걸으며 그가 기거했던 4층 창문을 올려다보았다. 단아한 직사각형의 정갈한 창문들, 나선형 계단에 첫발을 올려놓자 문을 두드리듯 피아노포르테 소리가 둔중하게 네 번 귓전에 부딪쳤다. 다다다, 다!―. 운명은 이렇게 문을 두드린다. 그리고 또다시 네 번, 다다다,

베토벤 하우스 뜰에서 올려다본 창과 하늘

다!—. 그렇게 시작된 운명의 소리는 소라형 계단을 다 올라와 문에 이르
도록 이어졌다. 계단은 '베토벤의 귀'라는 불멸의 심연으로 이어지는 운명
의 통로 같았다. 심연의 한가운데서 한 험상궂은 사내의 간절한 외침을 들
었다.

아아, 계속 날 사랑해주오.

—베토벤, 1812년 7월 7일 편지

¶

베토벤의 집에 있는 창문이란 창문에 모두 가 서보았다. 즉흥 연주를 좋아했던 베토벤처럼 내 마음도 즉흥으로 고양되고 즉흥으로 소심해져 서 그때마다 숨을 고를 창문이 필요했다. 하나의 창문이 담고 있는 풍경 을 무심히 바라보고 있노라면 마음은 진정되고 눈은 선명해졌다. 그때 비 로소 내 눈에는 방금 내가 지나온 황금 여신상의 뒷모습이 보이고 날개 위 로 내려앉는 빛의 실체를 감지할 수 있었다. 하나의 빛은 또 다른 빛의 추 억을 불러일으키고 그 빛의 환기 속에서 나는 인생의 썩 아름다운 한 장면 을 떠올리기도 했다. 베토벤의 창문에 기대서서 나는 빈 중앙 묘지 입구에 서 있는 두 그루의 늙은 나무와 그 아래 벤치 풍경을 눈앞의 영상인 양 똑 똑히 보고 있었다. 햇빛 바른 풀밭, 나뭇결을 살랑이며 불어오는 바람, 오 랜 세월 영원의 거처를 지키느라 몸을 줄여온 두 그루 나무는 고목임에도 눈부신 한때를 보여주고 있었고, 그 아래 벤치에 앉은 세 명의 노부인들은 백발임에도 눈부신 한때를 살고 있었다. 더할 수 없이 아름다운 노년의 창 을 지나 다른 창문에 다가가 서니 보이는 것이라곤 오직 저 높이 펼쳐진 푸른 창공뿐이었다. 마지막 창문, 내려다보면 벽으로 둘러싸인 조그마한 뜰. 손바닥처럼 작게 보이는 저 뜰 위에 저렇듯 끝없는 허공이라니! 세상 의 안과 밖이란 창문 하나를 사이에 두고 이렇듯 엄청나게 갈라지고 있지 않는가. 마지막 창가를 떠나 나선형 계단을 밟으려는데 문득 20세기 문학 사에 반항아로 낙인찍힌 또 한 사내의 음성이 찌르듯 들려왔다. 소리 나는

베토벤 데드마스크

쪽으로 고개 돌릴 새도 없이 창밖으로 팔을 죽 뻗었다. 오오, 카뮈, 당신이었군요!

창문을 닫아주시오, 너무 아름답소!(카뮈, 『작가 수첩』)

# 다시, 장미꽃을 안고

첫사랑인 줄 알았는데 영원이었다.

파리 북동부 국경 마을 샤를빌메지에르에는 두 번 갔다. 웬만한 여행자에게도 생소한 이름의 이 우중충한 국경 마을을 두 번이나 찾아간 것은 스무 살에 문학을 버리고 바다 건너 사막으로 떠난 천재 아르튀르 랭보 때문이었다. 첫 방문은 그의 생가와 그의 시가 비롯된 장소들을 돌아보기 위해서였고, 두 번째 방문은 첫 방문에서 놓친, 그가 잠들어 있는 공동묘지를 찾아가기 위해서였다. 공동묘지 입구 묘지관리소 벽에는 청동으로 윤곽을 뜬 그의 얼굴이 부착되어 있고, 그 아래에는 한 문장이 새겨져 있다.

아르튀르 랭보가 여기를 지나갔다.

여기는 어디인가. 산 자와 죽은 자의 경계, 공동묘지의 문이다. 스무 살에 아프리카 사막으로 떠나 대상<sup>隊商</sup>이 되었다가 서른일곱 살에 마르세유에서 다리 하나를 절단하고 누이동생에 의해 어머니의 집으로 이송되어 와서 숨을 거둔 아르튀르 랭보의 운구가 여기, 이 문을 통과해 '저쪽으로<sup>par-là</sup>' 갔다. 그곳은 죽은 자들의 안식처. 마치 암호문 같은 이 한 문장을 읽고 의미를 되새기면서 오른쪽으로 고개를 돌리면 하얀 대리석 묘와 검푸른 사이프러스나무가 아련하게 눈에 들어온다. 그리고 그 맞은편에 놓인 벤치와 붉게 핀 장미꽃들.

길은 모든 사람에게 속한다.

프루스트가 한 말이다. 적확하게는 『잃어버린 시간을 찾아서』 5권 '게르망트 쪽'의 한 문장이다. 작년 이맘때, 두툼한 원고와 수백 장의 현장 사진들을 출판사에 보낸 뒤 파리로 떠났다. 프루스트의 삶과 소설 공간에서 깨어나고 숨 쉬고 걷고 잠들었다. 5월에는 프랑스 전역으로 동선을 넓혔다. 지중해 바닷가 언덕, 폴 발레리의 해변의 묘지에 다시 갔다. 스무 살 때 처음 그곳 꿈을 꾸었고, 스물여덟 살 때 꿈을 실현했고, 32년 만에 그 앞에 다시 선 것이었다. 이런 행위, 이런 삶은 무엇일까. 설렘도 황홀도 슬픔도 덧없음도 한갓 한순간. 무엇을 붙잡으려 했던 것일까. 이것이 문학, 순정인가. 돌아와서 한동안 아무것도 하지 못했다.

바람이 분다. 살아야겠다.

오랜 절필 끝에 폴 발레리가 장시長詩 「해변의 묘지」의 마지막에 이르러 쓴 문장이다. 프랑스 문학도였던 스무 살의 내가 꿈꾼 곳은 예술 자본의 수도 파리가 아니다. 대학 강의실에서 처음 접한 「해변의 묘지」는 원서를 제본한 책에 흑백으로 찍혀 있었다. 기억의 왜곡인가. 흑백에다가 종이의 질이 좋지 않았음에도 폴 발레리의 시 구절처럼 언제나 다시 시작하는 바다, 죽음 너머 생명이 잉태되는 바다가 선명한 색깔로 뇌리에 각인되었다. 그 바닷가 언덕에 있는 해변의 묘지에 가기 위해 청춘 시절을 바쳤다.

파리에 처음 도착한 뒤에도 나는 작가들의 묘지에 이끌렸다. 20대 젊은 여성의 묘지 순례라니. 이상한 일이 아닌가. 그런데 이상한 일만도 아니다. 알고 보면 파리의 노트르담 대성당, 바티칸의 산피에트로 대성당을 비롯해 유럽의 크고 작은 성당과 대성당들 역시 이들 묘지와 다르지 않았다. 또한 이들과 마찬가지로 묘지는 박물관으로 등재되어 있었다.

나는 천 년을 산 것보다 더 많은 추억을 가지고 있다.

보들레르의 말이다. 적확하게는 그의 시 「우울」의 첫 문장, 첫 연이다. 이 책은 스무 살 때부터 나를 사로잡았던 시인, 소설가, 화가, 음악가, 가수, 극작가, 영화감독의 생애 공간과 영면처를 찾아간 묘지 순례기이다. 샤를 보들레르, 마르셀린 데보르드 발모르, 아르튀르 랭보, 폴 발레리, 오노레 드 발자크, 스탕달, 빅토르 위고, 귀스타브 플로베르, 마르셀 프루스트, 조르주 페렉, 레프 톨스토이, 안톤 체호프, 니콜라이 고골, 콘스탄틴 스타니슬랍스키, 에밀 졸라, 앙드레 말로, 장 폴 사르트르와 시몬 드 보부아르, 마르그리트 뒤라스와 얀 앙드레아, 앙토넹 아르토, 니코스 카잔차키스, 프란츠 카프카, 알베르 카뮈, 폴 엘뤼아르, 외젠 이오네스코, 사뮈엘 베케트, 수전 손택, 프랑수아 트뤼포, 짐 모리슨, 에디트 피아프, 루트비히 판 베토벤, 요하네스 브람스, 요한 슈트라우스, 프란츠 슈베르트, 아널드 쇤베르크, 레오나르도 다빈치, 마르크 샤갈, 반 고흐와 테오, 그리고 파리 코뮌 병사들과 베를린 유대인 희생자들…… 그들의 이름을 처음인 양 하나씩 불러본다. 아, 보들레르여! 아, 베토벤이여! 아, 카뮈여!

나는 아무것도 바라지 않는다.

대성곽 위에 비뚜룸한 나무 십자가 아래 묘석에 새겨진 카잔차키스의 묘비명이다. 이 책에서 펼치는 공간은 북대서양의 아일랜드부터 러시아, 지중해를 거쳐 에게해의 크레타까지 유럽 전역을 아우른다. 파리의 몽파르나스 묘지, 팡테옹, 몽마르트르 묘지, 페르 라셰즈 묘지, 프랑스 북부 노르망디 루앙의 모뉘망탈 공동묘지(귀스타브 플로베르), 북동부 샹파뉴 샤를빌메지에르 공동묘지(아르튀르 랭보), 프랑스 중부 앙부아즈성(레오나르도 다빈치), 프랑스 남부 루르마랭 공동묘지(알베르 카뮈), 프랑스 남서부 지중해안 세트의 해변의 묘지(폴 발레리), 코트 다 쥐르 생폴드방스 묘지(마르크 샤갈), 동유럽 체코의 프라하 신 유대인 묘지(카프카), 러시아 야스나야 폴랴나(톨스토이), 모스크바 노보데비치 수도원 묘지(체호프, 고골), 그리스 크레타 베네치안 대성곽(니코스 카잔차키스)까지 작가들의 묘와 가묘(줄리엣의 묘, 모차르트 묘), 수천 명의 희생자 추모 공간(베를린 홀로코스트 추모 비석들과 훔볼트 대학 베벨 광장 분서 추모 공간, 노이에 바헤, 파리 코뮌 무명 희생자들의 벽)에 이른다.

이게 다예요!

마르그리트 뒤라스의 말이다. 서른여덟 살 연하 연인 얀 앙드레아에게 한 말이자 마지막 책 제목이다. 나는 무엇을 바라 청춘 시절부터 그 오랜 세월, 그 먼 길을 헤매어 다녔던가. 지나고 보니, 그것은 사랑, 불멸이었다. 모든 것이 거기 있었다. 그게 다였다.

이 책은 그동안 출간한 나의 세계문학예술기행 『인생의 사용』, 『그리고 나는 베네치아로 갔다』, 『나를 사로잡은 그녀, 그녀들』, 『소설가의 여행법』, 『무엇보다 소설을』, 『태양의 저쪽, 밤의 이쪽』을 통해 완성되었다. 소설이 본업인 나에게 또 하나의 길을 열어주고 함께한 이들, 나의 길이 되어준 시간과 공간들, 그 길로 가도록 부추기며 나침반이 되어준 작가들, 특히 한국문학 현장에서 선구적으로 이 길을 개척한 문학사가 고 김윤식 선생님께 깊이 고개 숙인다. 그리고 그 멀고 긴 길을 차근차근 돌아보고 이정표를 만들어 묶어내도록 기다려주고 공들여 결정본으로 만들어준 현암사 조미현 대표님과 김현림 님께 깊은 감사와 우정의 마음을 전한다. 그리고,

다시, 장미꽃을 안고 사랑,
불멸 쪽으로.

2024년 봄
함정임

## 참고 및 인용 도서

### 1부 장미와 함께 잠들다_몽파르나스 묘지

샤를 보들레르, 「금간 종」, 『악의 꽃들』(Charles Baudelaire, La Cloche fêlée, *Les Fleurs du Mal*, Flammarion, 2019).

장 폴 사르트르, 「유예」, 『자유의 길』, 최석기 옮김, 고려원, 1991.

장 폴 사르트르, 『존재와 무』, 손우성 옮김, 삼성출판사, 1982.

장 폴 사르트르, 『시인의 운명과 선택-보들레르』, 박익재 옮김, 문학과지성사, 1985.

김윤식, 『환각을 찾아서』, 세계사, 1992.

시몬 드 보부아르, 『작별의 의식』, 함정임 옮김, 현암사, 2021.

시몬 드 보부아르, 『레 망다랭』, 이송이 옮김, 현암사, 2020.

샤를 보들레르, 『벌거벗은 내 마음』, 이건수 옮김, 문학과지성사, 2001.

샤를 보들레르, 「여행에의 초대」, 『파리의 우울』(Charles Baudelaire, L'Invitation au voyage, *Le Spleen de Paris*, Le Liver de Poche, 2003).

베르나르 앙리 레비, 『보들레르의 마지막 날들』, 박혜영 옮김, 책세상, 1997.

사뮈엘 베케트, 『몰로이』, 김경의 옮김, 문학과지성사, 2008.

사뮈엘 베케트, 『고도를 기다리며』(Samuel Beckett, *En attendant Godot*, Editions de Minuit, 1952).

데이비드 리프, 『어머니의 죽음-수전 손택의 마지막 순간들』, 이민아 옮김, 이후, 2008.

외젠 이오네스코, 『코뿔소』, 박형섭 옮김, 민음사, 2023.

마르그리트 뒤라스, 『연인』, 김인환 옮김, 민음사, 2007.

마르그리트 뒤라스, 『타키니아의 작은 말들』, 장소미 옮김, 녹색광선, 2020.

마르그리트 뒤라스, 『모데라토 칸타빌레』, 정희경 옮김, 문학과지성사, 2018.

마르그리트 뒤라스, 『이게 다예요』(Marguerite Duras, *C'est tout*, P.O.L., 1999).

샤를 보들레르, 「고독」, 『파리의 우울』(Charles Baudelaire, La Solitude, *Le Spleen de Paris*, Le Liver de Poche, 2003).

## 2부 펜으로 바꾼 세상, 세기의 전설_팡테옹

빅토르 위고, 『옛 집을 생각하며』, 송재영 옮김, 민음사, 1996.

샤를 보들레르, 「노파들-빅토르 위고에게」, 『악의 꽃』(Charles Baudelaire, Les Petites vieilles, *Les Fleurs du Mal*, Flammarion, 2019).

에밀 졸라, 「나는 고발한다!-공화국 대통령에게 보내는 편지」, 『에밀 졸라: 전진하는 진실』, 박명숙 옮김, 은행나무, 2014.

## 3부 붉은 장미 가슴에 묻고_몽마르트르 묘지

마르셀린 데보르드 발모르, 「소녀와 산비둘기」(Marceline desbordes-Valmore, Les Roses de Saadi, *Poésies*, nrf, 1983).

마르셀린 데보르드 발모르, 「사디의 장미」(Marceline desbordes-Valmore, La Jeune fille et le ramier, *Poésies*, nrf, 1983).

롤랑 바르트, 『밝은 방-사진에 관한 노트』, 김웅권 옮김, 동문선, 2006.

마르셀 프루스트, 『잃어버린 시간을 찾아서』, 김희영 옮김, 민음사, 2012.

사디, 『장미 화원』(마르셀린 데보르드 발모르 외, 『프랑스 명시선-목신의 오후』, 민희식 외 편역, 종로서적, 1981).

스탕달, 『적과 흑』, 이규식 옮김, 문학동네, 2009.

귀스타브 랑송, 『불문학사』, 정기수 옮김, 을유문화사, 1985.

## 4부 돌에 새긴 이름, 영원의 노래_페르 라셰즈 묘지

스탕달, 『적과 흑』(Stendhal, *Le Rouge et le noir*, Le Liver de Poche, 2020).

오노레 드 발자크, 『고리오 영감』(Honoré de Balzac, *Le Père Goriot*, Le Liver de Poche, 2004).

테오필 고티에, 「낭만파 작가와 예술가들」(Théophile Gautier, *Écrivains et artistes romantiques*,

1929, www.theophilegautier.fr).

제라르 드 네르발, 『전집』, 플레이야드판, 제2권.

알퐁스 드 라마르틴, 『발자크와 그의 작품들』(Alponse de Lamartine, *Balzac Et Ses oeuvres*, Forgotten Books, 2018).

라이너 마리아 릴케, 『릴케의 로댕』, 안상원 옮김, 미술문화, 1998.

오노레 드 발자크, 『골짜기의 백합』(Honoré de Balzac, *Le Lys dans la vallée*, Le Liver de Poche, 2004).

마르셀 프루스트, 『잃어버린 시간을 찾아서』, 김희영 옮김, 민음사, 2012~2022.

조르주 페렉, 『W 또는 유년의 기억』, 이재룡 옮김, 웅진펭귄클래식코리아, 2011.

김승옥, 「서울 1964년 겨울」, 『김승옥 소설전집 1』, 문학동네, 2014.

조르주 페렉, 『사물들』, 김명숙 옮김, 웅진펭귄클래식코리아, 2011.

조르주 페렉, 『인생사용법』, 김호영 옮김, 문학동네, 2012.

조르주 페렉, 『공간의 종류들』, 김호영 옮김, 문학동네, 2019.

아르튀르 랭보, 「감각」(Arthur Rimbaud, *Poésies complètes 1870-1872*, Le Liver de Poche, 1998).

폴 엘뤼아르, 「이곳에 살기 위하여」(Paul Euard, *Poésies 1913-1925*, Poésie Gallimard, 1999).

폴 엘뤼아르, 「자유」(Paul Euard, *Poésie et vérité 1942*, Le Liver de Poche, 2023).

최윤, 「아버지의 감시」, 『저기 소리 없이 한 점 꽃잎이 지고』, 문학과지성사, 2011.

고종석, 『제망매』, 문학동네, 1997.

자크 프레베르, 「고엽」(Jacques Prévert, Les Feuilles mortes, *Soleil de nuit*, Folio, 1989).

## 5부 정오의 태양 아래 깃드는 고독_오베르쉬르우아즈에서 세트까지

알베르 카뮈, 「알제의 여름」, 『결혼·여름』, 김화영 옮김, 책세상, 1989.

알베르 카뮈, 『칼리굴라·오해』, 김화영 옮김, 책세상, 1999.

폴 발레리, 『해변의 묘지』(Paul Valéry, Le Cimetière marin, *Charmes*, Folio, 2016).

라이너 마리아 릴케, 「말라르메에게 보내는 편지」(폴 발레리, 『해변의 묘지』, 김현 옮김, 민음사, 1997. 해설에서 재인용).

## 6부 사랑으로 죽고, 죽음으로 살고_아일랜드 슬라이고에서 그리스 크레타까지

윌리엄 버틀러 예이츠, 「이니스프리 호도」, 『1916년 부활절』, 황동규 옮김, 1995.

김윤식, 『문학과 미술 사이』, 일지사, 1979.

미셸 레몽, 『프랑스 현대 소설사』, 김화영 옮김, 현대문학, 2007.

토마스 만, 『토니오 크뢰거 / 트리스탄 / 베네치아에서의 죽음』, 안삼환 외 옮김, 민음사, 1998.

니코스 카잔차키스, 『그리스인 조르바』, 이윤기 옮김, 열린책들, 2000.

## 7부 불멸의 휴식, 영원의 에필로그_베를린에서 빈까지

알베르 카뮈, 「오해」, 『칼리굴라 · 오해』, 김화영 옮김, 책세상, 1999.

알베르 카뮈, 『이방인』, 김화영 옮김, 민음사, 2019.

헤겔, 『역사철학강의』, 김종호 옮김, 삼성출판사, 1992.

김윤식, 『환각을 찾아서』, 세계사, 1992.

표도르 도스토옙스키, 『악령』, 이철 옮김, 범우사, 1998.

김윤식, 『황홀경의 사상』, 홍익사, 1984.

밀란 쿤데라, 『향수』, 박성창 옮김, 민음사, 2000.

밀란 쿤데라, 『불멸』, 김병욱 옮김, 민음사, 2010.

프란츠 카프카, 『악은 인간을 유혹할 수 있지만 인간이 될 수 없다』, 이주동 옮김, 솔, 1998.

프란츠 카프카, 『카프카의 일기』, 카프카 전집 6, 장혜순 외 옮김, 솔출판사, 2017.

질 들뢰즈, 펠릭스 가타리, 『소수 집단의 문학을 위하여』, 조한경 옮김, 문학과지성사, 1992.

이주동, 『카프카 평전』, 소나무, 2012.

쇤베르크, 『쇤베르크의 화성학』, 나인용, 현대음악출판사, 1994.

고트프리트 피셔 외, 『베토벤 이야기』, 이덕희 편역, 예하, 1990.

알베르 카뮈, 『작가 수첩』, 김화영 옮김, 책세상, 1998